Für Melitta. Du fehlst.

1. Kapitel

Bitte nenn mich ab sofort nur noch Matti. Gruß, Matti

Verschlafen rieb ich mir die Augen. Es war 3:32 Uhr. Nicht, dass mich das irgendwie beunruhigte. Schließlich kam die SMS von meiner Mutter, Renate. Und diese Tatsache allein reichte schon, um zu wissen, dass solche Mitteilungen mitten in der Nacht nichts Ungewöhnliches waren. Im Gegenteil, es war sogar beruhigend zu lesen, dass es ihr augenscheinlich gut ging. Immerhin hatte sie sich einen neuen Namen ausgedacht.

Im Halbschlaf ließ ich mich zufrieden schmunzelnd zurück ins Kissen sinken und dachte an Renates übliche Katastrophenmeldungen. Wie sie mir letztes Jahr den Schock meines Lebens versetzte, als sie sich mit einem neunundzwanzigjährigen Eisbrecherkapitän absetzte und mir SOS-SMS aus der U-Haft in Grönland schrieb. Da war eine solche Mitteilung doch geradezu harmlos.

Renate will ab sofort nun also Matti heißen. Aha.

Nach dem Warum zu fragen wäre zu diesem Zeitpunkt völlig sinnlos; sie würde mir schon früh genug eine feierliche Erklärung liefern. Schließlich hatten sich Renate und ihr Eisbrecherkapitän, frisch aus dem Kittchen entlassen, für Weihnachten zu einem Deutschlandbesuch angekündigt. Zuerst hatten Renate und Jörn sich in Grönland das Ja-Wort geben wollen, sich dann aber doch entschlossen, dafür nach Deutschland zu kommen.

Ich wusste nicht genau, ob das wirklich eine so gute Idee war. Zwar freute ich mich, meine Mutter nach mehreren Monaten endlich wiederzusehen, aber gleichzeitig war mir eines auch ganz klar: Ich würde verdammt starke Nerven brauchen.

Und eine gute Flasche Rotwein.

Oder zwei.

Na ja, über Weihnachten wohl eher eine Kiste.

Und ich würde nicht teilen.

Schnaufend drehte Eric sich zu mir um. »Warum bist du wach? Ist irgendwas?«

»Bis jetzt noch nicht«, antwortete ich und kuschelte mich an ihn.

Aber das würde sich ganz sicher noch ändern.

*

Als ich mir gerade die Zähne putzte, kam Eric in unser zwergenhaftes Badezimmer geschlurft.

Man musste sich vorher immer überlegen, in welche Richtung man reinkam, weil man sich drinnen nicht mehr umdrehen konnte, so winzig war es.

»Guten Morgen, Schnurzel!« Er lächelte mich an und gab mir einen zarten Kuss auf die Nase, die ich sofort kräuselte.

»Morgen«, murrte ich.

Ich konnte morgens nämlich nur murren. Und ich fragte mich wieder einmal, wie man schon in aller Herrgottsfrühe so gut drauf sein konnte. Überhaupt vor vierzehn Uhr.

Eric und ich waren jetzt schon mehr als ein Jahr ein Paar. Nachdem wir zusammengekommen waren, war ich schnell zu ihm gezogen, weil ich damals übergangsweise und unfreiwillig bei meiner Freundin Trine untergekommen war. Besser gesagt, im Zimmer ihres Sohnes Finn, meines Patenkinds. Da der aber sein laserschwertbestücktes Ritterburgzimmer nach wochenlanger Belagerung auch wieder für sich allein haben wollte, war ich quasi direkt bei Eric eingezogen. Und vom ersten Tag an war er jeden Morgen gleich gut gelaunt.

Eine Zumutung!

»Und was steht heute an?«, fragte er interessiert, als er schon mal vorsorglich das Duschwasser anstellte, denn es dauerte immer eine gefühlte halbe Stunde, bis es richtig heiß wurde.

»Och, nichts Besonderes. Das Übliche, denke ich. Die Jungtiere werden noch mal durchgecheckt, aber das kennen sie ja schon.«

Eric interessierte sich wirklich für meine Arbeit im Zoo.

Nach einem Praktikum bei den Pinguinen war ich dort vor Kurzem fest übernommen worden. Ich fühlte mich bei den Tieren zwar wirklich wohl, trauerte aber meinem alten Job als Lektorin doch noch etwas hinterher. Auf die Dauer würde ich mehr Herausforderungen brauchen, das wusste ich. Aber für heute würde es erst einmal gut sein, wie es war.

Die Sonne schien bereits gleißend durch das winzige Badezimmerfenster, und ich stand meinem katastrophalen Spiegelbild schonungslos gegenüber. Meine wirren Haare, die weder glatt noch lockig waren, standen in alle Himmelsrichtungen ab. *Wird das mit über dreißig eigentlich täglich schlimmer? Und überhaupt, wie kann Eric das nicht sehen?*

Zumindest schien es, als würde er es nicht wahrnehmen, denn er rannte nicht schreiend weg, sondern stand seelenruhig und vor allem *gut gelaunt* neben mir.

»Du siehst morgens wirklich zum Anbeißen aus!« Eric pfiff nach einem kurzen Seitenblick auf mich anerkennend durch die Zähne.

»Hmpf!«

Irgendwie kann ich ihm nicht so recht glauben. Warum bin ich nicht eine von diesen Frauen, die morgens aufstehen und außer Wasser in ihr Gesicht zu träufeln wirklich nichts zu tun brauchen, Typ »natürliche Schönheit«? Sauberfrau eben? Irgendwie ist dieser Kelch an mir vorbeigegangen ... Dafür bin ich dann aber in der nächsten Runde mehr als nur doppelt entschädigt worden, als das schwache Bindegewebe verteilt wurde.

Eric zwinkerte mir zu, bevor er jetzt unter die Dusche stieg. Natürlich nicht, ohne vorher seine Sachen exakt in der Reihenfolge auf dem Weg dahin verstreut zu haben, in der er sich ihrer entledigt hatte. Eine längere Socken-Boxershorts-wieder-Socken-T-Shirt-Spur ließ sich von der Dusche zum Bett zurückverfolgen. Mein Blick fiel auf seine Zahnbürste, die schwer lädiert aussah und mich in ihrer Form mehr an einen Mettigel denn an einen Zahnschrubber erinnerte. Ich war sicher, Eric hatte exakt dieselbe auch schon, als wir zusammengezogen waren.

»Wäh«, kommentierte ich den Anblick. »Und überhaupt, Eric! Schmeiß doch deine Sachen hier nicht überall rum. Du weißt, wie ich das hasse! Das ist total chaotisch!«

Ein nasser Kopf lugte aus der Dusche. »Also, wer hier der Chaosmagnet von uns beiden ist ...« Eric konnte sich ein Grinsen nicht verkneifen. »Ich erinnere da nur an einige Patenkind-Aktionen, in denen Entführung, ein ungesichertes Pinguinbecken und diverse Alkoholika eine Rolle ...«

»Ja, ja. Ist ja schon gut.« Ich lenkte lieber schnell ein.

Denn dass er recht hatte, brauchten wir nicht weiter auszudiskutieren. Wenn ich an unser Kennenlernen dachte, konnte ich selbst heute noch nicht begreifen, wie Eric es geschafft hatte, sich überhaupt in mich zu verlieben, inmitten all dieser Katastrophen ... Die Finn-im-Pinguinbecken-Rettungsaktion, die Finn-wird-im-*Ikea*-entführt-Aktion und vor allem der peinlichste aller peinlichen Momente: die Ich-kotze-Eric-in-der-*Hausbar*-voll-Aktion.

Trotz allem hat er sich in dich verliebt, Charlotte Sander, dieser Mann steht auf echte innere Werte, dem sind Äußerlichkeiten egal!, dachte ich stolz.

Im Grunde war also vieles gut. Eric war liebevoll, er lachte über meine unterirdisch schlecht erzählten Witze und lief morgens nicht schreiend weg, wenn er mich sah. Es gab gewissermaßen nichts, worüber ich mich beschweren konnte. Doch wie so oft, wenn im Leben eigentlich alles perfekt zu laufen schien, konzentrierte man sich auf die eine, winzige Sache, die nicht perfekt war. In meinem Fall war es ganz klar: die Wohnung. Nicht nur das Badezimmer war selbst für ein Hobbit-Pärchen zu winzig. Erics zwergenhafte Zwei-Zimmer-Wohnung war insgesamt einfach viel zu klein für uns beide. Langfristig würden wir uns etwas Größeres suchen müssen.

Heute Abend werde ich das direkt noch mal ansprechen, nahm ich mir vor. *Die Wohnung platzt wirklich aus allen Nähten. Und dann seine Möbel ...*

Bevor meine ohnehin schlechte Morgenmuffel-Laune noch mehr in den Keller rutschen konnte, widmete ich mich der Restaurierung meines Gesichts und setzte den Eyeliner am rechten Augenlid an.

»Autsch! Verdammter Mist!«

Der Eyeliner war direkt ins Auge abgerutscht, und der Lidstrich erinnerte nun schwer an Elizabeth Taylor in *The Life and Times of Cleopatra* kurz vor der Verführungsszene mit Rex Harrison. Nur fehlten mir die glatten, glänzenden Haare, die ich selbst nach unzähligen Haarkuren zum Preis eines Kleinwagens mit Sonderausstattung nicht vorweisen konnte.

Aber heute wird trotzdem ein guter Tag, dachte ich aufmüpfig. So was kann man auch einfach mal beschließen.

*

»Hööööööööööööh, hööööööööööööh, hööööööööööööh!« So oder so ähnlich wurde ich jeden Morgen am Pinguinbecken begrüßt, und so auch heute wieder.

Dass ich mal in einem Zoo als Tierpflegerin landen würde, hätte ich mir auch nie träumen lassen.

»Guten Morgen, ihr Süßen!«

Ich stellte die schweren gusseisernen Fischeimer ab, deren Geruch mir immer noch die Lust auf mein eigenes Frühstück verdarb.

»Hööööööööööööh!«

Eines der älteren Männchen – wegen seines spanischen Temperamentes nannte ich ihn gerne Raoul, obwohl er eigentlich Herbert hieß – hüpfte auf meinem rechten Gummistiefel auf und ab. Er war gerade in der Mauser, und deswegen doppelt gefräßig und natürlich doppelt so dick.

»Ist ja schon gut!«, beruhigte ich ihn. »Es gibt ja schon was!«

Als ich die Fische verteilte, kam der Zoodirektor Wilhelm Schweinehagen auf seiner morgendlichen Runde bei uns vorbei.

»Morgen, Frau Sander«, begrüßte er mich.

»Guten Morgen, Herr … Schwammmmmhmpf …«, nuschelte ich.

Herr Schweinehagen war ein wirklich guter Zoodirektor, soweit ich das beurteilen konnte. Nur an seinen Namen konnte ich mich einfach nicht gewöhnen. Es fiel mir immer noch genau so schwer wie am allerersten Tag, ihn auszusprechen. Ich vermied es, wo ich nur konnte.

Am Anfang hatte ich zu Hause stundenlang vorm Spiegel geübt, und so lange »Schweine-Schweine-Schweinehagen, Schweine-hagen, SCHWEINE-hagen, Schweinehagen …« gesagt, bis Eric seine Hand besorgt auf meine Stirn gelegt hatte.

Ich beneidete Eric sehr, dass er Herrn Schweinehagen duzen durfte und somit das Namensproblem nicht hatte, denn er kannte Willi Schweinehagen von früher und hatte mir damals die Praktikumsstelle besorgt.

Trotz dieses glücklichen Umstandes machte Herr Schweinehagen leider keinerlei Anstalten, mir das Leben zu erleichtern und das Du anzubieten. Also musste ich mich weiter mit diesem furchtbaren unaussprechlichen Namen abkämpfen, möglichst ohne es mir anmerken zu lassen.

»Na, wie läuft's?«

»Alles okay so weit, Herr ... äh ..., also, die Jungs hier, die sind wie immer gut drauf.« Ich deutete auf Raoul und seine ebenso verfressenen Kumpel. »Allerdings weisen zwei der ganz jungen Männchen leichte Abnutzungserscheinungen auf, mangels Weibchen, Sie wissen schon, Herr ... äh ... Schwammmmmhmpf ...«

Dass Pinguine durchaus auch gleichgeschlechtliche Liebe lebten, hatte ich hier gelernt.

»Ich weiß längst, dass Sie meinen Namen nicht aussprechen können, Frau Sander«, sagte Willi Schweinehagen und beugte sich über das Beckengitter.

Mist! Ertappt!

Dabei hatte ich mich wirklich angestrengt, meine kleine Schwäche zu überspielen. Aber wie immer, wenn ich so etwas versuchte, klappte es natürlich erst recht nicht.

Betreten stapfte ich jetzt von einem Fuß auf den anderen, ähnlich wie Raoul alias Herbert.

»Machen Sie sich darüber doch keine Gedanken. Sie müssen ihn nur oft genug sagen, dann fällt es Ihnen am Ende gar nicht mehr auf!« Er zwinkerte mir entspannt zu.

»Ja, also, Herr Schm-mm-hagen ... Sie haben wohl recht. Ich werd's in Zukunft versuchen.«

»Und wegen der Weibchen, da kommen ja demnächst drei aus dem Tierpark Schönbrunn. Das Problem wäre dann wohl erledigt.«

Ich nickte erleichtert. »Sehr gut.«

In dem Moment klingelte Herrn Schweinehagens Diensthandy.

»Schweinehagen? Ja. ... Ja. ... Ja. ... Oh! ... Oh ... Oh nein!« Willi Schweinehagens eben noch lächelndes Gesicht verdunkelte sich zunehmend. Ich konnte eine tiefe Stirnfalte erkennen, sogar über das Pinguinbecken hinweg und trotz meiner Kurzsichtigkeit. »Das gibt's doch nicht! ... Ja. ... Nein! ... Da muss man doch was machen können!«

Was da wohl los ist?

»Ich komme!«

Herr Schweinehagen beendete das Gespräch abrupt und wedelte mir hektisch zu. Sein Gesicht war in den letzten zwanzig Sekunden schlagartig krebsrot geworden. »Frau Sander! Mitkommen!«

»Aber was ist denn ...?«

»Sofort!«

Verwirrt stellte ich den noch vollen Eimer so ungeschickt auf einem der Felsvorsprünge ab, dass er ruckartig umkippte. Sofort kam die gesamte Herde angewatschelt, und eine aufgeregte Schubserei um den Fischberg begann.

Ich überlegte kurz, ob ich was dagegen tun sollte.

»Frau Sander! Wo bleiben Sie denn, Herrgott noch mal?«

Herr Schweinehagen schien ein echtes Problem zu haben. Wie ich ihm dabei behilflich sein sollte, konnte ich mir jedoch nicht vorstellen.

Ich schloss die Gattertür und folgte Herrn Schweinehagen, der hektisch mit seinem Telefon herumfuchtelte, wortlos.

»Richtung Sandgräber!«, gab er das Kommando.

Wir marschierten los, während Herr Schweinehagen wilde Telefonate führte.

»Das darf doch nicht wahr sein! Gerade jetzt! Das hat uns noch gefehlt!«, schimpfte er in sein Telefon.

Richtung Sandgräber bedeutet nichts Gutes, überlegte ich, während ich in den schweren Gummistiefeln versuchte, mit meinem Chef Schritt zu halten.

Richtung Sandgräber konnte so einiges bedeuten. Hoffentlich keine Stachelschweine, die sich mal wieder gegenseitig aufgespießt hatten. Davon hatte mir unsere Tierärztin erst letztens verzweifelt berichtet.

Endlich hatte Herr Schweinehagen sein Telefonat beendet.

»Was ist denn überhaupt los?«, fragte ich schnaufend, während ich mindestens doppelt so viele Schritte wie mein ein Meter fünfundneunzig großer Zoodirektor machen musste.

»Die Heterocephalus-Königin ist gestorben!«

Ich verstand nur Bahnhof.

»Welche Königin?«

»Die verdammte Nacktmull-Königin ist tot!« Er sagte es so, als sei völlig klar, was es bedeuten würde. So ähnlich wie: »Queen Mum ist tot!«

»Und?«, fragte ich ahnungslos.

»Und?! Wenn die Königin stirbt, werden automatisch mehrere Arbeiterinnen fruchtbar und bekämpfen sich gegenseitig. Ein einziges Gemetzel!«

Ich stellte mir ein Nacktmull-Blutbad vor. Die haarlosen, verschrumpelten Tierchen, die alle aussahen wie winzige, rohe Dönerspieße, waren selbst im Normalzustand eine Zumutung für jedes ästhetikverwöhnte Auge.

Willi Schweinehagen wischte sich mit dem Handrücken den Schweiß von der Stirn. Wir rannten am Meerschweinchen-Wohnwagenpark vorbei. Jetzt war es nicht mehr weit bis zum Nacktmull-im-Glaskasten-Gemetzel.

»Und dann werden die Arbeiterinnen sofort fruchtbar? Ich meine, so schnell?« In dem Moment, als die Worte meinen Mund verließen, wusste ich, dass auch diese Frage nicht besonders qualifiziert klang.

»Sie ist wohl schon vor einiger Zeit gestorben, es hat nur niemand bemerkt. Und ausgerechnet jetzt ist der zuständige Tierpfleger krank, die Wechselschicht ist nicht erreichbar, und die Tierärztin steckt im Stau fest! Nur der ständig bekiffte Schülerpraktikant ist da!«

Will Schweinehagens Stimme klang wirklich verzweifelt.

»Und was *genau* soll *ich* jetzt hier tun?«

Mittlerweile waren wir vor dem Gehege angekommen, und

mein Chef sah mich kreidebleich an: »Ich kann kein Blut sehen, Frau Sander! Sie müssen das regeln!«

Ich???

»Ich? Aber ...«

»Retten Sie unsere Nacktmull-Kolonie, Frau Sander!«

Was in den nächsten Stunden geschah, konnte man wirklich mit dem einen Wort *bizarr* zusammenfassen.

Herr Schweinehagen stand kreidebleich am Sandgrab-Gehege, der bekiffte Praktikant hatte sich wimmernd in einer dunklen Ecke neben einem unkultivierten Sandhügel verschanzt, und ich warf mich todesmutig in den Kampf zwischen die sich gegenseitig anspringenden Arbeiterinnen.

Nachdem ich sie ausgebuddelt hatte, setzte ich sie, mit meinen dicken Fischhandschuhen bestens geschützt, nach und nach in verschiedene Eimer. Das ging besser, als ich im ersten Moment erwartet hatte, denn dank der großen Glasfront auf der einen Seite ihres Geheges konnte man sie schnell lokalisieren.

Unser Zoo war bekannt für die Nacktmull-Kolonie, die Kindern soziales Verhalten veranschaulichen sollte. Diese Tiere, so wurde ich direkt in den ersten Tagen hier im Zoo informiert, seien ein Vorbild beim Thema Teamarbeit.

Augenscheinlich setzte ihr soziales Verhalten allerdings schnell aus, wenn es um die Beförderung zur Königin ging.

Eigentlich waren sie da ja wie wir Menschen.

Beim Herumgraben stellte ich fest, dass eine der Arbeiterinnen – wohl die neue Königin – gerade dabei war, Junge zu werfen. Das verbesserte die Situation nun auch nicht gerade.

Da die Tierärztin noch immer nicht aufgekreuzt war, musste ich sämtliche bisher eigentlich erfolgreich verdrängte Geburtsvorgänge aus meinen Gedächtniswindungen hervorholen, was eine Horror-Bilder-Sequenz zur Folge hatte: meine Freundin

Trine brüllend mit Vorwehen, Trine mordlustig kreischend in den Wehen, Trine wimmernd nach den Wehen …

Kurzum entschied ich, den bekifften Tobi zum Einsatz zu bringen. »Tobi!«, brüllte ich ihm zu. »Mach dich mal nützlich! Hol einen Eimer heißes Wasser und sterile Handtücher! Sofort!«

Tobi nickte stumm und tat wie ihm geheißen.

Herr Schweinehagen stand immer noch kreidebleich neben mir.

»Halten Sie das!«, wies ich ihn schnell an und hielt ihm zwei Eimer mit den beiden aggressivsten Tieren hin.

Herr Schweinehagen drückte sich verängstigt an die Wand und sah mich mit versteinerter Miene an, machte aber keine Anstalten, mir die schaukelnden Eimer mit den umherspringenden Tieren abzunehmen.

»Herr Schweinehagen! Nehmen Sie die verdammten Eimer!«, brüllte ich. Zum allerersten Mal war es mir nicht schwergefallen, seinen Namen auszusprechen. Und dann auch noch so laut!

Willi Schweinehagen, sichtlich schwer beeindruckt von meiner Courage, nahm mir wild nickend die beiden wackelnden Eimer ab.

Tobi kam mit Wasser und Tüchern zurück, und ich separierte die Königin samt ihrer Jungen – bis jetzt waren es acht Stück – in einem gesonderten Behälter, den ich vorher mit den Handtüchern ausgelegt hatte. Im Laufe der nächsten Minuten kamen noch weitere dreizehn Junge dazu, sodass es am Ende ganze einundzwanzig Stück waren.

Nassgeschwitzt und gefühlte Stunden später beendete ich meine Mission. »So. Das scheint es gewesen zu sein.«

Zufrieden stemmte ich beide Arme in meine anglerhosenbeschürzte Hüfte und zog mir die Handschuhe aus. Meine Hände waren darin klatschnass geworden, so sehr hatte ich während der Aktion transpiriert.

Mittlerweile war auch endlich die Tierärztin eingetroffen, die nach eingehender Untersuchung des Nachwuchses Entwarnung gab: »Alles in Ordnung hier. Sie haben intuitiv alles richtig gemacht, Frau Sander.«

»Sie sind unsere Rettung, Charlotte!« Willi Schweinehagen bewegte sich so ruckartig auf mich zu, dass ich zuerst befürchtete, er wolle mich umarmen. Sein weißkariertes Hemd war komplett durchsichtig vom Schweiß geworden. Gott sei Dank gab er mir dann aber doch nur die Hand.

Schlapp vom gerade Erlebten schlug ich ein.

Herr Schweinehagen schien derart erleichtert zu sein, dass er überhaupt nicht mehr aufhörte, meine Hand zu schütteln. Mittlerweile hatte er sogar seine zweite Hand auf unsere schaukelnden nassen Hände gelegt.

»Auf Du und Du?«, fragte er mich mit einem glücklichen Lächeln.

Endlich!, dachte ich und nickte müde.

»Willi«, sagte er und schüttelte weiter.

Mittlerweile wippte mein gesamter schlaffer Körper mit, jetzt, da sich die ganze Anspannung gelöst hatte.

»Charlotte.«

Was man heutzutage so alles in Kauf nehmen musste, um den grauseligen Nachnamen seines Chefs nicht mehr aussprechen zu müssen. Der Arbeitsmarkt nach der Krise war auch nicht mehr das, was er mal war.

Erleichtert ließ ich mich auf eine leere Futterkiste fallen. Leider ohne vorher zu kontrollieren, ob der Deckel auch wirklich fest auflag.

Tat er nicht.

Ich versank mit einem schnellen *Rumps!* fast mit dem gesamten Körper in der Kiste, bis nur noch Beine, Arme und mein Kopf herausguckten.

Willi und der mittlerweile wieder verpeilt dreingrinsende Schülerpraktikant lachten befreit.

»Wir sollten eine Kamera im Stollen installieren, damit die Besucherkinder auch die neuen Babys sehen können.« Die Idee kam mir spontan in der Futterkiste. »Der Osnabrücker Zoo bietet das auch an, habe ich mal gehört.«

»Das ist ein hervorragender Einfall, Charlotte«, antwortete Willi nickend.

»Und wir sollten passend dazu dann Mini-Stofftier-Nacktmull-Babys verkaufen oder, noch besser, ganze Stofftier-Nacktmull-Familien!«

»Ja, sehr gut!«, lobte Willi mich.

Wahrscheinlich war er so erleichtert, dass alles gut ausgegangen war, dass er mir sogar seinen Posten angeboten hätte, hätte ich nur danach gefragt.

Vielleicht sollte ich ihn mal um eine Gehaltserhöhung bitten ...

Wenn die Woche mit einem derartig spektakulären Geburts-Montag begann, konnte es doch nur noch besser werden.

Langsam, aber sicher entwickelte ich mich unfreiwillig zu einer echten Geburtsexpertin, denn meine letzte Geburt war noch gar nicht so lange her. Ich erinnerte mich mit sehr gemischten Gefühlen an das Kennenlernen meines zweiten Patenkinds, Elmo. Auch hier setzte die Geburt eher unerwartet ein, und es spielte neben einer Kurve auch sehr viel Grünkohl eine Rolle.

2. Kapitel

Genau genommen war es eine scharfe Kurve gewesen, eine sehr scharfe sogar.

Trine war damals mit Elmo, ihrem zweiten Kind, in der sechsunddreißigsten Woche schwanger.

Schon bei ihrer ersten Schwangerschaft mit meinem Patenkind Finn zwang sie Gott und die Welt, an ihrem Leid teilzuhaben, und brüllte unschuldige Menschen auf Parkplätzen, in Kaufhäusern oder auf der Straße an, wenn die nicht, wie ihnen geheißen, sofort Platz für Trine und ihren melonengroßen Bauch machten oder entsprechend vorsorglich reagierten.

Ich hatte mich mittlerweile schon daran gewöhnt und hielt immer ein wenig Abstand, wenn ich mit Trine unterwegs war, sodass man uns bei ihren regelmäßigen Standpauken nicht zwangsläufig als zusammengehörend erkennen konnte.

Denn ich hatte auch hier dazugelernt: Während Trine alle um sie herum zusammenfaltete und meist wütend schnaufend davonstapfte, weil jemand zum Beispiel die Unverschämtheit besaß, sich den letzten freien Parkplatz *direkt* vor dem Supermarkteingang zu schnappen, wurde ich dann stellvertretend von den arglosen und verdutzten Mitbürgern mit bösen Blicken und Bemerkungen abgestraft.

Einmal hatte mir sogar ein älterer Herr eine Standpauke gehalten, dass die Frauen heutzutage ja auch nicht mehr das seien, was sie früher einmal waren, null leidensfähig, total zimperlich, dabei sei es nun mal ihre natürliche Bestimmung, zu gebären, und heute würde jede ein derartiges Brimborium darum machen, dass er das erste Mal wirklich froh sei, alt zu sein.

Bedröppelt ließ ich die Standpauke wie eine kalte Dusche über mich ergehen.

Seitdem gab es meinen persönlichen Trine-Schwangerschafts-Sicherheitsabstand.

Vor nächtlichen Anrufen konnte der mich jedoch nicht schützen.

»Sander?«, murmelte ich noch mit geschlossenen Augen in mein Telefon, das ich sicherheitshalber auf meinem Nachttisch platziert hatte.

»Charlotte!!!«

»Um Himmels willen, Trine! Ist es schon so weit? Bist du im Krankenhaus? Ist alles gut gegangen?«, fragte ich erschrocken und war schlagartig wach.

Einen anderen Grund als Elmos Geburt oder zumindest Wehen heftigster Natur konnte ich mir nicht vorstellen, um mitten in der Nacht um 5:19 Uhr – wie mein Digitalwecker gerade leuchtend anzeigte – anzurufen.

Ich hatte allerdings vergessen, dass es ja Trine war, die da am anderen Ende der Leitung saß.

»Quatsch, ich komme doch erst in die sechsunddreißigste Woche. Mensch, Charlotte! Ich dachte, du würdest dich nach Finn mittlerweile erheblich besser auskennen, was den Schwangerschaftsablauf betrifft.«

»Ah ...«

»Ach, ist doch auch egal. Weswegen ich anrufe ...«

»Ja?«

Ich hoffte, dass es ein guter, *ein wirklich guter* Grund war, die unmenschliche Uhrzeit berücksichtigend.

»Ich brauche dringend Urlaub.«

»Du brauchst *bitte was*?«, fragte ich ungläubig und kontrollierte nochmal die Uhrzeit.

5:20 Uhr.

Kein Irrtum.

»Ja, Urlaub. Dringend. Wo können wir hin?«

»Trine! Es ist mitten in der Nacht! Und du reißt mich aus dem Tiefschlaf, weil du in Urlaubslaune bist? Ich dachte, es wäre wer weiß was passiert!«

»Wieso mitten in der Nacht? Gleich gibt's doch schon Frühstücksfernsehen«, sagte sie und schmatzte dabei in den Hörer.

Sie hatte mir einmal erklärt, dass man beim Frühstücksfernsehen essen müsse, das gehöre nun mal dazu.

»Was ist denn jetzt schon wieder los?«, meldete sich jetzt auch Eric verschlafen neben mir.

»Nichts, es ist nur Trine«, antwortete ich entschuldigend.

»Ach so.« Eric drehte sich schlaftrunken wieder um.

Er kannte meine Freunde mittlerweile, und er liebte mich trotzdem. Dafür wiederum liebte ich ihn umso mehr.

Trine schien es nicht weiter zu stören, dass sie nun auch Eric geweckt hatte.

»Außerdem frühstücke ich gerade. Da kommen mir immer gute Ideen. Und jetzt hab ich eben beschlossen, noch mal Urlaub zu machen, bevor Elmo kommt. Dann ist erst mal Schluss mit der Ruhe hier.«

Ruhe?

Seit Finn vor ein paar Jahren zur Welt gekommen war, existierte doch sowieso keine Ruhe mehr bei Trine und Paul und in deren Umfeld von mindestens zehn Quadratkilometern.

»Hättest du mit dieser tollen Idee nicht wenigstens bis nach acht Uhr warten können?«, stöhnte ich genervt und gleichzeitig erleichtert ins Telefon. Immerhin war nichts passiert.

»Nein.«

Trine war äußerst pragmatisch veranlagt; zumindest, wenn es um ihrer Meinung nach eindeutige Belange ging.

»Ich kann eigentlich nicht weg, die Zooschichten sind anstrengend, und freie Wochenenden habe ich in letzter Zeit doch kaum. Und Eric und ich sehen uns auch immer weniger«, versuchte ich zu intervenieren.

»Verstehe ich. Also, dieses Wochenende?«

Klassischer Fall von Trial & Error.

»Aber Paul wird doch sicher ...«

»Charlotte, willst du schuld sein, wenn mein metabolisches Alter bei achtundvierzig liegt?«

Schachmatt.

»Gut.« Ich atmete tief durch. »Also, wo willst du hin?«

»Na ja, ich hatte mir da so überlegt ...« Trine machte eine Pause, und ich befürchtete Schlimmes. »Also, du erzählst doch immer so nette Sachen über deine Oma und ihren Bauernhof, den Wald, die Ruhe ...«

»Nein!«

»Die frische, gute Landluft ...«

»Nein!«

»Das leckere Essen ...«

»Na-hein!«

Das kam gar nicht in die Tüte! Brüll-Trine und meine verschrobene Oma Melitta, die nur im Imperativ sprach, zusammen – danach würde *ich* Urlaub brauchen. Unfassbar langen Urlaub.

»Charlotte!«

»Was?!«

»Ich bin schwanger«, säuselte Trine und schmatzte wieder in den Hörer.

Morgens aß sie immer Marmeladentoast und hatte sogar die Theorie widerlegt, dass der Toast immer mit der Marmeladenseite zuerst auf den Boden fällt. Um diesen geschichtsträchtigen Moment mit mir zu teilen, hatte sie mich ebenfalls mitten in der Nacht angerufen, als sie damals mit Finn schwanger war.

Schwangerschaftshormone sind böse, böse Wesen.

»Das weiß ich, Trine. Und siehst du, gerade deswegen ist es

doch auch gar nicht schlau, so weit raus in die Pampa zu fahren. Stell dir vor, da ist dann irgendwas mit dem Baby ...«

»Ach was«, antwortete Trine gelassen, »die Schwangerschaft war doch nur am Anfang so kompliziert. In den letzten Wochen läuft doch alles praktisch einwandfrei. Jetzt sei doch kein Miesverderber!«

»Spielverderber. Oder Miesmacher. Beides geht nicht!«, nölte ich gerädert.

Trine konnte weder Sprüche noch Wortwendungen zitieren, tat es zu meiner Schmach aber trotzdem andauernd.

»Klar geht beides, siehste doch an dir«, antwortete Trine unbeeindruckt.

»Und was ist überhaupt mit Finn?« Ich spielte meine letzte Karte aus.

Sie würde Finn doch nicht auch noch ... lieber Gott, bewahre!

»Paul hat nächste Woche sowieso Homeoffice, und zur Not springt Mona ein. Außerdem will ich ja nur ein verlängertes Wochenende. So drei Tage oder so.«

Sie hat also bereits alles organisiert, dachte ich.

Sogar unsere gemeinsame Freundin Mona, meine ehemalige Nachbarin, war bereits in unsere Urlaubspläne eingeweiht. Nur ich wurde mal wieder als Letzte informiert.

Trine wusste, dass ich einknicken würde.

»Also, wann fahren wir los?«, fragte sie, und ich konnte durch den Hörer spüren, dass sie dabei grinste.

*

Schon bevor wir überhaupt losgefahren waren, hätte ich wissen müssen, dass es katastrophal enden würde. Alle Zeichen dafür waren vorhanden: Finn hatte am Morgen der Abfahrt schlimmen Brech-Durchfall, und Trine, die mir sämtliche Farbtöne und Konsistenzen seiner Ausscheidungen minütlich telefonisch durchgab, kam natürlich zwei Stunden zu spät bei mir an.

»So schnell hab ich noch nie ein Kind wieder gesund gekriegt!«, flötete sie fröhlich, als ich die Tür öffnete.

Ich fragte mich, ob sie ihm einfach befohlen hatte, gesund zu werden, traute mich aber nicht, es laut auszusprechen.

»Finn ging es gerade schon wieder so gut, dass ihm sein Kamillentee beim Lachen durch die Nase kam«, erklärte Trine heiter weiter und umarmte mich schwungvoll.

»Super Vorstellung, Trine! Sag mal, dir ist doch hoffentlich klar, dass wir den Zug verpasst haben?«, fragte ich entnervt. »Das waren zuggebundene Tickets. Du bist ganze zwei Stunden zu spät!«

»Ich weiß.« Trine war die Ruhe selbst. »Und deswegen habe ich Paul auch seinen Bulli abgeluchst. Mit dem fahren wir jetzt zu Melitta. Genau das richtige Auto für die Pampa.«

»Oh nein, Trine, nicht der Bulli!«

Paul konnte sich seit fünfzehn Jahren nicht von seinem alten VW-Bulli in babyblau trennen, mit dem er das Autofahren gelernt hatte, in dem er Trine zum ersten Mal geküsst hatte und ... na ja ... weitere detailgenauere Ausführungen seitens Trine hatte ich – bis jetzt zumindest – immer unterbrechen können.

Das Besondere am Bulli war, dass er nicht nur Baujahr 1979 war und höchstens zweiundachtzig Stundenkilometer fuhr, sondern dass er auch öfter mal nicht ansprang, es sei denn, man schob. Das hatte ich jedoch keinesfalls vor und Trine mit ihrem riesigen Babybauch sicher erst recht nicht.

Einmal war ich auf einer Fahrt mit Trine und Mona an die Nordsee im Bulli beinahe implodiert, weil wir uns nicht getraut hatten, für eine Pipipause anzuhalten.

Paul und mittlerweile auch Trine weigerten sich allerdings hartnäckig, einen dieser »neuen modernen Kleinwagen ohne Esprit und frei von Charme und tollen Knutscherinnerungen« anzuschaffen.

Jetzt musste ich zur Gegenwehr ansetzen. Dann würden wir

eben einen anderen Zug nehmen – alles war besser als diese Schrottkarre.

»Aber du weißt doch genau, dass ...«

Trine schüttelte den Kopf.

»Aber du weißt sicher noch die Fahrt an die Nordsee damals ...«

Es war vergebens; Trine hatte ihren bösen Mutterblick aufgelegt.

»Nichts da«, erwiderte Trine resolut. »Es ist alles schon gepackt. Und der Motor läuft sogar noch, sodass wir jetzt auch nicht schieben müssen. Also du.«

Ein hervorstechendes Merkmal an Trines Charakter war definitiv Entschlossenheit.

Immerhin würde ich dieses Albtraumauto nicht auch noch fahren müssen, denn Paul musste sich selbst bei seiner eigenen Frau jedes Mal aufs Neue überwinden, ihr das Lenkrad anzuvertrauen. Was bei Trines Unfallstatistik jedoch auch kein Wunder war.

Kaum hatte ich mich mit der Tatsache abgefunden, in diesem unsäglichen Objekt gen Pampa zu kriechen, kam mir allerdings beim Anblick von der zum Wagen watschelnden Trine ein ganz anderes Bild in den Sinn: Trine – Bauch – Lenkrad – Trine – Bauch – Bauch – Bauch ...

»Trine? Wer fährt eigentlich?«, fragte ich zögernd.

»Na du natürlich! Als ob ich mit diesem Bauch hier noch fahren will. Die Strecke von zu Hause bis hier war schon der pure Horror! Ich konnte nur mit sechs Stundenkilometern fahren, na ja, geschätzten sechs, der Tacho spinnt ja ab und zu, und alle haben sich tierisch aufgeregt.«

Ein Hoch auf moderne, bequeme Kleinwagen mit automatisch verstellbaren Sitzen, Latte-Macchiato-Haltern, völlig frei von Esprit und Charme und dämlich-sentimentalen Knutscherinnerungen.

Nach der Fahrt würde ich wahrscheinlich so weit sein,

selbst so ein Teil zu kaufen und es Trine und Paul ungefragt vor die Tür zu stellen, nachdem ich nachts heimlich den Bulli verschrotten lassen hätte.

»Los geht's!« Trine ließ sich schwungvoll auf den Beifahrersitz plumpsen.

Ich verstaute meine Reisetasche auf dem Rücksitz, nachdem ich mich mit meinem gesamten Gewicht (Und das sollte was bedeuten!) gegen die Schiebetür stemmen musste, um sie überhaupt erst aufzukriegen.

»Ja, los geht's«, murmelte ich und legte den ersten Gang bei dem brummenden Bulli ein, der zufrieden und gleichmäßig vor sich hin tuckerte.

Wie war das noch gleich? Funktioniert der zweite oder der dritte Gang nicht ...?

»Vergiss nicht, dass der dritte Gang nicht funktioniert«, erinnerte mich jetzt auch Trine.

Stimmt, das war es.

Vom zweiten in den vierten zu schalten war allerdings eine echte Herausforderung, vor allem auf der Autobahnzufahrt, auf die wir gerade zurollten.

In der Stadt langsam zu fahren brachte uns höchstens ein paar aufgebrachte Straßenverkehrsteilnehmer, ein paar Huper, Buhrufe und Stinkefinger ein, aber das Ganze auf der Autobahn durchzuziehen, das war eine Nummer für echte Adrenalinjunkies.

»Verdammt, Trine, das ist doch scheiße hier«, fluchte ich.

Mit circa fünfzig im zweiten Gang zu fahren war echt laut.

»Wieso? Schalt doch einfach ...!« Mittlerweile war das Auto so laut, dass Trines letzte Worte im Lärm untergingen.

»Waaas?«

Viele Dinge im Leben vergisst man irgendwie nie: die erste Regel, den ersten Zungenkuss und eben das erste Mal mit fünfzig Stundenkilometern im zweiten Gang auf die Autobahn zu fahren.

Mit einem lauten Knirschgeräusch schaffte ich es, vom zweiten über den kaputten dritten in den vierten Gang zu schalten und gleichzeitig vom Beschleunigungsstreifen auf die rechte Spur zu wechseln. Langsam, sehr langsam kroch der Tacho auf unser Höchstgeschwindigkeitstempo, die zweiundachtzig, zu.

Ein Mercedes-M-Klasse-Fahrer zeigte mir beim Überholvorgang kopfschüttelnd einen Vogel.

»Toll, Trine. Ganz toll. Alle halten uns für komplett gestört, mit so einem Schrottteil überhaupt auf der Autobahn zu fahren.«

Trine war gerade dabei, ihr erstes Butterbrot auszupacken, um anschließend genüsslich hineinzubeißen. Dabei waren wir gerade erst zehn Minuten unterwegs.

»M-nich m-uns, m-ur m-dich«, brabbelte sie mit vollem Mund. »M-auch m-eins?«

Ich schüttelte den Kopf.

»Außerdem haben wir ein Navi«, erklärte Trine stolz. »Sonst kommen wir bei deinem Anti-Orientierungstalent nie an. Hat Paul extra gekauft. Ist das nicht luxuriös?«

Ich war begeistert, denn ich war passionierte Zugfahrerin und konnte keine einzige Autostrecke auswendig. Auch eine Sache, über die Eric gern und häufig lachte. Das Navi hatte sicher mehr gekostet, als der gesamte Bulli wert war.

»Mhm ... ich weiß nur nicht so genau ... mhm ... wie man das Teil bedient«, schob Trine mampfend hinterher.

Diese Fahrt würde nicht nur meine Nerven, sondern auch meinen vollen Einsatz fordern, das stand außer Frage.

Die fast dreistündige Fahrt verlief dann aber doch recht glimpflich, zumindest gab es keine Verletzten.

Bei einem halbstündigen Überholvorgang eines Sondertransportes bei achtzig Stundenkilometern auf der mittleren

Spur wurde ich zwar von einem BMW-Fahrer durch das offene Fenster mit »Ich hoffe, ihr seid auf dem Weg zum Schrottplatz!« angebrüllt, fand das aber nicht weiter bedenklich, angesichts der Tatsache, dass er ja recht hatte. Ich war sogar positiv überrascht, dass ich ihn trotz Fahrtwind und der lauten Bulli-Geräusche überhaupt verstehen konnte.

Als es dann aber zu regnen begann – typisches Herbstwetter eben – und ich die Fenster hochkurbelte, kam Trine mit einer Hiobsbotschaft um die Ecke.

»Ach ja, die Scheibenwischer funktionieren irgendwie nicht.«

»Was? Wie ›irgendwie nicht‹?« Ich glaubte nicht, was ich da hörte. »Und jetzt?«

»Sicherheitshalber habe ich meine Chucks angezogen«, erklärte Trine ruhig und deutete auf ihre Stoffschuhe im pinken Leoprint. »Paul macht das auch immer so. Du musst nur einen Schürsenkel nehmen und ihn an den Scheibenwischer auf deiner Seite binden. Dann kannst du ihn hin und her bewegen. Das reicht und geht richtig gut!«

Ich fasste es nicht.

»Nur leider komme ich nicht mehr an meine Füße«, ergänzte Trine bedauernd. »Die Schuhe musst du mir wohl ausziehen.«

Super.

»Verdammt Trine, das ist das allerletzte Mal, dass ich in dieser Schrottkarre sitze, klar?«

Wiederwillig fuhr ich rechts ran, ließ den Motor aber vorsorglich laufen. Es regnete mittlerweile so heftig, dass man durch die Scheibe kaum mehr hindurchsehen konnte. Trine versuchte, mir ihren linken Schuh auf den Schoß zu legen, aber irgendwie war ihr beeindruckender Bauch im Weg.

»So geht das nicht.«

Ich stieg aus und lief zur Beifahrertür. Binnen weniger Sekunden war ich total durchnässt, während ich wild an Trines

Schuh zerrte. Trines Bauch war meiner Mission allerdings kolossal im Weg. Außerdem war der verdammte Schuh einfach nicht auszukriegen. Im Hintergrund tuckerte der Motor bedenklich unregelmäßig.

»Wassereinlagerungen!« kommentierte Trine meine sinnlosen Bemühungen.

Doch ich gab nicht auf.

Als ich den Schuh endlich in der Hand hatte, war ich so nass, dass ich mich am liebsten selbst ausgewrungen hätte. Schnell rannte ich um den Bulli herum zurück zum Fahrersitz.

»Und jetzt nur noch den Senkel an den linken Wischer binden ...«, instruierte mich Trine.

»Brrrrr!«

Wirklich arschkalt, in so nassen Klamotten, das braucht kein Mensch! Ach, wie schön wäre eine entspannte Zugfahrt gewesen ...

Ich band den Schnürsenkel an den Scheibenwischer und testete Trines System. Es funktionierte zu meinem Erstaunen wirklich, nur quietschte es ein wenig laut.

»Du musst natürlich jetzt das Fenster auflassen«, sagte Trine und nahm einen Schluck Yogi-Tee aus der mitgebrachten Thermoskanne. »Also nur, solange es regnet.«

Ein sehr scharfe Kurve an einer Abfahrt in der Höhe von Sommerloch, in der ich mit dem halben Oberkörper zum Fenster heraushing, um den Wischer hin- und herzuziehen und sowieso vom vielen Wischen abgelenkt war, wäre uns allerdings beinahe zum Verhängnis geworden.

Immer, wenn ich unseren manuell betriebenen Wischer kräftig bedienen musste, bat ich Trine, das Lenkrad zu halten. Alles andere wäre mir nämlich dann doch eindeutig zu viel Multitasking gewesen.

»Ich bin aber doch Rechtshändler!«, versuchte Trine noch, sich zu wehren.

»...händer!«

Ihre eingeschränkten Fähigkeiten, mit links zu lenken, waren mir in dem Moment ebenso egal wie ihr Bauch. Sie hatte uns in diese Lage gebracht, dann musste sie jetzt auch mal ran.

Allerdings wunderte ich mich bereits nach kurzer Zeit, warum es plötzlich im Auto so schaukelte. Ich wurde mit voller Wucht in die Kurve geschleudert, als ich versuchte, meinen Oberkörper wieder zurück ins Auto zu bugsieren.

Ich glaubte nicht, was ich sah, als ich mich auf den Fahrersitz plumpsen ließ: Trine bog einfach in die Ausfahrt ab – obwohl wir überhaupt nicht rausmussten!

»Trine, was zur Hölle machst du da?!«, raunzte ich meine Freundin von der Seite an, während der Bulli verdächtig schräg in der Kurve hing.

»Ich hab doch gesagt, dass ich Rechtshändler bin!«, rechtfertigte Trine sich, was allerdings nicht erklärte, warum sie die falsche Ausfahrt genommen hatte. »Du hättest halt bremsen müssen!«

Klar, jetzt bin ich schuld, wenn sie einfach irgendeine Ausfahrt nimmt!

»*Ich* konnte ja nun mal nicht bremsen, Charlotte!«

»Nee«, stöhnte ich, »aber lenken!«

»Bitte bei der nächsten Möglichkeit wenden«, sagte die Stimme unseres Navigationssystems.

Sofort bekam Trine leichte Wehen, wie immer, wenn sie sich aufregte.

»Bitte wenden!« Wieder die Stimme.

Ich sah sie prüfend an. Denn ich wusste nie so genau, ob Trine simulierte oder es ernst war. Oft genug hatte sie mir unter dem Siegel der Verschwiegenheit erzählt, wie sie kleinere bis mittelschwere Wehen bei Paul vorschob, wenn es etwas zu tun galt, worauf sie keine Lust hatte.

»Bitte wenden!«, sagte die Stimme wieder, und nun kam es mir vor, als klinge sie sogar leicht gereizt.

»Bitte nicht jetzt, Trine, nicht in der Kurve nach Sommerloch! Stell dir vor, der Kleine wird später gefragt, wo er denn geboren ist, und er muss sagen: ›In der Kurve nach Sommerloch!‹ Das ist doch total uncool!« Ich wusste, dass diese Tatsache Trine mit Sicherheit überzeugen würde, jetzt kein Kind in der Kurve nach Sommerloch zu kriegen.

»Stimmt«, antwortete Trine stöhnend und stemmte sich gegen den Haltegriff der Autotür. »Du hast recht. So kriegt er sicher keins von den coolen Mädchen. Nein, das geht wirklich nicht.«

*

Ich konnte mich nicht erinnern, jemals zuvor so froh gewesen zu sein, heil bei meiner Oma Melitta anzukommen. Strahlender Sonnenschein, so weit das Auge sah.

»Da seid ihr ja endlich!«, begrüßte Melitta uns. Sie saß wie immer, wenn sie nicht gerade in ihren Gemüsebeeten herumgrub, im bunten Kittel in ihrer alten Hollywood-Schaukel. Mit ihren fast neunzig Jahren war sie wirklich noch agil, vor allem stimmtechnisch. »Ihr kommt gerade richtig, um ...« Melitta stockte, als sie Trine aus dem Wagen plumpsen sah. »Um Himmels willen!« Melitta sah mich vorwurfsvoll an, fast so, als hätte ich Trine geschwängert. »Du hast mir ja gar nicht erzählt, dass deine Freundin schwanger ist, Lotte!«

Ich wusste genau, warum ich das nicht erwähnt hatte. Man konnte nicht sagen, dass Melitta keine Kinder mochte. Allerdings fand sie mehr als nur tausend gute Gründe – unzählige –, warum man als Frau von heute besser keine bekommen sollte. Im Mittelpunkt ihrer Argumentationslinie stand dabei immer die Kostenintensität, die sie bildlich zu veranschaulichen wusste.

»Trine, Sie wissen aber schon, dass Sie über hundertfünfzigtausend Euro in so ein Kind stecken, bis es achtzehn ist, richtig?« Das war Melittas und Trines erste Begegnung und gleichzeitig ihre Begrüßung. Melitta hielt Glückwünsche zur Schwangerschaft generell für überbewertet.

Trine winkte ab. »Sicher mehr. Wenn ich bedenke, was uns unser erster Sohn Finn schon alles gekostet hat ...« Es sah so aus, als würde Trine jetzt kopfrechnen. »Na ja, also in jedem Fall sind wir froh über unsere Haftpflichtversicherung. Wir haben die Premium, ohne Selbstbeteiligung, wissen Sie. Das ist wirklich sehr sinnvoll.«

Melitta nickte. »Verstehe. Und das zweite war kein Unfall, nein?«

»Also ...« Trine holte aus, und ich wusste, dass dies nun ein langer Vortrag werden würde. Da ich mich bei diesem Gespräch nicht wirklich integriert fühlte, schleppte ich mich und unser Gepäck ins Haus.

Melitta und Trine wollten nach ihrer kleinen Pro-Contra-Kinder-Diskussion, die anscheinend in einer freundschaftlichen Patt-Situation geendet hatte, Melittas ganzen Stolz – das prächtige Grünkohlbeet mit der »wahrscheinlich besten Ernte seit dreißig Jahren« – besichtigen und es sich danach auf der Hollywoodschaukel gemütlich machen.

Mir war das ganz recht. Ich war nicht nur klatschnass, sondern inzwischen auch total durchgefroren. Jetzt brauchte ich erst mal eine heiße Dusche und etwas zu trinken, am besten was Hochprozentiges. Da es schon früher Abend war, beschloss ich, sofort mit einem Gin-Tonic ins Bett zu gehen. So was hatte Melitta Gott sei Dank immer im Haus.

Für einen Eric-Anruf reichten meine Kräfte nicht mehr aus. Also schrieb ich ihm eine kurze SMS, dass die Fahrt den Umständen entsprechend gut verlaufen sei und wir nun wohlbehalten angekommen seien.

Ich war so fertig, als hätte ich gerade einen Marathon hinter mir. In gewisser Weise war das ja auch so, und deshalb ließ ich mich auf das orange-schwarz geblümte Siebzigerjahre-Sofabett fallen. Egal, welche Katastrophen heute noch anstanden: Ich würde nicht zuständig sein. Dieses Wochenende diente der Erholung. Und damit würde ich jetzt auch beginnen. Es dauerte keine zwei Minuten, und ich befand mich im Land der Glückseligen.

»Chaaaaaaaaaaaloooooooooooooooooteeeeeeeeeeeeeeeeeeee eee!!!«

So geweckt zu werden wirft Fragen auf. Ich wollte aber nicht wissen, was schon wieder los war. Ich wollte einfach nur schlafen. Deshalb drehte ich mich um.

»Looooooooooo-teeeeeeeeeeeeeee!!!«

Eine Mischung aus lautem Gebrüll und einem etwas leiseren Wimmern drang durch das offene Fenster in mein Schlafzimmer im ersten Stock, das den direkten Blick auf Omas Gemüsebeet freigab.

Widerwillig hatte ich mich aus dem Bett geschält und stand nun am Fenster, um das Gebrüll zu lokalisieren. In der Abenddämmerung konnte ich nur schemenhaft zwei Gestalten im Grünkohl-Beet erkennen. Eine davon schien zu liegen.

Oh Gott! Trine!

Ich rannte los.

Sie wird doch wohl nicht ausgerechnet jetzt ...?! Oh nein! Und was machen Melitta und Trine da überhaupt in dem verdammten Beet?

Ich stolperte beinahe über meine eigenen Füße, als ich jede zweite der wenigen Treppenstufen bis ins Erdgeschoss übersprang. Unten angekommen, wollte ich die Haustür öffnen, aber das seit sicher zwanzig Jahren klemmende Fliegengitter tat das, was es immer tat: Es klemmte. Nach mehrmaligem, erfolglosem Herumruckeln stellte ich allerdings fest, das einfach nur der Riegel vorgeschoben war.

Wie geht diese verblödete Verriegelung denn jetzt nun wieder auf?

»Schaaaaaaaaaaaaaaaaaa-Scha-Schaa-haaaa-haaaaaa-looooooooooh-teeee!«

Irgendwie hörte sich der Ton nun gequälter an.

Ich riss nun mit voller Wucht die Fliegengittertür auf und rannte barfuß raus.

Mitten in den Grünkohlköpfen lag eine schwer atmende Trine.

Oma Melitta stand direkt vor ihr, während sie sie motivierte, ordentlich zu atmen: »Los, Kindchen, atmen Sie immer eins, zwei, drei ...«

»Trine, was machst du hier im Beet ...?«

»Nicht pffthhh-jetzt!!! Pffthhh-Ruf pffthhh-den pffthhh-Kranken-pffthhh-wagen! Looos!«

Trine hat echte Wehen! Oh – mein – Gott!!! Und das fast zwei Wochen zu früh!

Ohne ein weiteres Wort rannte ich wieder ins Haus. Da hier im Outback der Handyempfang eher eingeschränkt war, lief ich sofort ins Wohnzimmer, wo noch ein altes Telefon stand. Mit Wählscheibe!

Wie lange dauert denn bitte so eine Wählscheibendrehung?!?! Dafür habe ich doch jetzt keine Zeit! Und was muss *ich eigentlich wählen? 112? 110? Wer zur Hölle ist denn für Geburten zuständig?*

Ich wählte irgendwas.

Als sich eine weibliche Stimme aus der Notrufzentrale meldete, ließ ich sie gar nicht erst ausreden, sondern brüllte irgendwas von »Elmo kommt mitten im Gemüsebeet!« und Melittas zerstückelte Adresse in den Hörer.

Bis die hier mitten im Wald angekommen sein würden, würden wir Elmo doch bereits aus der Schule abholen können! Ich schmiss den Hörer auf den Tisch und rannte zurück.

Stopp! War da nicht immer von heißem Wasser und sterilen Tüchern die Rede? Hatte nicht schon Scarlett O'Hara ihre Bedienstete Prissy losgeschickt, um Wasser und Tücher zu holen, als Melanie in den Wehen lag?

Was schon mitten im amerikanischen Bürgerkrieg funktioniert hatte, das würde doch auch hier im Outback helfen!

In Ermangelung sämtlicher Bediensteten suchte ich wie wild nach Handtüchern und fand sie im Badezimmerregal. Jetzt nur noch einen Eimer Wasser ...

»Chaaaaaa-loooo-teeeee!«

»Ich komme!«, brüllte ich Richtung Badezimmerfenster, das unter meinem Schafzimmerfenster lag und somit auch direkt auf den Garten hinausging.

Praktischerweise stand mitten im Waschbecken ein großer, runder Plastikbehälter, in dem Melitta immer das Spülwasser sammelte. Ich hatte mir sagen lassen, Kriegskinder täten so etwas nun mal.

Nachdem ich den Behälter ausgewaschen hatte, lief ich in die Küche, schmiss den Wasserkocher an und wartete ungeduldig auf das heiße Wasser. Als der Behälter halb voll war, schüttete ich das Wasser in den Eimer und rannte mit den Handtüchern und einer Decke über der Schulter und dem Wassereimer in der Hand los.

Bei Trine und Melitta angekommen, wusste ich allerdings auch nicht, wie ich nun weiter vorgehen sollte, und stellte den mitgebrachten Kram erst mal ab. Trine lag immer noch schwer atmend mitten im Beet, und Melitta sah uns kopfschüttelnd an.

»Dass das kein gutes Ende nehmen würde, wusste ich gleich. Und dann auch noch in der besten Grünkohlsaison, die ich je hatte. Nicht, dass ihr mir noch meine ganze Ernte verderbt! Ich wollte sie ja noch ins Haus ...«

»Oma!!!«

»Was denn?« Sie sah mich verständnislos an. »Dabei wollte ich Trine doch nur meine beiden prächtigsten Grünkohlköpfe zeigen!«

Ich versuchte, Trine auf eines der Handtücher zu rollen, von denen ich zwischenzeitlich eines neben ihr ausgebreitet hatte. Sie hörte sich mittlerweile an wie *Thomas, die kleine Lokomotive*, die ich durch Finn an einem der vielen Babysitter-Nachmittage kennengelernt hatte.

»Hand-pffthhh-tuch pffthhh-nass pffthhh-an pffthhh-hinten!« Trine sah mich mit weit aufgerissenen Augen an, während Melitta sie mit ihrer Taschenlampe anleuchtete, die sie inzwischen aus dem Haus geholt hatte.

Verdammt, wie lange braucht der dämliche Krankenwagen denn noch?

»Los jetzt!«, kommandierte Melitta und krempelte sich die Ärmel hoch, schnappte sich eines der Handtücher, tauchte es in den Eimer und näherte sich Trines Intimzone.

Sie wird doch nicht ...?!?

Mir wurde schwindelig.

Verdammt, Charlotte, jetzt reiß dich mal zusammen und hilf deiner Freundin!

Die nächsten Minuten liefen irgendwie in Slow-Motion ab.

Trine atmete tapfer und stieß zwischendurch lange, gellende Töne aus. Sie erinnerten mich an den Paarungsruf des gemeinen Delfins, den ich mal auf einem Last-Minute-Segeltörn im Mittelmeer gehört hatte. Abwechselnd zu den grellen Tönen wetterte sie wilde Hass-Tiraden auf Paul, auf ihr vorhandenes und ihr fast vorhandenes Kind, fremde Kinder und auf die Welt im Allgemeinen.

Melitta wetterte tatkräftig mit und feuerte Trine zwischendurch mit den Kommandos »Pressen! Hecheln, hecheln!« an. Derweil fummelte sie noch immer mit dem Handtuch rum und behielt den Geburtskanal im Auge.

Ich hielt Trines Hand in meiner linken, während ich mit der anderen, freien Hand immer wieder ihre verschwitzte Stirn mit einem Handtuchzipfel abtupfte.

Was ich von Finns Geburt noch wusste und noch nicht verdrängt hatte, war, dass sie damals sehr unkompliziert verlaufen war. Ich hoffte für Elmos Geburt dasselbe.

Nicht auszudenken, wenn ...

»Das Köpfchen, jawoll!«, verkündete Melitta.

Als ich selbst einen Blick darauf warf, war es vollends um mich geschehen. Vor meinen Augen wurde es schwarz. Aus weiter Ferne hörte ich das Martinshorn des herannahenden Krankenwagens.

Wenige Augenblicke später wurde ich von einem Rettungssanitäter wieder ins Leben zurückgerufen: »Ah, junge Frau, da sind Sie ja wieder. Alles okay bei Ihnen?« Bevor ich überhaupt etwas erwidern konnte, maß er schon meinen Blutdruck.

»Der ist noch ein bisschen tief, aber das ist schon okay. Können Sie sich schon wieder setzen? Kommen Sie, wir versuchen das mal.« Er zog mich mit seiner Hand hoch. »Ah ... Das klappt doch schon wieder prima.«

Als ich saß, sah ich, dass auch mit Trine und dem Baby alles in Ordnung zu sein schien. Die frischgebackene Mutter lag glücklich mit dem in mehrere Decken eingewickelten Elmo zwischen Melittas beiden größten Grünkohlköpfen.

»Sooo«, sagte der Notarzt zu ihr, »das sieht ja alles so weit ganz gut aus. Wir müssen Sie und den Kleinen dennoch mit in die Klinik nehmen, sodass nichts passieren kann.«

»Hmm«, antwortete Trine nur, ohne auch nur einen Blick von ihrem Baby zu wenden.

Im Gegensatz zu Finn, der rotblonde Haare und Sommersprossen hatte und ganz nach Trine kam, hatte Elmo fast weiße Haare. Sonst sah er ein bisschen blau, verschrumpelt und schmierig aus, aber das sagte ich Trine besser nicht. Und dass eine Geburt im Grünkohlbeet cooler war als in der Kurve nach Sommerloch, wagte ich auch zu bezweifeln.

Ganz verliebt sah Trine ihren zweiten Sohn an. »Ist er nicht wunderschön?«

»Ja, also er ist ...« Ich überlegte. »Also ich finde ja, dass er ganz, ganz tolle Haare hat! Und so viele!«

Trine lächelte verzückt.

»So, das hätten wir also geschafft!« Melitta stemmte ihre Hände in die Hüfte, während sie den Arzt und die Sanis, die gerade ihre Sachen zusammenpackten, argwöhnisch beobachtete. »Und nun zu uns!« Melitta leuchtete erst mit der Taschenlampe ihr halb zerstörtes Grünkohlbeet ab – es waren nur noch wenige Köpfe unbeschädigt, denn auch die Männer in Weiß hatten wenig Rücksicht auf Melittas grünen Traum genommen. Dann leuchte sie Elmo an.

Er quakte leicht schnaufend vor sich hin. Die pausenlos endorphinausschüttende Trine blickte ihren Sohn verzückt an. Der Zwerg beschäftigte sie so sehr, dass es ihr immer noch nichts auszumachen schien, dass sie hier mitten in der Nacht in einem Grünkohlbeet lag.

»Ich kann wirklich nicht behaupten, dass ich noch nicht viel erlebt hätte in meinem Leben«, sagte Melitta. »Als Nachkriegskind geboren, im Zweiten Weltkrieg geflüchtet, dann Gefangenschaft und Arbeitslager, und jedes Mal musste das Wenige, was wir besaßen, zurückgelassen werden, dann das Haus hier mit meinen eigenen Händen aus dem Boden stampfen ...« Nun holte sie tief Luft. »Aber das, das hier ... du meine Güte!« Jetzt leuchtete sie die beiden größten Grünkohlköpfe an, die am meisten in Mitleidenschaft genommen worden waren, bevor sie sich wieder Elmo zuwandte. »Mein Freundchen, für diesen Auftritt ziehe ich dir in ein paar Jahren die Ohren lang. Dass du mir ja deiner Mutter Freude machst und die Finger von den Drogen lässt und dem Alkohol und nicht mitten in der Nacht von der Polizeistation ...«

Elmo wimmerte mit geschlossenen Augen aus den dicken Decken heraus, während Trine ihn angurrte und ihm gut zusprach.

»Oma!«

»Was denn?« Melitta leuchtete mich an, sodass ich von dem grellen Taschenlampenlicht geblendet wurde.

»Elmo ist gerade ein paar Minuten alt, da muss man sich doch noch keine Sorgen um seinen Drogenmissbrauch machen!«

»Ach, Kind«, antwortete Melitta und sah dabei aus, als hätte sie bereits einige Erfahrungen hinter sich (was ich mir durchaus vorstellen konnte, da ich ja meine Mutter und ihre Schwester Marlene gut kannte und mir oft lebhaft ausgemalt hatte, wie sie in ihrer Jugend wohl gewesen waren). »Damit kann man nie früh genug anfangen!« Dann ließ sie ihren Blick über die zerstörten Grünkohlköpfe schweifen und wandte sich an meine Freundin. »Trine, Kindchen, Sie haben aber wirklich die gute Haftpflichtversicherung, die Premium, gell?«

3. Kapitel

Das Ganze war jetzt fast ein Jahr her. Melitta hatte Eric und mir seitdem diverse CARE-Pakete mit leicht angedellten Grünkohlköpfen zukommen lassen (»Sind sowieso zu nix mehr zu gebrauchen als zur Beilage!«, »Das war's mit dem ersten Platz beim ›Grünkohlkopf des Jahres‹!«), die so schwer waren, dass der Postbote sich konsequent weigerte, sie die kleine Treppe zu unserer Wohnung hochzuschleppen und die ich deswegen immer wieder aufs Neue vor unserer Hauseingangstür vorfand.

Sonst schickte Melitta derart große CARE-Pakete nur, wenn der *Eduscho*-Kaffee im Angebot war. Ich hatte schon Rationen von ihr erhalten, die gereicht hätten, um ein ganzes Bataillon ein Jahr lang mit Kaffee zu versorgen. Ich beschwerte mich aber nicht; immerhin war es Kaffee und keine Wurst.

Die Wurstphase hatten wir bereits vor einigen Jahren hinter uns gebracht. Sie hatte geendet, als ich einen netten Brief des ansässigen Postamtes erhalten hatte, in dem mir freundlich erklärt wurde, dass weitere Pakete »mit leichtem Verwesungsgeruch« nicht noch mal ausgeliefert, sondern sofort beschlagnahmt und entsorgt werden würden.

Elmo konnte zwar noch keinen Grünkohl essen, erfreute sich aber dennoch eines großen Appetits – und ziemlich viel Energie.

Also versuchte ich, Trine zu unterstützen, wo ich konnte. Schließlich hatte sie mir inzwischen meine zweite Patenschaft aufgedrückt, weil ich ja bei Elmos Geburt »so gut reagiert und so toll mitgeholfen hatte«. Da ich bei so was schlecht Nein sagen konnte, hatte ich natürlich zugesagt, obwohl ich es nach den Jahren mit Finn eigentlich besser wissen sollte. Aber letztendlich dachte ich mir, dass ich mit dieser guten Tat lebenslang mein positives Karmakonto zum Überquellen bringen würde, was ja auch nicht schaden konnte.

Ich besuchte Trine immer, wenn meine Zooschicht es zuließ. Manchmal begleitete ich sie dann auf ihren Spaziergängen im Park oder zu Bio- und Drogeriemärkten, um zum Beispiel Windeln für eine Hundertschaft einzukaufen.

Heute machte Trine allerdings einen sehr abwesenden Eindruck, als wir beide durch die Gänge des Lifestyle-Bio-Supermarktes gingen.

Ich zog es vor, den Gang mit den Kleiesorten, Quell- und Abführmitteln hinter mir zu lassen, und ging schon mal zu den Energie-Tees – etwas, das Trine meiner Meinung nach viel dringender brauchte.

Als ich mich endlich entschieden hatte, sah ich mich nach ihr um. Doch sie war nirgendwo zu sehen.

»Trine?«

Irgendwo schien ich sie verloren zu haben; zumindest war sie nicht nachgekommen. Also ging ich die Gänge noch mal ab.

Ich wunderte mich kein bisschen, als ich Trine dann auch endlich fand – oder, besser gesagt, ihren Unterkörper. Der Rest lag mit ausgestreckten Armen im Regal mit der Haferspeisekleie in den praktischen 400-Gramm-Beuteln, den Paketen mit Minutenpolenta aus Maisgrieß und Buchweizengrütze, die sie auseinandergeschoben hatte: Dort war sie einfach eingeschlafen.

»Trine!«

»Mur moch eine Mimute ...«, murmelte es aus dem Regal heraus, »ich bin so müdeeee ...«

»Normal ist das aber nicht, Trine«, sagte ich besorgt und legte meine Hand auf ihre Schulter, »dass du hier mitten im Regal einschläfst. Kann dich Paul nicht mehr unterstützen?«

Trine deutete ein zartes Kopfschütteln an, blieb dann aber mit dem Gesicht auf dem Regal liegen. »Das ist völlig normal. Letztens erzählte die Mutter von den Zwillingen Mats und Lieke in Finns Kindergarten, dass sie auf einer Palette Klopapier im Supermarkt eingeschlafen ist – einfach so!«

Langsam wunderte mich bei den Elterngeschichten von Trine gar nichts mehr.

Trine schnaufte in das Regal. »Zwischen Klopapierstapeln! Sie war so froh, endlich ein ruhiges Plätzchen gefunden zu haben. Kannst du dir das vorstellen?«

Ich schüttelte den Kopf. »Nein. Aber Klopapier ist wenigstens weicher als das Brett, auf dem du liegst.« Ich sah mich besorgt um. »Und deswegen müssen wir dringend was unternehmen. Wenn du dich nicht bald ein wenig erholst, reichen deine Augenringe bis in das Bulgur-Regal!«

Da das Brett mit Bulgur, Couscous und den Falafel-Fertigmischungen das unterste war, hoffte ich, Trine würde meinen Wink verstehen.

»Seit wann hilft Bulgur gegen Augenringe?«

»Okay, ich geb's auf, Trine! Du brauchst dringend Entspannung. Und nachdem unser Kurzurlaub bei Melitta dank Elmos Geburt gescheitert ist, hast du doch praktisch nicht mehr geschlafen.«

»Stimmt genau …« Trine nickte.

»Und deswegen habe ich die ultimative Idee!«

»Du ziehst wieder bei uns ein und wirst meine Vollzeit-Nanny?« Schlagartig war Trine wieder hellwach.

»Nein. Ganz sicher nie, nie wieder. Sei mir nicht böse, Trine, du bist meine allerbeste Freundin, das weißt du. Aber Finn und ich in einem Raum … Nein! … Nein. Ich habe eine viel, viel bessere Idee!«

»Ich bin gespannt«, sagte Trine, die sich mittlerweile aus dem Regal gezogen hatte und sich nun schlapp auf den Einkaufswagen stützte.

»Ein Tag im Spa!«

»Oh!«

»Ein Tag im Wellnesscenter, und wir sind wie neu«, ereiferte ich mich. »Wir fragen auch noch Mona, ob sie mitkommt, und gönnen uns dann das ganz, ganz große Paket! Was hältst du davon?«

»Eine Menge!«, sagte Trine, und ich sah ihrem verträumten Blick an, dass sie am allerliebsten sofort losgefahren wäre.

Schnell wählte ich Monas Handynummer, die sofort begeistert war, als ich ihr meine Idee verkündete. Zu so etwas brauchte man auch sie nicht lange zu überreden.

Es war beschlossene Sache: Wir würden schon am nächsten Wochenende fahren.

*

»Hier riecht's nach Bratensoße!« Trine rümpfte die Nase, als wir vollbepackt im Eingangsbereich des Wellnesscenters unsere Armbändchen entgegennahmen.

»Quatsch! Das ist ein Luxus-Wellnessdingsbums-Spa! Hier riecht's höchstens nach Lotusblüten, nach Massageöl und nach Lavendel-Aufguss!« Ich schüttelte den Kopf.

»Und vor allem riecht's hier nicht nach vollgemachten Windeln«, erklärte Mona, »das ist doch schon mal die halbe Miete!«

Wir waren wirklich erleichtert, dass der immer frohe Paul sich bereit erklärt hatte, einen ganzen Tag auf Finn und Elmo aufzupassen. Und endlich waren wir wohlbehalten im Entspannungsparadies angekommen.

»Vielleicht habe ich auch nur Hunger«, nölte Trine und klang wirklich geschlaucht, als sie sich das Spa-Armbändchen umband. »Seit ich Elmo stille, könnte ich den ganzen Tag nur essen. Dieses Kind saugt mich aus!«

Obwohl Elmo auch ein wirklich guter Breiesser war, hielt Trine es für unerlässlich, ihn weiterhin zusätzlich noch zu stillen.

»Wie lange willst du eigentlich noch dingsen?«, fragte Mona.

»Ach«, winkte Trine ab, »jeder sagt ja was anderes. Die Weltgesundheitsorganisation sagt sechs Monate, der Kinderärzteverband sagt ein Jahr ...«

»... und die Zeitschrift *Mutterglück* sagt wahrscheinlich bis zum Polterabend«, ergänzte Mona wissend.

»Genau. Deswegen mache ich mir keinen Stress.«

»Das hast du bei Finn auch schon gesagt«, antwortete ich und verstaute meine Tasche in einem der Einschließfächer.

»Stimmt«, sagte Trine und schob sich noch schnell einen Kinderriegel in den Mund, »nur diesmal komme ich kaum mit dem Essen hinterher. Eines Tages bin ich nach dem Stillen verschwunden, Mädels. Einfach weggesaugt!«

Bei der Vorstellung musste ich lachen und überlegte, eine Schwangerschaft doch vielleicht einmal ernsthaft in Erwägung zu ziehen – trotz aller Horrorszenarien, die ich bis jetzt miterleben musste. Denn ein, zwei Kilo weniger würden mir auch nicht schaden. Seit ich mit Eric zusammenwohnte und er ständig irgendwelche Sahnesoßen-Gerichte kochte, hatte ich ein wenig zugelegt. Das musste dringend aufhören; ich hatte mir ohnehin vorgenommen, ab sofort Punkte zu zählen.

»Ein Kinderriegel hat zwei Punkte!«, erklärte ich Trine. »Die trainiert man in einer halben Stunde Walken ab.«

»Eine halbe Stunde was anderes geht auch ...« Mona zwinkerte mir zu.

Dass Mona einmal Punkte gezählt haben sollte, konnte ich mir kaum vorstellen. Mit ihrem frechen Kurzhaarschnitt und ihrer knabenhaften Figur wirkte sie immer sportlich und durchtrainiert. Jetzt wusste ich auch, woher das kam.

»Oh, von der angenehmen Seite hatte ich das noch gar nicht betrachtet«, sagte ich nachdenklich.

Gleich heute Abend würde ich Eric in meinen Punkteplan mit einbeziehen. Aber so was von.

Als wir uns nach der ersten Behandlung durchgeknetet und großporig in die riesigen bequemen Liegestühle fallen ließen und die grandiose Aussicht auf den Kölner Dom genossen, nutzte Mona die Pause für ein Brainstorming.

»Los, Kinder! Ich brauche einen super Namen für meinen Laden. Der muss einfach alle umhauen!«

Sie hatte sich sehr erfolgreich mit Filzarbeiten im Internet selbstständig gemacht. So erfolgreich, dass sie jetzt einen eigenen Laden samt Lager brauchte.

»Hm«, überlegte ich laut, »an was hattest du denn so gedacht? Irgendwas mit Filz ...?«

»Ja, irgendwas Knackiges, was Unverwechselbares am besten ... Und witzig sollte er sein! Auf jeden Fall muss er Frauen im mittleren Alter ansprechen.« Als Mona das sagte, sah sie mich dabei an.

»Wieso guckst du bitteschön mich an, wenn du ›mittleres Alter‹ sagst?«

Ich war begründet beleidigt. Nicht, dass ich sowieso schon ein Problem mit meinem Alter hatte. Ich war fest davon überzeugt, dass das Datum in meinem Ausweis nicht stimmen konnte. Irgendwas musste da mächtig schiefgelaufen sein, und in Wirklichkeit war ich einundzwanzig. Ganz sicher!

»Ach, Charly. Ich meine natürlich Frauen im *besten* Alter!«

»Filzladen ... Filzhaus ... Filzrampe ...«, brainstormte ich ein wenig besänftigt.

»Super, Charlotte. Filzrampe! Die Assoziationskette mit der Resterampe verschafft mir sicher eine horrende Anzahl neuer Kunden. Vor allem aber sicher *liquide* Kunden.«

»Was für Kunden?« Trine schaute mit großen Augen in unsere kleine Runde.

Es war wieder einer der Momente, in denen ich sie für ihre immer ahnungslose Art knutschen könnte.

Mona stupste Trine von der Seite an. »Los, du musst auch mithelfen! Schließlich ist es mein erster Laden! Und wenn ich dann später das große Filzimperium leite, werdet ihr stolz sagen können, dass ihr Freunde der ersten Stunde seid!«

»Ach Mona«, stöhnte Trine, »ich bin nicht ... äh ... kreativ, das weißt du doch. Seit Finn letzte Woche auch noch Läuse aus dem Kindergarten angeschleppt hat, bin ich einfach nur noch fix und ...«

»Läuse!« Mona saß plötzlich senkrecht auf dem Liegestuhl. »Mädels, das ist es!«

Verständnislos sah ich meine Freundin an. Es gibt Gedankengänge, die *muss* man einfach nicht verstehen.

»*Die Filzlaus!*«, erklärte Mona feierlich. »Trine, du bist einfach die Beste!«

Die Gläser mit dem gut gekühlten Crémant und dem alkoholfreien Sekt für Trine klirrten, als wir uns zuprosteten und anstießen.

Und da soll noch mal einer behaupten, Kindererziehung mache unkreativ, dachte ich und lehnte mich entspannt zurück.

Das wirklich Tolle an Wellnesstagen im Spa ist doch, dass man einen Bademantel leihen kann. Die Bademäntel waren einfach immer viel, viel, viel weißer und viel, viel, viel flauschiger als alle Bademäntel zu Hause. Woran das lag, konnte ich bisher noch nicht herausfinden. Aber ich lieh mir regelmäßig einen aus.

Mona tat das nie, denn sie bevorzugte individuelle Modelle, meistens mit kleinen Filzapplikationen, die sie später auch in ihre Angebotspalette im neuen Laden aufnehmen wollte.

Und Trine hatte, seit ich sie kannte, nur einen einzigen,

dafür aber wirklich originellen Bademantel, von dem sie sich nicht trennen wollte. Es war ein Frotteeteil im Kuhfell-Look mit einer Kapuze, an der ursprünglich zwei Kuhohren hingen. Mittlerweile war es allerdings nur noch eines, und selbst das baumelte schon ein wenig lädiert an zwei dünnen Fäden herunter, was Trine aber natürlich nicht im Geringsten störte. Der Kuhmantel hatte außerdem zwei kleine Eutertaschen und einen Kuhschwanz, der hinten am Rückenteil hing und mit dem Trine sich mehr als nur einmal in einer der Saunatüren verheddert hatte.

Ich konnte nicht sagen, dass mir die teilweise verstörten Blicke der anderen Spa-Besucher nichts ausmachten, aber was sollte es? Ich würde Trine genauso wenig davon abbringen können, dieses Teil zu tragen, wie ich den Koloss von Rhodos dazu bringen würde, mit mir einen Halbmarathon zu laufen.

»Superflauschig, diese Bademäntel hier«, sagte ich, während ich herzhaft in das Canapé biss, das jede von uns auf einem winzigen Teller neben zwei anderen winzigen sojasprossenverzierten Häppchen soeben von einer sehr jungen, sehr schlanken, sehr blonden Frau mit sehr weißen Zähnen gereicht bekommen hatte.

An manchen Orten, an denen man sich wohlfühlen soll, wird es einem doch ganz schön schwer gemacht, dachte ich kauend.

»Vor allem finde ich ja toll, dass man nach jeder Massage und jedem Peeling wieder einen neuen bekommt«, fügte ich meiner Bademantel-Lobeshymne noch hinzu, während ich einen Seitenblick auf Trine riskierte. »So muss man nicht in dem klebrigen Teil hier rumliegen und fühlt sich doch gleich doppelt gut.«

Trine wusste, dass ich sie am liebsten beknien würde, den Kuhmantel endlich zu entsorgen, wenn ich auch nur einen Hauch einer Chance gehabt hätte.

Aber sie reagierte wie immer unbeeindruckt. »Ich trage doch lieber meine eigenen Sachen«, erwiderte sie. »Wer weiß, was für eklige Leute da schon reingeschwitzt haben. Leute mit fiesem pockennarbigem Hautausschlag, Ganzkörperbehaarung, Allergien …«

»Schon gut, Trine!«, stoppte ich ihre Ausführungen.

Die plastischen Vorstellungen meiner Bademantel-Vorgänger machten mein wohliges Gefühl auf der Stelle zunichte. Augenblicklich hatte ich auch keinen Appetit mehr.

»Isst du das noch?« Ohne meine Antwort abzuwarten, schnappte sich Trine das letzte Canapé von meinem Tellerchen.

Wenn man Trine nicht kannte, konnte man sich schnell dazu verleiten lassen, sie zu unterschätzen. Aber dass sie keinen Plan hatte, das konnte man nicht behaupten.

»Apropos Bademantel-Wechsel«, sagte Mona und sah mich besorgt an. »Du hast aber schon an deinen Schließfachschlüssel gedacht, ja?«

Ich lachte. »Ihr seid wirklich wie Mütter zu mir! Natürlich. Dafür gibt es doch schließlich diese tollen Armbänder hier …«

Mit einem Griff umfasste ich mein linkes Handgelenk, an dem das Bändchen hängen *sollte*. Aber wie das mit so vielen Dingen im Leben ist, die so oder so sein sollten – meist waren sie es ja nicht. Ich fasste ins Leere. »Ach du scheiße!«, rief ich, »wo ist das Bändchen?«

»Darum fragte ich«, sagte Mona und widmete sich wieder ihrer Zeitschrift *Filz & Fertig!*, »ich hatte mir so was in der Art schon gedacht.«

Mist!

Gedanklich ging ich alle Orte des großen Wellnesstempels durch, an denen wir in den letzten Stunden gewesen waren. Kaiserbad, Laconium, Hamam, Massageräume, Schlafraum, Saunalandschaft … Und nach jeder Behandlung, die etwas mit Öl oder einem Peeling zu tun gehabt hatte, hatte ich einen neuen Bademantel bekommen.

Ach herrje! Der Schlüssel muss tatsächlich *in einem der Bademäntel sein! Nur in welchem?*

Sie sahen alle gleich aus und waren sicher jetzt schon in einen der riesigen Waschschächte geworfen worden, ins Bademantel-Nirwana – und mein kleiner Schlüssel mit einem von ihnen.

»Shit! Wie soll ich denn jetzt bloß den Schlüssel wiederfinden?«

»Nimm Sagrotan mit«, sagte Trine und reichte mir ihren Spindschlüssel, den sie aus ihrer Kuhmantel-Euter-Tasche gezogen hatte. »Hab ich immer dabei. Kannst du sicher gut gebrauchen, wenn du gleich in den nassverschwitzten Bademänteln herumwühlst.«

»Iiih, Trine!«

Super.

Jetzt musste ich also zu der sehr jungen, sehr schlanken, sehr blonden Frau mit den sehr weißen Zähnen gehen und ihr erklären, dass ich zu blöde war, auf meinen Spindschlüssel aufzupassen.

Wieder ein Ort in Köln, an den ich nicht zurückkommen würde.

Wenn das so weitergeht, dachte ich, *muss ich irgendwann wirklich notgedrungen in eine andere Stadt ziehen.*

Gleich ein Grund mehr, das Thema so bald wie möglich mit Eric zu besprechen. In letzter Zeit hatte er immer viel zu tun, und wir waren nicht dazu gekommen, das Thema ›Umzug in eine größere Wohnung mit begehbarem Kleiderschrank‹ zu diskutieren.

Seufzend schälte ich mich aus der bequemen Liege, um die blonde Lolita zu suchen.

»Viel Spa-haß!« Trine winkte mir schadenfroh hinterher, und auch Mona grinste.

Neben einigen Seegurkenarten und Süßwasserpolypen, von denen ich wusste, dass sie potentiell ewig leben konnten, war auch der Kuhbademantel soeben unsterblich geworden.

»Und Sie wissen wirklich nicht, nach welchem Saunagang das gewesen sein muss?« Lolita lächelte mich freundlich an.

Sie war die klassische Sauberfrau, wie sie im Buche steht: glänzende goldblonde, splissfreie Haare, eine babyweiche Haut, die über keine einzige Pore zu verfügen schien, ein zartes Lächeln und kleine Grübchen, dazu riesige Augen mit einem unverschämten, ungeschminkt aussehenden Wimpernkranz, den ich selbst mit hundert Schichten *Max Factor False Lash Effect Mascara* nicht hinkriegen würde, und natürlich perfekt gezupfte Augenbrauen, gegen die meine im direkten Vergleich an Frida Kahlo erinnerten.

Ihre schlanken, french-manikürten Finger tippten nun auf dem hausinternen Festnetztelefon herum – wahrscheinlich um zehn weitere Teilzeit-Lolitas davon abzuhalten, den nächsten Waschgang zu starten, und somit deren Zeitplan für heute komplett durcheinanderzubringen. Ich malte mir aus, wie nun sämtliche Vorgänge meinetwegen gestoppt und Abläufe gestört würden und die Angestellten aufgrund meiner Blödheit Überstunden schieben müssten: Kinder würden zu spät von der Schule abgeholt werden, Einkäufe nicht erledigt, Ehemänner sauer daheim vor dem zu spät zubereiteten Abendessen sitzen … ja, ganze Ehen, deren Fundament nicht stabil genug war, könnten zerbrechen – und das nur wegen eines einzigen Momentes der Unaufmerksamkeit und eines winzigen Spindschlüssels! Nun hatte ich wirklich ein schlechtes Gewissen, obwohl Lolita immer noch freundlich lächelte, während sie nun telefonierte.

»Ja genau, im Spa-Bereich. … Ja. Exakt. Einer der größeren Bademäntel, denke ich. … Ja. Genau. Wahrscheinlich L, oder?« Fragend sah sie mich an.

Einer der größeren Bademäntel?

Ich fasste es nicht.

»Höchstens M«, flüsterte ich ihr abwinkend zu, und Lolita zog ungläubig ihre rechte, perfekt gezupfte Augenbraue hoch.

»Ja, L, in jedem Fall L, vielleicht auch größer«, säuselte sie in den Hörer.

Vielleicht auch größer? Das ist ja wohl eine Unverschämtheit!

Ich versuchte, an das Kragenschildchen in meinem Nacken zu kommen, ohne den Bademantel zu öffnen, da ich ja nichts darunter trug. Mit dem Kinn über der linken Schulter konnte ich aus dem Augenwinkel ein L erkennen. Es konnte aber auch ein verwaschenes, halbes M gewesen sein, ich war mir da nicht so sicher.

»Ich kann nur ein halbes M erkennen«, flüsterte ich Lolita zu, die immer noch geschäftig telefonierte.

Lolita nickte.

Ein halbes M, die neue Zwischengröße.

Sie lächelte mich wieder an, als sie auflegte. »Die Kolleginnen schauen nach«, sagte sie freundlich, »bei M *und* bei L.«

Betrübt schlurfte ich in den Spa-Schlappen zurück zu Trine und Mona.

Lolita hatte mir zugesagt, mich sofort zu informieren, wenn der Schlüssel auftauchen würde.

Irgendwie war meine gute Laune verflogen, als ich mich wieder zu meinen Freundinnen legte.

»Trine«, fragte ich leise, »hast du noch einen Kinderriegel dabei?«

»Klar doch!«, sagte sie und zog einen aus ihrer Eutertasche. »Du wirkst aber ganz schön gefrustet.«

»Ach, das legt sich wieder«, mischte sich Mona ein. »Spätestens, wenn sie die beiden Punkte heute Abend mit Eric wieder abtrainieren muss.«

»Stimmt«, antwortete ich kauend, »Eric ist wirklich ein Geschenk des Himmels.«

Seufzend schloss ich die Augen und dachte an ihn. Er mochte mich so, wie ich war, und das war ja wohl die Hauptsache. Und außerdem war ich mir *ganz* sicher, dass das L doch ein verwaschenes halbes M gewesen sein musste.

Lolita und ihre Kolleginnen hatten den Spindschlüssel schneller gefunden als erwartet. Gut organisiert, der Laden, dass musste ich ihnen lassen. Und so wie es aussah, müsste auch niemand Überstunden schieben, Kinder würden pünktlich abgeholt werden und die Kölner Ehemänner zufrieden sein.

Trine und Mona versprachen beim Bezahlen unaufgefordert, dass ich das nächste Mal ganz sicher meinen eigenen Bademantel mitbringen würde, was die arme Kassiererin verwirrt zurückließ.

*

Als ich müde von so viel Entspannung zu Hause ankam, wartete Eric schon auf mich.

»Na, hattet ihr einen schönen Tag?«

»Ach«, antwortete ich, »frag besser nicht.« Ich freute mich, ihn zu sehen, und kuschelte mich neben ihn auf das viel zu kleine Sofa. Noch so ein Grund, eine größere Wohnung zu suchen. »Ich habe heute zwei Kinderriegel gegessen«, sagte ich und begann, an Erics Ohr zu knabbern, »das sind zusammen vier Punkte.«

»Und was bedeutet das?«, fragte Eric ahnungslos.

»Das bedeutet, dass wir beide jetzt eine Stunde rummachen müssen«, erklärte ich.

»Oh«, sagte Eric. »Gut, dass ich vorhin beim Einkaufen einen neuen Kinderriegel-Vorrat für unvorhergesehene Finn-Besuche eingepackt habe.« Er zwinkerte mir zu. »Möchtest du vielleicht noch schnell einen?«

Ach, abnehmen kann ja so schön sein!

4. Kapitel

»Charlotte!« Willi kam wild mit seinen Händen fuchtelnd und ganz aufgeregt auf das Pinguinbecken zugelaufen. »Ich habe ganz tolle Neuigkeiten!«

Ich war gespannt, wer oder was jetzt schon wieder geboren worden war.

»Ich habe deine Nacktmull-Stofftier-Idee beim letzten Treffen des VDZ so nebenbei erwähnt. Und die Idee kam super an!«

»VDZ?«, fragte ich.

»Ja, beim Verband Deutscher Zoodirektoren. Sie waren begeistert! Nacktmulle sind eine echte Marktlücke. Außerdem hat ja kaum ein Zoo die Tiere. Außer uns!«

»Stimmt«, antwortete ich und verteilte ein paar Streicheleinheiten unter den zutraulichsten Tieren, vor allem an Raoul.

»Und deswegen setzen wir deine Idee auch direkt um. Ich hab schon mit dem Merchandising-Team gesprochen. Die sind alle Feuer und Flamme.« Zufrieden klopfte Willi mir auf die Schulter. »Dass du mal zu unseren Besten hier in unserer Zoofamilie gehören würdest, hätte anfangs auch keiner gedacht.«

Bitte? Was sollte das denn jetzt schon wieder heißen? Ich war von Anfang an engagiert und motiviert gewesen! Na ja, ein wenig verplant vielleicht ... Aber man durfte doch nicht vergessen, dass ich einen radikalen beruflichen Umbruch hinter mir hatte.

»Aha, auch gut zu wissen«, sagte ich missmutig.

»Kein Grund für schlechte Laune«, antwortete Willi freudig. »Man kann ja nicht davon ausgehen, dass jede ehemalige Lektorin über so viel Talent im Umgang mit Tieren verfügt. Das Praktikum war ja einfach nicht aussagekräftig genug. Ich finde, seitdem du hier fest angestellt bist, hast du dich wirklich noch mal enorm gesteigert.«

»Danke«, maunzte ich und kraulte Raouls Nacken. »Trotzdem denke ich, dass ich auf die Dauer doch vielleicht etwas mehr ... also ... ich meine ... vielleicht ein paar neue Herausforderungen ...« Ich biss mir auf die Lippen.

Wohl nicht ganz so klug, meinem Chef erst ein paar Monate nach meiner Festanstellung hier zu verklickern, dass es im Grunde nur ein Aushilfsjob für mich war, der mich keinesfalls ausfüllte.

»Ich weiß, Charlotte.« Willi zwinkerte mir zu. »Ich habe da auch schon so eine Idee. Nur jetzt muss ich leider los. Wir reden ein anderes Mal, dann aber in Ruhe.«

»Gut«, sagte ich und nickte.

Immerhin hatte er nicht sauer reagiert und sah die Sache genauso wie ich.

Was er sich da wohl für mich vorstellt? Ich bin gespannt.

»Bis Montag dann!« Mit diesen Worten verabschiedete sich Willi vom Beckenrand und ging seines Weges.

Hoffentlich macht er mich nach unserem gemeinsamen Nacktmull-Erlebnis nicht zur Säbelzahnwürstchen-Gesandtin, die den schlechten Ruf der armen Tierchen rehabilitieren soll, dachte ich noch, bevor Raoul wieder meine volle Aufmerksamkeit einforderte.

*

»Der Makler von dem Objekt hier klang wirklich nett am Telefon«, weihte Mona mich in ihre Aktivitäten der letzten Tage ein, »aber du kennst das ja: GSSA.«

Wir hatten uns nach der Arbeit verabredet, um geeignete

Ladenlokale für sie zu besichtigen. Mona, euphorisch wie immer, wenn es um ihre Passion ging, hatte gleich mehrere Besichtigungstermine für ihr neues potentielles Ladenlokal ausgemacht.

»Bitte *was*?«

»Na, GSSA. Gute Stimme, schlechtes Aussehen.«

»Ach so.«

Mona war seit dem Schaffnerunglück (so nannten wir die Tatsache, dass sie ein verheirateter Schaffner, den sie aus ihrem früheren Leben bei der Deutschen Bahn kannte, mit seiner eigenen Frau betrogen hatte) jetzt schon so lange Single, wie ich mit Eric zusammen war. Da war es klar, dass sie jeden neuen Mann in ihrem Leben erst mal auf seine Qualitäten als Mr. Right abcheckte.

»Obwohl man auch ›Gute Stimme, schlechter Arsch‹ sagen könnte«, fügte Mona nachdenklich hinzu. »Aber das ist dann ja wohl inbegriffen.«

In wenigen Zügen parkte Mona ihren froschgrünen Honda Jazz Hybrid vor einer Ladenzeile der Apostelnstraße ein. Direkt vor uns stand ein Laden offensichtlich leer. Die große Fensterfront war mit einem Plakat beklebt, auf dem *Winkler-Immobilie*n stand, *Norbert Winkler*, und die dazugehörige Telefonnummer.

»Steht der Laden schon lange leer?«, fragte ich besorgt. »Nicht, dass hier schlechtes Verkaufskarma ist! Du weißt, was ich meine.«

»Ach was«, antwortete Mona und schminkte sich zur Sicherheit – falls Norbert Winkler doch kein GSSA war – die Lippen im Rückspiegel nach, »Herr Winkler sagte mir ganz sicher zu, dass der alte Laden ein Familienbetrieb war, dritte Generation – stell dir das mal vor! – und nur dichtgemacht hat, weil der Besitzer keinen Nachfolger gefunden hat. Vorher war ein Knopfladen drin. Stell dir vor, ein ganzer Laden nur voll von Knöpfen!«

Na ja, einen ganzen Laden voll von Filz finde ich auch nicht gerade spektakulärer.

»Wie sehe ich aus?«, fragte Mona mich jetzt und schürzte die Lippen.

»Mona, wir sind hier, um einen Laden für dich zu finden. Wir sind nicht zum Speed-Dating verabredet.«

Ich hievte mich aus dem Wagen. Die ständige Schlepperei der schweren Fischeimer ging auf die Knochen, und Rückenschmerzen hatte ich auch. Lange würde ich den Job im Zoo, so wie er war, nicht mehr machen können. Das war Echte-Kerle-Arbeit.

»Man weiß ja nie«, resümierte Mona, »wo einem das Glück begegnet. Und Makler sollen doch ganz taffe Typen sein. Ich steh auf Macher, das weißt du doch.«

»Ja«, seufzte ich, »ich weiß.«

Mona hatte sich wirklich aufgehübscht heute, das sah ich jetzt, als sie ausstieg, erst richtig. Zu ihrem knallgrünen, enganliegenden Leinenkleid und der bunt-gestreiften Strumpfhose trug sie eine winzige Jeansjacke, die aussah, als hätte man entweder die Hälfte davon abgeschnitten oder sie in der Kinderabteilung erworben; sie reichte bis knapp unter die Arme. Und hoho: Mona trug sogar Absatzschuhe. Das hatte ich schon lange nicht mehr an ihr gesehen. Noch bevor ich einen Kommentar dazu loswerden konnte, traf mich ein strafender Blick.

»Er klang wirklich *sehr nett* am Telefon!«

»Ist ja schon gut«, sagte ich.

Bevor Mona weitere Ausführungen über das Gespräch mit ihrem sehr netten Makler machen konnte, bog der auch schon um die Ecke.

»Guten Abend, die Damen!«, begrüßte Norbert Winkler uns mit Handschlag.

Ein Traum aus braun-beige gestreiftem Polyester stand vor uns. Seine wenigen blonden Haare waren eher federartig und verteidigten tapfer den Blick auf die stark sichtbare Glatze. Insgesamt wirkte Norbert Winkler extrem schlaksig, hatte hängende Schultern und ein schiefes Lächeln. Ich wusste es sofort: genau Monas Typ!

»Oh«, flötete Mona. »Hallo ...«

Es war in dem Moment um sie geschehen, als er um die Ecke gebogen war, das hatte ich gesehen. Und er trug keinen Ring. Das war Monas Startschuss.

»Schön, dass Sie so kurzfristig kommen konnten«, sagte Herr Winkler. »Dann wollen wir doch auch keine Zeit verschwenden und direkt mit der Besichtigung loslegen.« Fahrig wühlte er in seiner Jackentasche und holte einen Schlüsselbund hervor.

»Apropos keine Zeit verschwenden«, sagte Mona und sah mich mit einem durchdringenden Blick an. »Du musst doch sicher noch die ... äh ... Pinguine füttern gehen. Jetzt. Oder?«

Ich glaub, mein Schwein pfeift!

Ich hatte mich nach meiner Schicht so abgehetzt, um pünktlich mit Mona ihre neue Existenz zu begutachten, und dann wurde ich beim Auftauchen des nächstbesten Halbglatzigen abgewimmelt?

»Nein, das habe ich bereits erledigt!«, antwortete ich leicht beleidigt.

»Ja, aber deine Katze, die Katze muss doch auch noch ...«

Ich verdrehte die Augen. »Auch die ist versorgt. Und überhaupt alle, alle sind versorgt. Katzen, Hunde, Pinguine, Goldfische. *Alle* sind gefüttert und wohlauf, Mona. Danke für deine fürsorgliche Nachfrage!«

So leicht würde sie mich nicht absägen. Mona war doch jetzt bereits in einem Zustand, in dem sie keine vernünftige Entscheidung bezüglich des Ladens mehr treffen konnte. Ich konnte nicht zulassen, dass der GSSA-Norbert ihr irgendeine Bruchbude andrehte und sie es mit ihrem bereits mittelschwer verklärten Blick nicht mitkriegte!

»Sind Sie auch solche Tierliebhaber?«, fragte Norbert Winkler und schloss den Laden auf. »Man sagt ja, Menschen, die Tiere mögen, sind gute Menschen.«

Ich war mir nicht ganz sicher, aber glaubte, so etwas wie ein Zucken im rechten Augenwinkel von Norbert Winkler zu erkennen. Garantiert würde Mona voll darauf abfahren, denn nichts fand sie langweiliger als perfekte Männer. Nicht, dass diese Spezies überhaupt existierte, aber das war ebenso wie mit den Einhörnern: Man musste sich nur lange genug einreden, dass es sie gab.

Nur Mona hatte wohl weder für Einhörner noch für die geschniegelte Männerspezies etwas übrig; sie bevorzugte das Unperfekte.

»Oh, ja! Tiere sind toll. Das Beste überhaupt!«

Mona würde sich reinreiten, das war klar.

Wir betraten den Eingangsbereich, der den Blick auf einen großen, lichtdurchfluteten Raum freigab. Viereckig, ohne Schnickschnack – genau das, was Mona suchte. Auf der linken Seite gab es sogar eine große Theke, auf der eine uralte, verstaubte Kasse stand.

»Ein echtes Prachtstück«, sagte Norbert Winkler und pustete ein wenig Staub von der Kasse, sodass er – wen wundert's? – husten musste.

»Wie süß er hustet!«, flüsterte mir Mona ins Ohr. »Und hast du das niedliche Augenzucken gesehen?«

Ohne Worte.

»Es ist eine alte Jugendstil-Kasse, so um 1900 rum«, erklärte Norbert Winkler, während er den Staub von seinem Polyester-Anzug klopfte. »Sogar die Kurbel funktioniert noch.« Norbert drehte an der Kurbel, die auf der rechten Seite der Kasse angebracht war. Der Schub ging knirschend auf, allerdings nur bis zur Hälfte. »Irgendwie klemmt hier eine Feder, aber es ist ein Leichtes, das zu beheben.«

Schmachtend sah Mona ihn an.

Ich konnte ihre Gedanken förmlich lesen: »Wenn er jetzt auch noch handwerklich begabt ist …«

»Der alte Besitzer wollte sie nicht mehr, er überlässt sie dem Nachmieter. Sie ist sicher an die tausend Euro wert, wenn man sie einmal richtig aufarbeiten würde.«

Mona war begeistert. »Absolut toll! Das ist was Besonderes. Genau so etwas habe ich gesucht!«

Ich unterbrach Monas Begeisterungsstürme zwar nur ungern, aber einer musste hier ja bei Verstand bleiben. Immerhin ging es um Monas Zukunft. »Was ist mit dem Lager? Können wir das sehen?«

»Natürlich«, antwortete Norbert Winkler, ohne den Blick von Monas debil grinsendem Gesicht abzuwenden. »Bitte folgen Sie mir!«

»Das muss er nicht zweimal sagen!«, flüsterte Mona mir zu.

»Reiß dich zusammen, Mona!«, zischte ich ihr zu. »Am Ende zieht er dich hier über den Tisch! Wir müssen knallhart verhandeln!«

»Ja, klar, du hast ja recht.« Mona nickte.

»Die Damen – das Lager. Zu den hundertzehn Quadratmetern Verkaufsfläche kommt dann noch mal das Lager mit dreißig Quadratmetern. Insgesamt also eine Fläche von hundertvierzig Quadratmetern.«

»Perfekt, perfekt, perfekt!«, kreischte Mona.

Da war's mit dem knallharten Verhandeln.

»Und die Miete? Wie hoch war die noch mal?«, fragte ich besorgt.

Das Ladenlokal lag ziemlich zentral, was zwar gut war, aber sicherlich teuer.

»Sie war für eintausendeinhundertfünfzig Euro angesetzt. Aber wir haben noch Spielraum.«

Mona blinzelte Norbert Winkler weiter debil grinsend an.

»Wie viel Spielraum?«, fragte ich und versuchte, knallhart zu klingen.

»Na ja, so achtzig Euro ...«, sagte Norbert. »Außerdem ist die wertvolle Kasse mit drin.«

»Für neunhundertfünfzig nehmen wir den Laden«, sagte ich und klang zu meiner eigenen Verwunderung wirklich entschlossen, so, als ob ich morgen zusammen mit Mona dort einziehen wolle.

»Hmm.« Norbert massierte sein Kinn nachdenklich mit Zeigefinger und Daumen.

Mona stupste mich vor lauter Verzückung von der Seite an.

»Gut«, sagte Norbert Winkler endlich. »Hand drauf!« Er reichte mir die Hand und lächelte Mona an. »Darauf trinken wir doch jetzt erst mal einen schönen Prosecco, meine Damen. Ich kenne da ein nettes kleines Lokal ...«

»Ich klinke mich mal besser aus, jetzt, wo das Geschäftliche geregelt ist«, flüsterte ich Mona zu, um dann, etwas lauter zu Norbert Winkler zu sagen: »Ich muss dann doch mal nach den Katzen sehen, aber vielen Dank für die Einladung.«

Norbert und Mona schien es nicht sonderlich zu interessieren, dass ich nicht mitkam. Strahlend schwebte Mona zum Ausgang, dicht gefolgt von Maklernorbi – wie ich ihn soeben in Gedanken getauft hatte –, der seine flache Hand auf ihren Rücken legte und sie leicht vor sich her schob.

»Ich bin dann mal ...«, sagte ich, aber Mona und Maklernorbi waren schon in ein tiefgründiges Gespräch über Haustiere und deren wohltuende Wirkung auf ihre Besitzer vertieft.

Ich stiefelte ihnen hinterher, verabschiedete mich und machte mich auf den Weg zur Stadtbahn.

»Tschö-hööö!« Mona winkte mir zu, als ich mich noch einmal umdrehte, und Maklernorbi winkte mit.

Ich blieb kurz stehen und sah sie mir an. Wie sie so daherschritten, erinnerten sie mich schwer an die Chefhostess Beatrice vom *Traumschiff*, die neben Kapitän Braske den im Hafen zurückbleibenden Menschen winkte, denen nicht die Freude zuteil wurde, eine romantische Kreuzfahrt nach Bora Bora zu unternehmen. Es fehlte nur noch ein musikalischer Einspieler von James Last, und die Szene wäre perfekt.

Gut, dass ich psychisch stabil veranlagt war, sonst wäre ich bei so viel Glück in Tränen ausgebrochen. Ich wusste genau, was Mona mir bei unserem morgigen Telefonat als Erstes verkünden würde, wenn sie mich nach ihrem zweiten Frühstück anrief.

»Ich bin schockverliebt!«, würde sie sagen, jede Wette.

*

»Ich bin schockverliebt!«, brüllte Mona schrill in mein Ohr.

»Ich weiß«, sagte ich und versuchte, so gelassen wie möglich zu klingen.

»Sag doch mal was dazu!«

Ich lachte in den Hörer. »Was soll ich dazu sagen? Irgendwie war es doch klar, dass das passieren würde. Er hat alle Kriterien erfüllt, auf die du abfährst.«

»Ja! Und dieses süße Augenzucken! Hast du das gesehen?«

»Ja, habe ich. Es war kaum zu übersehen.«

Seit ich Mona kannte, war sie sicher schon dreißig Mal schockverliebt gewesen. Einmal hatte sie sich in einen russischen Feinkosthändler schockverliebt, weil der ihrer Meinung nach so tolle Unterarme hatte. Und in den Gitarristen Bruno, weil der so sexy mit den Fingern schnipsen konnte. Und in den Profi-Snooker-Spieler Uwe Olgenfink, der sich so geschmeidig nach vorne beugen konnte und bei dem immer, wenn er lachte, die Augen verschwanden. Unser Lieblingsfall aber war bis zum heutigen Tag der Konsistenzfetischist Frank, der nur Sachen essen konnte, die nicht krümelten. Seine Konsequenz hatte Mona nachhaltig beeindruckt. Monas schockverliebter Zustand hielt aber meist nicht lange an und verschwand so schnell wieder, wie er gekommen war. Also versuchte ich, der aufgedrehten Mona nicht noch mehr Futter zu geben, indem ich *rationale* Gegenargumente brachte. Maklernorbi war wirklich kein Augenschmaus, und er wirkte leicht schmierig in seiner Art – aber wenn ich das sagte, würde ich Mona erst recht dazu bringen, ihn weiter anzubeten.

»Und das Beste, das *Aller*beste ist«, Mona machte eine Pause, und ich konnte den imaginären Trommelwirbel deutlich vernehmen, »das *Aller-aller-aller*beste ist, dass er keinen Ring trägt!«

Ich seufzte.

Darauf war sie schon mal reingefallen.

»Der Schaffner trug auch keinen«, erinnerte ich sie. »Das bedeutet ja anscheinend gar nichts.«

»Jetzt sei doch nicht so«, wisperte Mona in den Hörer. »Er ist wirklich ganz, ganz süß! Wir haben Prosecco getrunken und uns ganz fein unterhalten. Er hat wirklich Witz und Charme, ein ganz toller Typ. So kultiviert! Und er hat sogar tolle Unterarme!«

»Wie hast du *das* denn sehen können?«, fragte ich besorgt und wähnte Mona nach dem ersten Treffen direkt in Maklernorbis adrett gemachtem Einzelbett, das er höchstwahrscheinlich mit Polyester-Blumenmuster-Bettwäsche bezogen hatte, wenn es denn so was gab.

»Nicht, was du schon wieder denkst!«, warf Mona ein. »Er hat einen roten Kopf bekommen vom Alkohol, ist das nicht süß? Und da hat er sich das Jackett ausgezogen und die Ärmel hochgekrempelt, sodass ich seine muskulösen Unterarme sehen konnte. Perfekt!«

»Ja, ganz toll. Und, wann seht ihr euch wieder?«

»Norbi hat vorgeschlagen, heute Abend essen zu gehen. Zur feierlichen Besiegelung des Vertrages, quasi. Ist das nicht einfach traumhaft?«

Norbi? Ich höre ja wohl nicht richtig!

»Du nennst ihn aber nicht Norbi, Mona, oder? Nicht nach *einem* Treffen?«

»Natürlich. Das hat er sogar selbst vorgeschlagen. Außerdem kennen wir uns ja auch praktisch schon ganze zwei Wochen vom Telefon. Wir haben wirklich immer sehr ausgiebig telefoniert. Charly, ich glaube, Norbi ist eine verwandte Seele!«

Ich verdrehte die Augen und stöhnte in den Hörer. So schlimm war es schon lange nicht mehr gewesen. *Eine verwandte Seele!* Da half wirklich gar nichts mehr außer abwarten.

Allerdings hoffte ich inständig, dass es diesmal für Mona besser ausgehen würde. Sie hatte wahrlich mehr als nur einmal Pech mit Männern gehabt. Das hatte mich vorsichtig werden lassen, vor allem, wenn Mona den Mann als ihren Seelenverwandten bezeichnete. Ich wollte nicht, dass meine Freundin wieder von einem Typen, der ihre bedingungslose Zuneigung nicht verdient hatte, verletzt wurde.

Seit dem Schaffnerunglück und Monas schlimmstem Ex, dem Fiese-Matenten-Georg, wuchsen mir Haare auf den Zähnen, sobald ich »kreisrunden Haarausfall«, »groß und schlaksig« und »tolle Unterarme« hörte.

Maklernorbi erfüllte alle drei Kriterien in vollem Maße und trug zu allem Übel auch noch Polyester, was selbst Mona, die leicht ökig angehaucht war, eigentlich abschrecken sollte. Tat es aber nicht. Das sollte was heißen.

»Gut«, sagte ich jetzt, »dann bin ich gespannt. Ich drücke dir die Daumen, dass er sich nicht als schmieriger, drittklassiger Makler entpuppt, der uns nur über den Tisch gezogen hat.«

»Charly! Du bist die Schlimmste unter allen hoffnungslosen Pessimisten dieser Welt! Ich weiß wirklich nicht, wie Eric das immer aushält.«

»Ist ja schon gut ...«, antwortete ich, wurde aber sofort wieder von Mona unterbrochen.

»Also, noch mal zu seinen tollen Unterarmen ...«

Das würde ein längeres Gespräch werden. Aber da musste ich nun durch.

*

»Was hältst du eigentlich von einer großen offenen Küche?« Ich wollte nun endlich das Thema Wohnungssuche bei Eric anschneiden, ich hatte es sowieso schon viel zu lange aufgeschoben.

»Viel«, sagte Eric und legte seinen Arm um mich.

Wir hatten es uns auf dem winzigen Zweier-Sofa mehr oder weniger bequem gemacht, wie an den meisten Abenden, an denen wir geschafft nach Hause kamen.

»Und einem großen, schönen Balkon? Oder einer Dachterrasse?« Ich versuchte, ihm den Gedanken, seine Junggesellenbude verlassen zu müssen, so schmackhaft wie möglich machen.

»Schnurzel, was willst du mir sagen, hm?«, fragte er mich nun.

Er kannte mich zu gut, als das er nicht wüsste, dass das keine hohlen Phrasen waren, sondern dass ich Nägel mit Köpfen machen wollte.

»Na ja, ich bin ja so überstürzt hier eingezogen, und damals konnten wir nicht lange suchen, und für den Anfang war das ja alles auch ganz okay, nur jetzt ...« Ich schluckte.

Ich wollte ihm das Messer nicht auf die Brust setzen, aber viel länger würde ich den beengten Zustand hier auch kam ertragen können.

»Du willst nach einer neuen Wohnung gucken?«, fragte Eric mich.

Ich nickte. »Genau. Es wird Zeit, findest du nicht?«

Ich war froh, dass er sofort wusste, wo der Hase langlief – wahrscheinlich hatte er sich auch schon Gedanken zum Thema gemacht.

»Darüber habe ich mir auch schon Gedanken gemacht«, sagte Eric nun.

Ich freute mich: Wir waren ganz und gar auf ein und derselben Wellenlänge.

»Und ich finde, dass wir es doch ganz gemütlich hier haben, hm, Schnurzel? Ich sehe keinen Grund, jetzt übereilt umzuziehen. Die Mieten in Köln sind sowieso viel zu hoch. Wir können uns doch immer noch darum kümmern, wozu die Eile?«

Er gab mir einen Kuss auf die Stirn und schaltete den Fernseher ein, der aus Platzgründen so nah am Sofa stand, dass selbst ich keine Brille zum Fernsehen brauchte, obwohl ich wirklich kurzsichtig war.

Bitte? Die Mieten in Köln sind zu hoch? Er sieht keinen Grund? Übereilt?

»Übereilt?«, fragte ich und bemühte mich, nicht allzu schrill zu klingen. »Wir wohnen seit einem Jahr in dieser Zwergenwohnung – das nenne ich für meine Verhältnisse nicht übereilt!«

Eric zuckte gelassen mit den Schultern. »Lass uns doch ein andermal darüber reden, hm? Da läuft gerade doch der Bericht über …«

»Mir wäre es aber wichtig, *jetzt* darüber zu reden«, sagte ich so gelassen wie möglich, klang aber wohl doch ein wenig knatschig.

»Machen wir. Nur lass mich eben den Bericht hier zu Ende sehen, ja?«

Mit diesen Worten schien das Gespräch für Eric beendet zu sein.

Was soll das?

Wir waren gerade etwas über ein Jahr zusammen, und schon hatte ich die Schlacht gegen das schlechte Freitagabendprogramm verloren?

»Gut«, schnaufte ich, »wie du willst. Aber wohl fühle ich mich in dem Schuhkarton hier nicht mehr!«

Leicht angesäuert stapfte ich ins Schlafzimmer.

Freitagabend, einundzwanzig Uhr – und ich saß alleine und enttäuscht auf dem Bett.

Ich träumte von großen hellen Räumen, mit Fenstern bis zum Boden, Parkett, Stuck an der Decke und einer großen offenen Küche. Mit Balkon oder Terrasse – am besten Dachterrasse. Das war hier in Köln durchaus zu finden. Natürlich zum horrenden Preis, aber wir waren schließlich Doppel-Verdiener, wenn ich auch nicht unbedingt mehr das ganz große Geld nach Hause brachte. Und wir hatten keine Kinder. Da war doch eine schicke Wohnung drin, es sprach nun wirklich *nichts* dagegen.

Ich würde nicht locker lassen. Noch ein Jahr in diesem Schuhkarton würde ich nicht aushalten, das war so sicher wie das Amen in der Kirche.

Seltsam – mit Religion hatte ich nichts am Hut. Aber immer, wenn es galt, etwas ganz Bestimmtes unbedingt haben zu wollen oder die eine oder andere Katastrophenaktion heil zu überstehen, dann schickte ich kleinere Stoßgebete in den Himmel.

Ich wünsche mir eine schöne, große Wohnung, dachte ich und kniff angestrengt die Augen zusammen, *das hab ich einfach verdient.*

5. Kapitel

»Fiiiii-hiiiiin!«

Noch bevor es überhaupt geklingelt hatte, wusste ich, dass mein Patenkind unmittelbar *vor* unserer Wohnung stand, was eine Klingel in diesem Fall praktischerweise (wie eigentlich immer) ersetzte.

Paul wollte Finn bei mir abgeben, um dann mit Trine und Elmo ganz in Ruhe einige Einkäufe zu erledigen.

Ich hatte mir überlegt, dass es eine feine Sache wäre, mit Finn zu backen: leckere Schoko-Muffins mit bunten Streuseln. Also hatte ich entsprechend alles eingekauft, was irgendwie streuselig, bunt und essbar war.

Finn schien sich allerdings nicht so auf unseren gemeinsamen Tag zu freuen wie ich.

»Hmpf«, war seine euphorische Begrüßung, als er mit seinem Vater vor unserer Wohnungstür stand.

»Guten Morgen, mein Schatz! Morgen, Paul!«, begrüßte ich beide.

»Er ist heute irgendwie komisch drauf«, sagte Paul und hob entschuldigend seine Schultern.

»Macht nichts«, erwiderte ich gutgelaunt. »Das kriegen wir schon wieder hin. Ich habe nämlich ganz tolle Sachen zum Backen eingekauft. Wir machen Schoko-Muffins – die magst du doch so gerne, hm? Und alles Mögliche zum Verzieren, alles was bunt und ...«, Ich räusperte mich und flüsterte in Finns Ohr: »Was bunt und *ungesund* ist!«, und zwinkerte ihm zu.

Das Wort »ungesund« schien bei Finn eine Art Pawlow'sche Reaktion hervorzurufen, denn er lächelte, und ich glaubte, augenblicklich erhöhten Speichelfluss feststellen zu können.

Paul und vor allem Trine sorgten nämlich dafür, dass Finn weitestgehend zuckerfrei aufwuchs, sehr zum Ärger ihres Sprösslings. Manchmal dachte ich, dass Finn mich als Rabenpatentante nur ertrug, weil bei mir die Anti-Zucker-Gesetze ausgehebelt wurden, fragte aber nie nach. Einen Rest Hoffnung, dass er mich auch ohne Süßigkeiten mochte, wollte ich mir dann doch noch erhalten.

Als Paul gegangen war und Finn und ich in der Küche standen – Finn mit seinem obligatorischen Kakao in der Hand –, wog ich Mehl und Zucker für die Muffins ab. Außerdem wollte ich noch einen Mohnkuchen backen, den ich immer bei Melitta aß und einfach liebte. Wenn ich schon einmal im Jahr die Rührmaschine anwarf, dann sollte sich das Ganze auch lohnen.

»Und, hast du Lust?«

»Geht so«, murmelte er wenig euphorisch.

Ich gab nicht auf. »Am allerliebsten habe ich früher den rohen Teig aus der Schüssel geleckt«, erklärte ich. »Wenn du deinen Eltern nichts sagst, darfst du auch probieren!« Ich wusste, dass Trine eine Salmonellenphobie hatte und ihm nie rohen Teig zu essen geben würde.

»Na gut«, nuschelte Finn und steckte sich eine Hand voll Mandeln in den Mund.

»Das wird ein Mordsspaß!«, frohlockte ich und lächelte Finn an.

Ich glaubte, in Finns Blick ein diabolisches Leuchten erkennen zu können, wie immer, wenn er etwas vorhatte, was später in meist absurden oder lebensgefährlichen Situationen endete, die ich von ihm ja schon gewohnt war.

Aber heute konnte er ruhig eine Küchenschlacht veranstalten, ich war darauf eingestellt. Ich hatte extra Erics und meine Schürzen rausgekramt und sie uns umgebunden.

Auf meiner war ein kopfloses Alpengirl abgebildet, mit Mega-Dekolleté und kurzen Lederhosen-Hotpants. Finn trug Erics Schürze, auf der ein ebenfalls kopfloser Männerkörper in der Adamsversion abgebildet war, mit einem tollen, sehr durchtrainiert wirkenden Sixpack und einem Efeublatt an der entscheidenden Stelle.

Eric und ich hatten uns die Schürzen für ein verregnetes Wochenende gekauft, an dem wir vorhatten, nur zu kochen und zu kuscheln und die Wohnung nicht zu verlassen. Ich musste sofort lächeln, als ich an den Tag dachte. Jeder hatte die Schürze für den anderen ausgesucht, und wir prusteten beide laut los, als wir das erstandene Stück des jeweils anderen sahen: zwei Dumme, ein Gedanke.

Ach, eigentlich sind Eric und ich doch glücklich – mit oder ohne große Wohnung!

Heute hatte er sich allerdings mit den Worten »Ich muss noch schnell was erledigen« verabschiedet, was ich schade fand. Er hätte ruhig mitbacken können.

Finn stand Erics Schürze wirklich gut, mal ganz abgesehen davon, dass ihm das Sixpack an den Knien hing.

»Auf geht's!«, feuerte ich Finn zur Küchenschlacht an.

Wir kippten Mehl, Eier und alle anderen Zutaten, die ich eingekauft hatte, in die Backschüssel. Bis auf ein paar Eierschalen, die Finn beim Aufschlagen mit in die Schüssel gehauen hatte, sah es richtig gut aus. Und die paar Schalenstücke würde man sicher nicht bemerken, sie sorgten schlimmstenfalls für einen überraschend knackigen Effekt.

»Das ist doch lustig, oder?«, versuchte ich weiter, mein Patenkind zu animieren.

»Nö«, sagte Finn trocken.

Mir blieb fast die Spucke weg. Irgendwie waren die Kinder

heute anders als wir früher; ich konnte mich erinnern, dass das seltene Backen mit Renate damals das Highlight des Jahres für mich gewesen war.

»Willst du den Kakao weiter unterrühren?«, hakte ich nach und hielt Finn den Holzlöffel hin.

Der war jedoch damit beschäftigt, einen dunkelroten Gewürzbehälter, von dessen Existenz ich bis jetzt nichts wusste, in den mittlerweile schokoladigen Teig zu kippen.

Gerade konnte ich ihn noch davon abhalten, den kompletten Becher leerzumachen. Dem Geruch nach zu urteilen könnte es Chili gewesen sein.

Schoko-Chili-Muffins – der Junge ist ein Naturtalent!

»Gute Idee, Finn«, sagte ich und stellte den halbvollen Becher weg. »Aber zu viel davon vertragen wir nicht, dann gibt's Bauchweh!«

»Macht nix!«, sagte Finn und schleckte den Teig für den Mohnkuchen, den ich inzwischen vorbereitet hatte, von seinem Finger.

So brav ist er seit der Ikea-Entführungssache nicht mehr gewesen, dachte ich und widmete mich weiter meiner neu entdeckten Backkunst.

Als Finn den Teig allerdings in kleine Kügelchen geformt als Wurfwerkzeug benutzte, weil er festgestellt hatte, dass die kleinen Klumpen an der Decke hängenblieben, wenn man sie nur mit genug Kraft nach oben schleuderte, war ich wieder beruhigt.

»Yeah!«, jauchzte er, als das sicher dreiundzwanzigste Kügelchen an der Decke klebte.

Ich versuchte, die Klumpen mit dem Kochlöffel wieder von der Decke abzukratzen, und überlegte, wie bescheuert man eigentlich sein musste, mit einem Kleinkind backen zu wollen.

Nachdem wir unsere Werke nur ein ganz kleines bisschen verbrannt aus dem Backofen geholt hatten und sie ein wenig abgekühlt waren, hatten Finn und ich fast die gesamte Ladung Muffins verputzt, und der Mohnkuchen, der eingefallen war und aussah wie eine platte Schildkröte, hatte ebenfalls zu großen Teilen dran glauben müssen.

Zufrieden und vollgefressen lagen wir nun der Länge nach auf dem winzigen Sofa und schauten uns die Folge *Abspecken mit Shaun* der Serie *Shaun das Schaf* an.

Finn wurde irgendwie immer stiller, und ihm fielen sogar die Augen zu. Das war sehr erstaunlich für ein Kind, das gewöhnlich die halbe Stadt in Aufruhr brachte. Sogar Trines Kontrollanruf, der mal wieder nicht lange auf sich warten ließ, weckte ihn nicht.

»Was macht ihr zwei denn Schönes?«

»Wir haben gebacken. Finn hat sogar eine eigene Chili-Schoko-Muffin-Kreation erschaffen«, erklärte ich stolz. »Und mein Mohnkuchen ist mir auch gelungen. Äußerlich zwar nicht so, aber …«

»Waaas?« Trines Stimme wurde in Sekundenschnelle hörbar schrill. »Du hast ihm aber keinen Mohnkuchen gegeben?«

»Was heißt ›keinen Mohnkuchen gegeben‹? Er wollte doch nur auch mal probieren, und da …«

»Du hast ihm also Mohn gegeben?« Trine schien es nicht zu fassen.

»Ich sag doch, ich habe nur …«

»Wie viele Stücke?«

»Na, so ein, zwei. Es können auch mehr gewesen sein, sie waren wirklich sehr schmal«, rechtfertigte ich mich schon mal präventiv.

»Außerdem war er ja auch schon von den Mandeln so satt …«

»Mandeln?!? Charlotte! Das ist Blausäure pur!«

Was ist denn jetzt an Nüssen schon wieder falsch?

Trine war richtig in Fahrt, ich hörte ihr lautes Schnaufen. »Mohn wird gerade in pädagogischen Kreisen als Einstiegsdroge gehandelt! Wieso hast du ihn nicht gleich Gras rauchen lassen?«

»Ich hab's doch nur gut gemeint«, erklärte ich zerknirscht, aber es half nichts.

»Charlotte, wie viele verschreibungspflichtige Medikamente hast du heute schon genommen?«

»Trine, dramatisier das doch nicht gleich so!«, versuchte ich sie zu beruhigen. »Es war doch nur ein ganz kleines bisschen Mohn!«

»Ja genau! Und darum kannst du ihn dann später von der Drogenberatungsstelle abholen und mit ihm einen ganz kleinen kalten Entzug machen!«, brüllte Trine hysterisch in den Hörer.

»Ich verspreche dir, Finn wird nicht süchtig. Und wenn doch, wird er die bestmögliche Unterstützung bekommen, die man für Geld kaufen kann«, sagte ich und lachte.

Trine war wirklich drollig. Sie glaubte ernsthaft, Finn würde von *einfachem* Mohn high.

Mit einem Blick auf Finn vergewisserte ich mich, dass es ihm gut ging. Alles sah nach einem zufriedenen, schlafenden Kind aus. Allerdings fand ich den Schaum, der rechts und links aus seinen Mundwinkeln quoll, etwas bedenklich.

»Dein Sohn schläft friedlich. Alles in bester Ordnung!«, sagte ich.

»Waaas?« Trine schien die nächste Herzattacke zu bekommen. »*Er schläft?* Er schläft *nie*, noch nicht mal *nachts. Nie!*«

Jetzt wurde auch ich nervös.

Sollte am Ende doch der Mohn ...?

»Charlotte, weck ihn und fahr sofort zum Kinderkrankenhaus! Los!«

Ich ließ den Hörer fallen und schüttelte Finn. »Finn, wach auf!«

Aber er ließ sich nicht wecken.

Oh Gott, hat er am Ende doch zu viel Mohn gegessen, ist jetzt im Delirium, und ich bin schuld? Ich muss sofort ins Kinderkrankenhaus, nicht auszudenken, wenn …

Ich schmiss Trine aus der Leitung und rief ein Taxi. Keine fünf Minuten später stand es vor der Tür. Es hatte wirklich Vorteile, mitten in der Innenstadt zu wohnen.

Ich schleppte den schlafenden Finn zum Wagen – so wie ich war: Babyelefantenschlafhose, total schokoteigverschmiertes T-Shirt und rosa Plüschhasenschlappen. Jetzt war nicht die Zeit für Äußerlichkeiten.

Trine rief wieder auf meinem Handy an, sodass sie wenigstens auf diese Weise auf dem Weg zum Kinderkrankenhaus dabei sein konnte. Sie selbst hatte sich ebenfalls auf den Weg gemacht, doch der Bulli machte wie immer Zicken. Ihre schrill-lauten Flüche dröhnten aus meinem Handy.

Die Strecke zum Kinderkrankenhaus kannte ich seit Finns Geburt genau und kommandierte den Taxifahrer einige kürzere Schleichwege entlang. Wir waren schon tausendmal da gewesen, vorzugsweise *sonntags*. Allerdings eher wegen unbrauchbarer Gegenstände – wahlweise in Finns Ohren, Nase oder Magen. Nicht wegen einer *Mohnüberdosierung*.

Für den Satz, den ich bisher immer nur in Filmen gesehen hatte, aber noch nie selbst anwenden konnte, war nun endlich die Zeit gekommen: »Wie schnell können Sie fahren?« Ich hielt dem Taxifahrer einen Zwanzig-Euro-Schein über seine Schulter hinweg hin.

Unbeeindruckt schüttelte er den Kopf. »Dafür mach ich's nicht.«

Verdammte verwöhnte Brut! Widerwillig packte ich meinen

letzten Fünfzig-Euro-Schein aus. Mit einem lauten *Wrrrum!* beschleunigte der Taxifahrer nun auf die doppelte Geschwindigkeit.

Aha, geht doch!

Das Wartezimmer der Notaufnahme war voll, es war ja Samstag. Ich trug Finn auf dem Arm, er schlief immer noch tief und fest und schnaufte leise. Ich war von der ganzen Aufregung und der Rennerei vom Taxi in die Notaufnahme völlig verschwitzt.

»Ein Notfall!«, keuchte ich die Dame am Empfangstresen an.

»Davon gehe ich aus«, antwortete diese trocken. »Es ist ja auch eine *Not*aufnahme.«

Ich war nicht in Form für derlei Späßchen. Nicht jetzt.

»Er hat Mohn gegessen, seitdem schläft er!«

»Ich brauche die Krankenkassenkarte.«

Die Karte, die Karte! Als ob ich jetzt Finns Krankenkassenkarte zur Hand habe!

»Verdammt, das ist ein *Notfall.* Die blöde Karte habe ich nicht ...«

»Erst die Karte. Sonst können wir ihn nicht aufnehmen.«

»Sie sollen ihn auch nicht aufnehmen, sondern untersuchen!« Ich war so weit, andere Mittel zu ergreifen. Ich hatte keine Wahl, es musste was passieren. Der Zweck heiligt die Mittel, sagte Trine doch immer. »Es handelt sich hier um den Extremverzehr von Einstiegsdrogen!«, sagte ich – schriller als beabsichtigt.

Das schien zu wirken. Hektisch griff sie zum Telefonhörer und führte ein kurzes Gespräch. Sofort konnte ich mit Finn in Richtung Behandlungszimmer gehen.

Trine schrie weiterhin durch das Telefon. Sie hing immer noch am Handy, das ich in der Hand hielt und ganz verdrängt hatte. Ich ignorierte Trines Gebrüll (»Scheiß Bulli! Ich bring dich um! Das glaube ich jetzt nicht! Weg da!«), denn ich wollte nur noch in eines der Behandlungsräume – und zwar sofort.

Der diensthabende Arzt Dr. Andy Weberling ließ nicht lange auf sich warten und hechtete zu uns, nachdem er den letzten Patienten und dessen Mutter verabschiedet hatte.

Assistenzarzt, das sah ich sofort. Er erinnerte mich sehr stark an den *Brandt*-Jungen von der Zwieback-Verpackung, nur seine Zähne standen weniger lückenlos nebeneinander. Das »Wie alt sind Sie, bitte? Dreizehn?« konnte ich mir gerade noch so verkneifen.

Ich wurde mit dem schlafenden Finn auf dem Arm in das nächste Sprechzimmer gewunken und legte ihn auf die Liege. An sich sah er wirklich friedlich aus, wie er da so lag, ganz und gar zufrieden. Aber so ein Anblick konnte natürlich täuschen.

»Ihr Sohn hat also Marihuana geraucht?«, fragte Dr. Andy Weberling nun, während er Finns Brust abhörte. »Wie konnte das passieren?«

Wie um Himmels willen komme ich da jetzt wieder raus?

»Nein, nein ...«

»Wie viel Gras? Wie viele Züge? Wann?«, fragte er weiter.

Trine schrie immer noch durchs Telefon. Es hörte sich an, als hätte ich den Lautsprecher angestellt, so laut war sie.

Ich war mittlerweile komplett nassgeschwitzt. »Nein!«

»Nein, was?«, fragte Dr. Andy Weberling und führte seine Untersuchung fort. »Nein, er ist nicht Ihr Sohn, oder nein, er hat kein Gras geraucht, oder *nein, was?*«

»Äh ...«, stammelte ich, während mir kalter Schweiß den Rücken runterlief, »also ... na ja ...«

»*Was?*« Dr. Andy Weberling hatte anscheinend keine Zeit zu verlieren.

»Beides«, gab ich zerknirscht zu. »Er ist mein Patenkind, und wir wollten Kuchen und Muffins backen. Ich bin sicher, er hat gar nicht so viel von dem Mohn gegessen, aber er ist direkt danach eingeschlafen, und seine Mutter sagt, er schläft wirklich nie. Da habe ich mir Sorgen gemacht. Die Gras-Geschichte war nur ausgedacht. Ehrlich.«

»Also so ist das, ja?«

»Ja, nun!«

Weberling taxierte mich mit einem seltsamen Blick von oben bis unten. Der Anblick, der sich ihm bot, war sicherlich besorgniserregend. Nicht nur, dass ich meine Babyelefantenhosen-Plüschschlappen-Kombi und ein bekleckertes Shirt trug. Nein, mir klebte auch noch ein Teigklümpchen in meinen Haaren über dem rechten Ohr, wie ich jetzt tastend bemerkte.

Seriös geht anders, Charlotte.

Mein Aufzug fiel wohl eher unter den Typ *extrem authentisch.*

Zumindest schien er mir zu glauben.

»Okay … Ich nehme ihm jetzt trotzdem Blut ab für einen Drogentest, nur um sicherzugehen …« Er stockte und sah mich irritiert an. »Was ist denn das für ein seltsames Geräusch?«

Trine brüllte sich am anderen Ende der Leitung immer noch die Seele aus dem Leib, während sie auf dem Weg in die Klinik war.

»Ach, nur mein spezieller Klingelton!« Schnell flüsterte ich ein »Er hat doch nur ein klitzekleines bisschen Mohn gegessen. Das ist meine Version. Und ich bleib dabei!« durch den Hörer.

»Seltsamer Klingelton«, sagte Dr. Andy Weberling nun und schüttelte den Kopf, während er bei Finn die Blutabnahme durchführte, »ich höre immer: ›Ich bring dich um‹ und ›Gleich bist du dran‹. Na ja. Was es heutzutage alles so gibt, nicht wahr?«

Ich sah ihn hilflos an und versuchte abzulenken. »Was ist denn nun? Warum schläft er denn so fest?«

»Ich kann nichts feststellen«, antwortete er. Inzwischen durchleuchtete er den Bauch des immer noch schlafenden

Finn mit einem Ultraschallgerät. »Scheint alles normal zu sein. Wahrscheinlich schlicht und einfach überfressen. Der Mohn wird es nicht sein. Der Ultraschall sieht gut aus.«

Erleichtert atmete ich auf.

»Lassen Sie ihn ruhig noch etwas schlafen«, sagte der Arzt und holte ein kleines Fläschchen aus dem Schrank, »und geben ihm nachher beim Aufwachen das hier. Das ist rein pflanzlich und gut für den Magen. Okay?« Er reichte mir die Magentropfen.

»Und was ist mit dem Schaum da …?«

Das kann doch nicht normal sein, das sieht doch jeder!

»Hat er noch andere Lebensmittel oder Süßigkeiten gegessen?«

Ich überlegte.

Sobald Finn meine Wohnung betrat, durchsuchte das unterzuckerte Kind sämtliche Küchenschubladen.

»Vielleicht noch ein wenig *Ahoi*-Brause …?«, überlegte ich laut.

»Das erklärt dann den Schaum.« Lächelnd ergänzte er: »Das war, bis ich zehn war, auch meine Lieblingssüßigkeit.«

Also bis vor drei Jahren?!?

»Danach waren wir Jungs allerdings zu cool für Brause.« Er zwinkerte mir zu.

Erleichtert atmete ich auf. Alles war gut. Ich war nur, wie immer, eine Rabenpatentante.

Gibt es eigentlich Rabenpatentanten? Oder nur Rabenmütter? Und warum sind es eigentlich keine Krähenmütter?

»Ach und, Frau … äh …«

»Sander.«

»Frau Sander«, sagte Dr. Andy Weberling noch zum Abschluss, während er mir die Hand gab, »passen Sie bitte in Zukunft besser auf, was Sie dem Jungen zu essen geben. Einige Stimmen in pädagogischen Kreisen behaupten, Mohn sei eine Einstiegsdroge.«

»Ich weiß«, antwortete ich und fühlte mich direkt noch einen Kopf kleiner.

Plötzlich ging die Tür des Behandlungszimmers auf, und die hochrot angelaufene Trine stürzte mit Elmo im Maxi-Cosi hinein.

»Finn!«, rief sie und steuerte sofort auf ihren ältesten Sohn zu.

Dr. Andy Weberling durchschaute die Situation sofort und beruhigte Trine, die kurz vor dem Nervenzusammenbruch stand: »Es ist alles in Ordnung. Der Kleine hat nur ein bisschen viel gegessen. Machen Sie sich keine Sorgen! Gras geraucht hat er übrigens auch nicht.«

Trine stellte den Maxi-Cosi auf den Boden und fing vor Erleichterung fast an zu weinen. Ich erkannte meine sonst so stoische Freundin kaum wieder.

»Charlotte, bei Gott, wenn wirklich was passiert wäre ... Ich hätte dich ...« Trine nahm Finn in den Arm und drückte ihn so fest, dass ich die berechtigte Befürchtung hatte, dass er von Dr. Andy Weberling noch mal auf Quetschungen und Knochenbrüche untersucht werden müsste.

»So, meine Damen, ich möchte Sie ja nun wirklich nicht stören, aber es warten noch andere Patienten«, sagte Dr. Andy Weberling höflich und öffnete uns die Tür.

Ich griff nach dem Maxi-Cosi, doch Trine war schneller. Anscheinend wollte sie lieber unter dem Gewicht ihrer beiden Kinder zusammenbrechen, als mir eines davon anzuvertrauen.

»Tut mir leid, Trine, wirklich. Das war alles nicht so geplant. Es ist irgendwie aus dem Ruder gelaufen ... Ich wollte doch nur, dass wir einen schönen Nachmittag zusammen haben.« Zerknirscht wollte ich meine mit Kindern beladene Freundin umarmen.

»Jetzt erst mal nicht«, sagte Trine im ernsten Ton und steuerte auf den Ausgang zu. »Ich muss zuerst wieder normalen

Blutdruck bekommen. Ich hatte den Schock meines Lebens.« Als ich betröppelt neben ihr her trottete, schien sie aber doch Mitleid zu haben. »Oh Mann, Charlotte. Und dann auch noch die Geschichte mit dem Gras ...«

Ich sah sie mit großen Augen an.

»Ja ja, die Arzthelferin hat sie mir erzählt«, erklärte sie. »In unserem Rundbrief des Monats vom Kindergarten steht extra, dass man immer bei der Wahrheit bleiben soll, wenn Kinder in Finns Alter dabei sind. Das ist unglaublich wichtig. Aber bei dir sind wirklich Korn und Malz verloren.«

»Hopfen.«

»Was?«

»Hopfen und Malz verloren. Bescheuertes Sprichwort. Außerdem hat Finn geschlafen«, verteidigte ich mich. »Und zum Thema Wahrheit frag ich dich dann doch gleich mal, warum Finn an den Osterhasen und den Weihnachtsmann glaubt.«

»Das ist was anderes. Kinder brauchen Rituale.«

*

»Poeh!«

Wieder in der Wohnung angekommen, ließ ich mich stöhnend auf unser Miniatur-Sofa fallen. Ich war fix und fertig von diesem *aufregenden* Tag. Dazu hatte ich auch noch fiese Bauchschmerzen, sicher von den vielen Muffins mit Chili und dem rohen Teig. Über mein schlechtes Gewissen wegen meines Rabenpatentantendaseins wollte ich erst gar nicht nachdenken.

Eric quetschte sich neben mich auf das winzige Möbelstück und wollte mich mit einer wohltuenden Fußmassage aufbauen.

»Du bist keine Rabentante«, sagte er, während er meine Fußsohlen liebevoll durchknetete.

»Rabenpatentante, wenn schon, denn schon«, murmelte ich.

»Auch das nicht«, sagte Eric. »Du hast doch alles nur aus ganz gut gemeinten Gründen gemacht«, fügt er hinzu.

»Du, Eric?«, fragte ich meinen Freund und sah ihn eindringlich an. »Wir wollen aber keine Kinder, oder? Ich meine, der ganze Stress und das alles ... Wirklich, ich wäre froh, wenn wir in diesem Punkt einer Meinung wären ...«

Die Frage fiel mir schwer, weil Eric sich, als wir uns kennengelernt hatten, um seine Nichte Maya gekümmert hatte, da seine Schwester beruflich im Ausland gewesen war und sie wie eine Tochter für ihn war. Seitdem die Kleine wieder bei ihrer Mutter lebte, vermisste Eric sie sehr.

Aber wir hatten außer Maya ja auch noch Finn und seit Neuestem Elmo – da war wirklich genug los.

Nein, eigene Kinder – das würde ich psychisch nicht durchstehen. Mein Alkoholkonsum war ohnehin schon bedenklich.

»Hm«, machte Eric, »so genau habe ich da noch nicht drüber nachgedacht.«

»Es wäre mir wichtig zu wissen, dass wir bei dem Thema einer Meinung sind, Eric«, sagte ich noch mal, »insbesondere, weil ich eine wirklich schlechte Mutter wäre.«

»Ein wenig chaotisch vielleicht«, antwortete Eric und grinste, »aber in jedem Fall eine ganz, ganz tolle, nur eben etwas ... kreative Mutter!« Er zog mich an sich und küsste mich.

Diese Art Ablenkung konnte ich jetzt gut gebrauchen. Schnell überlegte ich, ob ich vorhin auch wirklich die Pille genommen hatte.

Ja, alles erledigt – Gefahr gebannt.

Jetzt konnte ich mich wirklich fallen lassen.

Mit einem lauten *Plumps!* fielen wir vom viel zu kleinen Sofa auf den weichen Hochflor-Teppich.

6. Kapitel

Ich weiß nicht, ob es an der Muffin-Mohnkuchen-Kombi, dem rohen Teig, dem Chili oder an der Aufregung mit Finn lag, aber die nächsten beiden Tage verbrachte ich abwechselnd im Bett und im Badezimmer. Eine ausgewachsene Magen-Darm-Geschichte hatte mich völlig außer Gefecht gesetzt.

Eric versorgte mich mit Tee und Zwieback – natürlich mit dem guten von *Brandt*, und ich fühlte mich von dem kleinen Bild auf der Packung verfolgt. Es war, als säße Dr. Andy Weberling jetzt den ganzen Tag neben meinem Bett. Irgendwie hatte ich den Eindruck, der kleine *Brandt*-Junge sähe mich vorwurfsvoll von seiner Zelluloid-Alu-Packung aus an. Es fehlte nur noch der warnende Zeigefinger.

Und da soll einer gesund bei werden!

Die Krankmeldung im Zoo wurde anders aufgenommen als gedacht. Willi Schweinehagen beschwor mich, mich doch ruhig ein paar Tage länger auszukurieren und nicht nur den Montag, sondern auch den Dienstag und den Mittwoch noch zu Hause zu bleiben.

»Du bist doch völlig überarbeitet, Charlotte«, erklärte er Montagmorgen am Telefon. »Kurier dich bloß ordentlich aus. Wir kommen schon klar hier. Seit deinem engagierten Einsatz bei der Nacktmull-Geburt ist sogar der Kiffer-Tobi voll in seinem Element. Du bist ein echtes Vorbild hier im Zoo, weißt du das?«

Ausgerechnet ich, die verplante, chaotische Charlotte Sander, soll ein Vorbild sein?

So was hatte noch nie jemand zu mir gesagt, und ich merkte, wie ich leicht errötete. Gut, dass Willi mich jetzt nicht sehen konnte.

Wie immer in besonders schönen oder besonders schlechten Momenten fehlten mir die Worte: »Äh, also, ja ...«

»Also«, sagte Willi nun entschieden, »abgemacht. Du bleibst bis einschließlich Mittwoch zu Hause. Und am Donnerstag reden wir erst mal. Ich habe da eine Überraschung für dich!«

»Gut«, antwortete ich erleichtert, da er es wirklich ernst zu meinen schien, »dann machen wir es so.«

Allerdings fragte ich mich, was es wohl mit der ominösen Überraschung auf sich hatte.

»Nichts da«, sagte Willi auf meine zarte Nachfrage hin. »Das wird nicht verraten. Das erfährst du schon früh genug. Am Donnerstag, spätestens.«

Also verabschiedete ich mich und legte auf.

Wenigstens konnte ich mich ein bisschen ausruhen. Die letzten Wochen waren wirklich mehr als nur anstrengend gewesen.

*

»Charly! *Er* ist es!«, kreischte Mona hysterisch in den Hörer, als ich sie wenige Stunden später anrief, weil mir inzwischen nun doch etwas langweilig in meinem Bett wurde.

Sie hatte also ihren Mr. Right gefunden. Nicht, dass sie das nicht jedes Mal meinte, wenn sie jemanden kennengelernt hatte. Das war ja auch gleichzeitig ihr größtes Problem.

»Wie läuft es denn?«, fragte ich zögerlich nach, denn ich wusste, dass ich nun mit einigen Details bombardiert werden würde, die ich gegebenenfalls nicht kennen wollte.

»Er küsst absolut fabelhaft!«, schwärmte Mona. »Seine Zunge ist wirklich kräftig, ausdauernd, geradezu ...«

»Mona!«

»Charly! Was ist denn?«

»Ich will so was nicht wissen!«, kommentierte ich das nun aufkeimende Bild in meinem Kopf, das den schlaksigen Polyester-Norbi mit einer ebenso schlaksigen Zunge ...

Aufhören, Charlotte! Sofort! Das hält ja kein Mensch aus!

»Bitte, Mona, sei eine *gute* Freundin und verschone mich«, bettelte ich sie an. »Erzähl mir nur von den Sachen, bei denen keine Körperflüssigkeiten ausgetauscht werden. Okay?«

»Wir haben miteinander geschlafen!«, fuhr Mona ungerührt fort. »Es war ab-so-lut traumhaft! Er kann wirklich lange und ...«

»Stopp!«, brüllte ich in den Hörer.

Ich konnte ehrlich behaupten, dass Monas präzise Art, derartige Vorgänge zu beschreiben, mir einfach einen Tick *zu* explizit war.

»Glaub mir, Charly, es war perfekt!«

»Hm, schön«, antwortete ich grübelnd.

Geht das alles nicht ein bisschen zu schnell?

»Ja, und ich sage dir: *der* und kein anderer. Den behalte ich. Für immer! Weißt du, wir haben ganze *drei Mal* in nur *einer* Stunde ...«

»Mona«, ereiferte ich mich. »Wie lange kennt ihr euch? Drei *Stunden*?«

»Drei *Tage*«, sagte Mona und klang beleidigt. »Wie oft muss ich dir noch sagen, dass es nicht auf die Dauer ankommt, sondern auf die In ...«

»... tensität«, vervollständigte ich ihren Satz. »Ja, ich weiß.«

»Außerdem war ich zuletzt so mitgenommen, dass ich mich sogar bei *SimplyTheBest* angemeldet habe. Und jetzt habe ich nächste Woche eine Gerichtsverhandlung deswegen. Das ist auch nicht besser!«

»Du hast bitte *was*?«

»Ja, *SimplyTheBest*, diese Onlinedatingplattform. *Singles, die wissen, dass Niveau keine Creme ist*. Sagen sie zumindest. Stimmt aber nicht. Was die mir da vorgeschlagen haben, war eine Frechheit! Der *sensible Zen-Meister Richard*. Oder der *stämmige Statiker Stefan*. Alles Weichspüler und Idioten. Stell dir vor, Richard wollte das erste Jahr *nur* schreiben! Ein ganzes Jahr lang! Nur, um sich besser kennenzulernen! Nee, das war nichts.«

»Und wieso hast du bitte eine Gerichtsverhandlung deswegen?«, fragte ich entgeistert.

Gleichzeitig war ich ein bisschen enttäuscht: Meine Freundin erzählte mir doch sonst immer alles – und meist mehr, als ich wissen wollte. Wieso dann das nicht?

»Na ja, die Vorschläge waren eben Mist. Und wenn ich nicht das für mein Geld bekomme, was mir versprochen wird, zahle ich eben nicht. So einfach ist das. Allerdings kamen irgendwann Mahnungen, trotz meines wirklich guten Argumentationsbriefes. Und jetzt eben die Verhandlung.«

Ich glaubte es nicht. Mona vor Gericht wegen nicht vorhandener Singles ohne Niveau.

»Warum hast du denn nichts gesagt?«, fragte ich sie besorgt. »Das muss doch jetzt schon 'ne ganze Weile gehen?!«

»Ach«, kommentierte Mona meine Sorge schnippisch, »du hättest doch sowieso nur gedacht, dass ich total verzweifelt bin. Das wollte ich mir ersparen.«

Das hatte gesessen. Von der Warte aus hatte ich das Ganze noch nicht gesehen. *War ich wirklich eine so schlechte Freundin?* Ich hatte schlagartig ein schlechtes Gewissen.

»Es tut mir leid, Mona, wenn ich irgendwie den Eindruck erweckt habe, dass ich dich für verzweifelt halte. Das tue ich nämlich ganz und gar nicht.«

Mona sollte alles andere als verzweifelt sein: Sie war attraktiv, hatte im Gegensatz zu mir einen halbwegs gefestigten

Charakter und eine tolle Figur und stand mit ihrem Filzhandel und nun bald auch mit dem neuen Laden auf eigenen Beinen. Sie konnte mehr als nur stolz auf sich sein!

»Dann lass mich wenigstens zur Verhandlung mitkommen«, sagte ich versöhnlich. »Wenn ich sonst schon so eine schlechte Freundin bin. Okay?«

»Okay. Aber nur, wenn du ab sofort aufhörst, eine solche Bremse zu sein.«

»Ich weiß, Mona. Aber immer, wenn du dich derart überschlägst, verrennst du dich. Ich will ja nur, dass du etwas vorsichtiger bist.«

»Ja, ja ...«, nölte Mona in den Hörer, »das hast du mir am Freitag schon verklickern wollen. Aber diesmal ist er wirklich der Richtige. Ich *spüre* das!«

»Das freut mich. Aber lass es trotzdem ein wenig langsamer angehen, hm?«

»Am Wochenende stellt er mir seine Mutter vor!«, antwortete Mona trocken. »Spar dir also deinen bösen Kommentar. Norbi sieht es ganz genauso wie ich.«

Ich atmete schwer in den Hörer. »Okay. Dann drücke ich die Daumen, dass sie mindestens so zauberhaft ist wie du.«

»Oh, ja. Zumindest am Telefon klang sie wirklich sehr angenehm.«

»Du hast schon mit ihr *telefoniert*?«, fragte ich fassungslos.

»Klaro! Schließlich will ich doch wissen, wer die Schwiegermutter in spe wird!«

»Mona, es sind drei Tage. *Drei!*«

»Du bist echt phobisch!«, raunzte Mona in den Hörer, und dann hörte ich nur noch ein leises Tuten.

Sie hatte doch tatsächlich aufgelegt. Wenn es um Monas Männer ging, war sie extrem empfindlich. Dabei wünschte ich ihr wirklich von Herzen, dass sie dieses Mal recht behielt und es klappen würde.

Meine drei freien Krankentage zogen sich endlos hin. Beinahe vermisste ich meine kleinen Pinguinfreunde schon. Das schlechte Fernsehprogramm und Erics ständige Geschäftigkeit ohne Begründung taten ihr Übriges. Ich konnte mir einfach keinen Reim darauf machen, wo er immer so dringend hinmusste.

»Kundentermine«, hatte er mir zugemurmelt, als ich ihn fragte.

»Aber du erledigst doch sonst so was auch immer per E-Mail«, hakte ich nach.

»Seit wann kümmerst du dich eigentlich um meine Termine?«, erklang es leicht genervt aus dem Flur.

»Ich meine ja nur. Ich finde das echt komisch.«

»Kundenbindung, alles Kundenbindung«, sagte Eric und kam zurück ins Wohnzimmer, um mir einen Kuss auf den Mund zu geben.

Beleidigt zog ich mein Gesicht weg. »Aha. Kundenbindung also. So nennt man das heutzutage.«

»Du spinnst«, sagte Eric und lachte. »Solange die Termine in Köln sind, bietet es sich doch an, so was persönlich zu machen. Dagegen ist doch absolut nichts einzuwenden.«

Wenn die Kundinnen allerdings irgendwelche XS-Single-Sauberfrauen sind, allerdings schon. Erst will er nicht in eine größere Wohnung ziehen, jetzt verhält er sich auch noch komisch.

Irgendwie passte das doch nicht zu dem sonst so friedlich dahinfließenden Bächlein unserer Beziehung. Ich verstand das alles nicht, vor allem nicht seine ablehnende Art. Da stimmte doch was nicht.

Unzufrieden schaltete ich wieder mal den Fernseher ein. Es lief *Wolken am Horizont* – wie passend.

*

»Charlotte! Wie schön. Ich hoffe, es geht dir besser? Setz dich doch!«

Pünktlich stand ich vor Willis Bürotür. Er schob mich mit seiner rechten Hand, die er flach auf meinen Rücken gelegt hatte, in sein Büro, hielt dabei aber die linke Hand hinter seinem Rücken versteckt, und es sah ein bisschen so aus, als wolle er gleich salutieren. Noch bevor ich überhaupt antworten konnte, redete Willi weiter.

»Also, liebe Charlotte. Setz dich erst mal. Du warst ja in den letzten Wochen ein wenig ... na ja ... ich will sagen – versteh das bitte jetzt nicht falsch – ein wenig unausgeglichen.«

Willi würde doch jetzt nicht ein ernsthaftes Mitarbeitergespräch mit mir führen? Dazu hatte ich nach dem blöden Abend mit Eric gestern nun wirklich keine Lust. Eric war nicht nur genervt von meinen Unterstellungen gewesen, sondern auch von meiner »negativen Art«, wie er sagte. Und jetzt also auch noch eine Standpauke von Willi. Das hatte noch gefehlt.

»Also, so würde ich das jetzt nicht sagen ...«, rechtfertigte ich mich ungefragt. »Es ist eher so, dass ich vielleicht noch mehr Herausforderungen gebrauchen könnte.«

Willi nickte. »Genau. Wir haben dein Engagement deutlich gespürt und wissen das zu schätzen. Und weil wir hier nicht einfach *irgendein* Zoo sind, sondern *der* Zoo, der sein wertvollstes Gut neben den Tieren – nämlich die Mitarbeiter – optimal fördert ...«, Willi holte tief Luft, und mich überkam die ernsthafte Befürchtung, dass er, hochrot angelaufen, gleich vom Stuhl kippen würde, auf den er sich soeben hatte plumpsen lassen. »Deswegen habe ich erst einmal die eine Überraschung für dich ...« Mit diesen Worten holte Willi die versteckte linke Hand hinter seinem Rücken hervor und präsentierte mir stolz einen hautfarbenen Stoffpenis mit vier Beinen. »Das ist Mulli! Ist er nicht toll geworden?«

Ich schluckte. Wenn die Zielgruppe hier Kinder und Familien waren, könnte das zum Problem werden. Oder hatten wir im Zoo-Shop auch eine Ü-18-Abteilung, von der ich noch nichts wusste?

»Oh ... äh ... ja, ganz ... äh ... süß?«, sagte ich, und es klang mehr wie eine Frage als eine Feststellung.

»Deine Stofftier-Nacktmull-Idee! Wir haben sie sofort umgesetzt. Mulli ist *der* Kracher im Zoo-Shop. Die erste Ladung ist fast ausverkauft, in nur zwei Tagen!«

Das war wirklich eine Nachricht.

Ob der arme Mulli in Penisoptik nun in Zukunft in sämtlichen Haushalten im Rheinland zur Aufklärung der Kinder diente?

Revolutionär!

»Das ist super«, sagte ich und nickte. »Dann hat meine Idee ja wenigstens was gebracht.«

Willi zog seinen Stuhl nun neben mich, schnappte sich meine Hand und schüttelte sie wild. »Und deswegen, liebe Charlotte, freue ich mich, dir sagen zu können, dass wir dich ab sofort im PR- und Merchandising-Team begrüßen wollen.«

Ich traute meinen Ohren nicht.

Wie cool ist das denn?

»Natürlich nur, wenn du willst!«

Und ob ich will!

»Ja ... äh ... nein ... also ...«

Ich freute mir beinahe ein Loch in den Bauch. Ich als PR-Frau des beliebtesten Zoos in NRW! Schluss mit dem schweren Eimerschleppen, Schluss mit dem ständigen Fischgeruch an den Klamotten und in den Haaren, der selbst nach stundenlangem Duschen nicht abging, Schluss mit der blöden Wechselschicht! Stattdessen: ich als todschicke, supertrendy PR-Frau! *»Und was machen Sie so?« – »Ich mache in PR!«*, würde ich ab sofort sagen können! Toll, toll, toll! Ich würde mir lauter tolle Werbe-Aktionen einfallen lassen. Mulli, die neue Nacktmullstofftierversion, die aussah wie ein Stoffpenis, könnte direkt mal eine designtechnische Runderneuerung vertragen. Natürlich Aktionstage mit den Pinguinen. Und, und, und ...

Hach!

»Was sagst du also?«, fragte Willi so freudig erregt, dass ich dachte, er würde vor lauter Begeisterung gleich in die Hände klatschen.

»Ja, ich will!«, rief ich und sprang vom Stuhl auf.

Jetzt gab es für uns kein Halten mehr. Willi sprang auch auf und drückte mich mit einer kräftigen Umarmung an sein Herz, was ein wenig schwierig war und sicher auch ein wenig seltsam anmutete, wenn man bedachte, dass sein recht tief hängender Bierbauch zwischen uns stand. Aber selbst das konnte uns heute nicht aufhalten.

»Ich will, ich will, ich will!«

Bei diesen Worten überkam mich neben der ganzen Freude aber auch schlagartig ein ganz anderer Gedanke: Würde ich diesen Satz je zu Eric sagen?

Übers Heiraten hatte ich mir nie viele Gedanken gemacht. Ich war mir nicht sicher, ob ich das wirklich *wollte* oder nur *wollen sollte* oder *wollte*, weil ich es *sollte*. Oder ob es generell alle nur *wollten*, weil sie es *sollten*. Ein schier unzubeantwortendes Thema!

Ich verschob des Rätsels Lösung und ging nach Feierabend in den Supermarkt: Das heutige Ereignis galt es zu feiern!

*

Als ich mit einer Flasche Prosecco unterm Arm zu Hause ankam, war Eric nicht da. Ich fand einen Zettel auf dem Küchentisch, auf den er *Es wird spät! Kuss!* gekritzelt hatte.

Na toll! Ausgerechnet heute!

Ich hatte mir bereits auf dem Nachhauseweg ausgemalt, wie ich Eric die freudige Nachricht überbringe und wir den Prosecco gemeinsam während eines ausgiebigen Schaumbades genießen würden. Und wie wir Pläne machen würden, vielleicht doch in eine größere Wohnung zu ziehen, denn mit dem neuen Job verdiente ich ja erheblich mehr.

Und jetzt saß ich hier alleine in der leeren Küche, und kein Eric weit und breit. Ich sah auf die Uhr, es war bereits halb acht. Trine steckte höchstwahrscheinlich gerade mitten im Schlafengeh-Marathon mit Finn und Elmo, und Mona war sicherlich mit Maklernorbi zugange und schwebte horizontal im siebten Immobilienhimmel.

Seufzend entfernte ich das Papier vom Flaschenhals und zog routiniert den Korken aus der Flasche, der das beste Geräusch der Welt auslöste. *Plong!* Ich holte mir eines der guten Gläser aus dem alten Küchenbuffet, das ich Oma Melitta abgeschwatzt hatte, und füllte es randvoll.

»Prost, Charlotte!«, sagte ich laut zu mir selbst und trank das erste Glas fast in einem Zug leer.

Ich kam mir so einsam vor wie zuletzt vor ein paar Jahren, als alte Folgen von *Ich heirate eine Familie* ausgestrahlt wurden und die letzte zu Ende war, was bei mir immer ein trauriges Seufzen hervorrief: Welch eine schöne heile Welt das doch war!

Eigentlich sollte ich jetzt überglücklich sein, und trotzdem war ich schon wieder deprimiert. Nur weil Eric jetzt gerade nicht da war? Oder weil ich mein Glück gerade nicht mit jemandem teilen konnte?

Ich grübelte und goss mir das zweite Glas ein.

Wahrscheinlich war es wirklich so, dass ich ein Typ Mensch war, der Glück nur in Gesellschaft empfand. Warum war ich mir nicht selbst genug? Die schöne Nachricht über die Beförderung könnte ich später doch immer noch mit Eric und meinen Freundinnen teilen.

Werd endlich erwachsen, Charlotte Sander, dachte ich und nahm noch einen Schluck. *Du musst dir in stillen Momenten einfach auch mal selbst genug sein! Du bist ab sofort eine taffe PR-Lady. Eloquent, sexy, charming. Absolut selbstbewusst und zielstrebig, eine echte Karrierefrau. Ab sofort gibt es keine Süßigkeiten mehr, damit du in die superengen Business-Anzüge passt, in denen du morgens anmutig in dein neues Büro schwebst. Ab sofort bist du nur noch eines: konsequent! Jawoll!*

Als Eric später nach Hause kam, fand er eine taffe, eloquente und zielstrebige Karrierefrau in sexy Babyelefantenhose und Schlabbershirt vor, die mit dem Kopf auf dem Tisch eingeschlafen war, in einem Arm eine leere Flasche Prosecco und im anderen zwei leere Tüten Lakritz-Gummi-Pandas.

Irgendwie war das ja auch konsequent.

Halt nur in eine andere Richtung.

7. Kapitel

Natürlich war mir übel, als ich aufwachte. Trotzdem schleppte ich mich ins Bad und versuchte zu retten, was zu retten war.

Meine Beförderung war jetzt schon mehr als zwölf Stunden her, und Eric wusste immer noch nichts davon. Das musste sich ändern. Als ich aus dem Bad kam, hüpfte ich so grazil, wie es mir eben möglich war, zurück ins Bett, kuschelte mich an und flüsterte ihm ein »Guten Morgen!« ins Ohr.

Eric rührte sich nicht.

»Ich habe eine tolle Nachricht!«, frohlockte ich. »Ich lass dich gleich weiterschlafen, aber das musst du dir kurz anhören, Schatz!«

Erics Antwort darauf war ein taubenähnliches Gurren.

»Ich bin befördert worden! Ab sofort kannst du mich mit ›meine tolle PR-Freundin‹ vorstellen! Ist das nicht super?«

Eric schob seinen Arm in Richtung Ohren, sodass ich nicht weiter in sein Ohr flüstern konnte, und drehte sich wortlos um.

Wie? Das war alles? Nicht eine Minute seines kostbaren Schlafes konnte er für meine tolle Nachricht opfern?

Sonst war er morgens die nervtötendste Frohnatur der Welt, und wenn es mal wirklich was zu feiern gab, bekam er nur ein Gurren heraus?

»Dann halt nicht!«, sagte ich leise und schälte mich aus dem Bett.

Keine Antwort war auch eine Antwort. Ich fand es nur merkwürdig: Wäre es andersrum gewesen, wäre ich doch vor

Freude aus dem Bett gesprungen und hätte vorher mindestens noch einen Matratzen-Freudentanz hingelegt!

Enttäuscht zog ich mich an und machte mich auf den Weg in mein neues Büro. Weniger eloquent, weniger sexy, weniger taff als vielmehr mit hängendem Kopf.

*

Der erste Tag im neuen Büro verging wie im Flug. Ich arbeitete eng mit unserer Pressefrau Karla zusammen.

Karla war genauso taff und eloquent, wie ich gerne sein wollte. Sie trug eine schwarze Stoffhose und eine weiße Bluse. Ihre zierliche Figur und die großen Rehaugen erinnerten an eine moderne Audrey Hepburn, neben der ich mir ungefähr so anmutig vorkam wie Herbert, mein Lieblingspinguin.

Karla freute sich, endlich eine Unterstützung zu bekommen, und lobte meine Nacktmull-Stofftier-Idee: »Das war wirklich eine lustige Aktion! Wusstest du, dass einige Besucher das Stofftier für einen Penis hielten?«

»Wirklich?«, fragte ich und verkniff mir ein Lachen.

Ich nahm mir vor, schnellstens mit der ersten Amtshandlung im neuen Job zu beginnen: Umgestaltung des Penis-Verschnitts in eine nacktmullerige Richtung.

Doch bevor ich damit anfangen konnte, ging erst einmal der normale Büroalltag los: Nach einer großen Tasse Kaffee wurden Post und E-Mails gelesen und beantwortet, bevor Karla und ich eine Runde durch den Zoo gingen und uns mit den Mitarbeitern, die wir auf unserem Weg trafen, unterhielten und uns über die neuesten Vorkommnisse im Zoo informierten.

Als wir ins Büro zurückkehrten, stand der tägliche Check der Umsatz- und Besucherzahlen vom Vortag auf dem Programm. Die schienen momentan wohl ganz gut zu sein, denn Karla schnalzte zufrieden mit der Zunge.

Danach klärte mich Karla über meine neuen Aufgaben auf:

Konzeption von Projekten, wie aktuell der Einführung eines neuen Kassensystems und der neuen Merchandising-Artikel, Einkauf neuer Waren für den Zoo-Shop, Bearbeitung von Kunden-Beschwerden, Organisation der Betriebsabläufe und ständiger Kontakt zu Medien, Erstellen von Pressemeldungen, zum Beispiel bei Tiergeburten oder Umbauten, und die Betreuung von Journalisten und Fernsehteams gehörten genauso zum Job wie – zu meinem Bedauern – das Erstellen von Statistiken, die Analyse von Kennzahlen sowie Auswertungen über Verkäufe.

Bereits mittags schien mein Kopf zu platzen.

»Das ist wirklich sehr viel auf einmal«, befand auch Karla, »aber bald bin ich im Urlaub, und du musst hier die Stellung alleine halten. Da ist es besser, du weißt so viel wie möglich.«

Ich stellte mir vor, wie ich in wenigen Wochen eloquent, taff und selbstbewusst den Laden hier alleine schmiss. *Ha!* Das wäre doch gelacht, wenn eine Frau meines Formates das nicht hinkriegen würde. *(Öhöm!)*

Karla erklärte mir alles ruhig und bedächtig; sie war im Gegensatz zu mir überhaupt kein hektischer Typ. Sie strahlte Gelassenheit aus, und als wir so durch den Zoo geschritten waren und sie fast jeden Mitarbeiter einzeln begrüßt hatte, hatte ich mir vorgenommen, dass ich auch einmal so gelassen wirken wollte wie sie.

Sie hatte den Laden wirklich im Griff, aber nichts, was sie tat, sah irgendwie bemüht oder angestrengt aus. Alles schien sie locker aus dem Ärmel zu schütteln. Selbst als es zu einem Personalengpass aufgrund mehrerer kranker Mitarbeiter kam, löste sie das Problem schnell und effizient durch eine einfache neue Umverteilung der Aufgaben im Zoo-Shop und im Kassen-Büro.

Willi kam am frühen Nachmittag ins Büro, um zu sehen, wie ich mich machte, und Karla lobte meine schnelle Auffassungsgabe, meine Neugier und meinen Ideenreichtum bezüglich der neuen Projekte: »Ich bin sicher, Charlotte ist genau die Richtige für die Position. Wir werden uns sicher toll ergänzen.«

Willi klopfte mir zufrieden auf die Schulter. »Wusste ich's doch von Anfang an, dass unsere Charlotte ihr Potential noch nicht ausgeschöpft hat. Herzlich willkommen an Bord der PR-Abteilung!«

Erleichtert atmete ich tief durch.

»Danke euch. Ich habe wirklich das Gefühl, vollkommen richtig zu sein!«

Dass das Allerbeste an meiner neuen Situation war, dass ich Willi nun Willi und nicht mehr Herrn Schwahhmmff nennen musste, konnte ich mir gerade noch so verkneifen.

Alles in allem war es der perfekte erste Arbeitstag, an dem ich abends müde und geschafft, aber zufrieden nach Hause kam.

*

Während des ganzen Tages hatte ich die Sache mit Eric ganz vergessen und freute mich, ihm endlich in Ruhe von meinem neuen Job zu erzählen.

»Bist du da?«, fragte ich, nachdem ich die Wohnungstür aufgeschlossen hatte.

»Gut, ich muss Schluss machen, alles klar. Ja, bis dann!«, hörte ich Erics Stimme flüsternd aus der Küche. Er klang bemüht leise, und als ich den Raum betrat, wirkte er, als hätte ich ihn bei etwas ertappt. »Schatz! Da bist du ja!«, sagte er lauter als nötig.

Irgendwas stimmt hier doch nicht!

»Mit wem hast du gesprochen?«, fragte ich irritiert.

»Ach, nur mit einem nervigen Kunden«, sagte Eric und stand auf. »Magst du auch einen Wein zum Essen? Ich hab uns was Leckeres aufgewärmt.«

Wieso flüstert er, wenn er mit einem Kunden spricht?

»Es ist aber doch schon nach acht«, sagte ich, weil ich wusste, dass Eric es sonst immer hasste, um diese Zeit noch Aufträge anzunehmen oder zu bearbeiten.

»Ja, es ist mal wieder ein besonders anspruchsvoller Kunde«, seufzte er und reichte mir nun einfach ein Glas Rotwein. »Und jetzt erzähl erst mal von dir! Entschuldige, dass ich heute Morgen nicht so richtig aufnahmefähig war. Es ist gestern bei dem Geschäftsessen wirklich spät geworden, und ich war todmüde. Du bist also befördert worden?«

Ich nickte und nippte an dem Wein.

Irgendwie war mir heute nicht nach Wein, obwohl es etwas Besonderes zu feiern gab. Aber ich hatte ein seltsames Gefühl im Bauch, das ich nicht definieren konnte. Im Grunde hatte ich keinen bestimmten Anlass; Kunden waren nun mal Kunden, und Eric hatte sicher recht, dass die sich oftmals nicht um Uhrzeiten scherten. Aber trotzdem: Mir war nicht wohl dabei.

»Jetzt erzähl schon!«, forderte Eric und zog mich lächelnd auf seinen Schoß. »Was macht meine Super-Frau denn nun genau?«

Ich sah Eric eindringlich an.

Wahrscheinlich bildest du dir nur wieder irgendeinen Schwachsinn ein, Charlotte. Am Ende steigere ich mich wegen eines einfachen Kundengesprächs in irgendwas rein – total lächerlich!

Ich tat den Gedanken ab und ließ mich *beinahe* kompetenteloquentladylike und sexy auf Erics Schoß plumpsen.

»Es ist der Job meines Lebens, glaube ich«, sagte ich und nickte, und Eric gab mir freudestrahlend einen Kuss. »PR- und Merchandising in einem, sehr abwechslungsreich mit großer Verantwortung. Sie lieben meine Ideen, und meine Kollegin Karla ist wirklich supernett.«

»Das hört sich ja absolut perfekt an, Schnurzel!«, sagte Eric und hielt mir das Weinglas zum Anstoßen hin. »Auf meine tolle Freundin!«, eröffnete Eric seine Lobesrede auf mich.

»Auf die schönste, tollste, süßeste und sexieste PR-Frau, die die Welt je gesehen hat!«

So was sagt doch keiner, der einem was zu verheimlichen hat, oder?, dachte ich noch, bevor Eric mir einen langen Kuss aufdrückte, der nach dem guten Rotwein und seinen salzigen Lippen schmeckte. *Nein, so was sagt nur einer, der dich wirklich liebt, Charlotte.*

Ich war froh und dankbar: Ich hatte echtes Glück!

*

Der typische Notfallanruf, wie ich ihn von Trine gewohnt war, kam diesmal von Mona.

»Wann kannst du in der *Hausbar* sein?«, brüllte sie hysterisch in den Hörer.

»Was ist denn los, Mona? Ich muss jetzt gleich arbeiten, es ist acht Uhr, und die *Hausbar* öffnet sowieso erst in zwölf Stunden ...«

»So lange halte ich es nicht aus!«, kreischte Mona weiter und atmete laut in den Hörer.

»Um Himmels willen, was ist denn nur passiert?«

»Nicht am Telefon!«, befahl Mona laut. »Obwohl ich auf dein Gesicht verzichten könnte, wenn ich es dir nachher sage. Um acht in der *Hausbar*. Sag Trine Bescheid. Bis später!«

Zack, weg.

Verwirrt legte ich mein Handy aus der Hand. Was war so schlimm, dass Mona es nicht am Telefon sagen konnte?

Schnell schrieb ich Trine eine SMS, dass wir uns heute Abend treffen würden, und nahm einen Schluck von dem frisch gebrühten Kaffee, den Eric mir während des Telefonates mit einem Kuss auf die Wange auf den Küchentisch gestellt hatte.

Hoffentlich nicht schon wieder die nächste Liebes-Enttäuschung für Mona, das verkraftet sie nicht.

Gespannt und gleichzeitig besorgt machte ich mich auf den

Weg zur Arbeit und hoffte, dass es diesmal etwas anderes sein würde.

*

Um Punkt zwanzig Uhr schnappte ich mir meine Sachen und machte mich auf den Weg zur *Hausbar*, obwohl Karla noch länger im Büro blieb.

Der Tag war im Nu vergangen, aber jetzt hielt ich es nicht eine Sekunde länger aus: Ich war zu gespannt, was Mona zu erzählen hatte.

Trümmerhannes, der Besitzer des Lokals, würde froh sein, uns mal wiederzusehen. Wir sorgten jedes Mal für einen grandiosen Umsatz und spannende Geschichten von der Katastrophen-Front.

Trine war schon da, als ich unsere Lieblingsbar betrat, und unterhielt sich angeregt mit Trümmerhannes über dessen neuen Stammhalter.

»Unser Maxi ist total musikalisch. Er trommelt den Sound von Motörhead genau im richtigen Takt nach!«, erklärte Trümmerhannes mit stolzgeschwellter Brust.

»Super«, pflichtete Trine ihm bei, »musikalische Früherziehung bei Kindern ist wichtig. Finn kann auch ... Hey Charlotte!« Trine begrüßte mich mit einer Umarmung. »Trümmerhannes hat gerade erzählt, dass Maxi schon den Sound von Motoren nachtrommeln kann!«

Noch bevor ich eine qualifizierte Stellungnahme zur musikalischen Früherziehung bei Kleinkindern abgeben konnte, erschien auch schon Mona in der Tür.

»Was ist denn? Hat Norbert eine andere?«, fragte ich hektisch und ohne Umschweife oder Begrüßung, als Mona sich zu Trine und mir an die Bar setzte.

Das Schaffnerunglück steckte uns allen noch in den Knochen, und daher waren wir übervorsichtig.

»Nein. Er hat keine andere«, antwortete Mona bereits etwas ruhiger als heute Morgen am Telefon.

Ich atmete tief durch.

Gerade noch gut gegangen.

»Wobei, wenn du so fragst – im Grunde genommen, doch.«

»Was? Hat er jetzt eine andere oder nicht? Mona! Muss ich dir alles aus der Nase ziehen?«

»Also, hat er nun oder nicht?«, fragte jetzt auch Trine ungeduldig.

»Er hat!«

»Um Himmels willen! Wen?« Ich war schockiert.

»Die Mutter!«

»Wen???«

»Die *Mutter*?« Trine machte es nicht besser, wenn sie Monas Worte einfach wiederholte.

»Was heißt ›die Mutter‹?«, fragte ich ungeduldig.

Maklernorbi hatte was mit Monas Mutter? Oder der Mutter einer anderen?

»Sa-ha-heine!«, antwortete Mona nun laut aufheulend.

Ich verstand nur Bahnhof, war aber im Vergleich zu Trine anscheinend ein eine Art Superhirn. »Er hat was mit *seiner* Mutter? Der Perversling!«, schnaubte sie verächtlich.

Mona hatte ihr Schluchzen augenblicklich wieder im Griff. »Nein, er hat nichts mit meiner und auch nichts mit seiner Mutter. Herrgott Kinder, dreht ihr denn jetzt alle durch?«, echauffierte sie sich und kippte sich den ersten Prosecco auf ex rein.

»Also, was denn nun?«, fragte ich ratlos.

Warum redete Mona um den heißen Brei herum?

»Norbi … er wohnt … also, ich meine … er wohnt nicht …«, begann Mona zögernd und bestellte per Handzeichen ein weiteres Glas Prosecco bei Trümmerhannes. »Er hat mich nie mit zu sich genommen. Wir haben es immer in allen möglichen Vorführhäusern gemacht, oder wir waren eben bei mir ...« Mona blickte bedrückt auf den Boden.

»Ihr habt's in fremden Häusern getrieben?«, fragte Trine aufgeregt. »Das ist ja toll! War da auch mal eins mit Pool dabei? Muss sich doch lohnen, wenn man schon einen Makler abkriegt!«

Ich fasste es nicht – die eine trieb es in den Häusern fremder Leute, und die andere träumte davon. Eben hatte ich noch überlegt, später einen Rat zu der Eric-Sache von ihnen einzuholen, verwarf das angesichts des akut-dramatischen Eloquenz-Verfalls jetzt aber wieder.

»Also, wir waren eben nie bei ihm zu Hause. Und jetzt weiß ich auch, warum.«

»Warum?!«, fragten Trine und ich nun im Chor.

»Er wohnt *bei* seiner Mutter!« Mona kippte sich ihr zweites Glas auf ex rein.

»Er wohnt noch *bei* seiner *Mutter*?«, fragten wir beide wieder unisono. Es klang somit doppelt ungläubig und hatte gleichzeitig aber auch etwas sehr *Therapeutisches*.

»Ja.« Mona nickte deprimiert in ihr leeres Glas.

»Aber ... Wie alt ist er denn?«, fragte ich irritiert.

»Na ja, er sieht etwas jünger aus, als er ist ...«

»Und?«

»Etwas älter als ich ...«

»Wie. Alt.«

»Zweiundvierzig.«

Mona verfügte wirklich über ein Ausnahmetalent, wenn es um *den Falschen* ging. Aber das hier haute mich wirklich um. Mit zweiundvierzig wohnte er noch bei Mutti! Ich hatte mal einen Bericht über ein kleines italienisches Dorf gesehen, in dem die Söhne so lange bei der Mutter wohnten, bis sie verheiratet waren. Manche heirateten allerdings erst recht spät und manche eben nie. Ob Maklernorbi vielleicht italienischer Abstammung war?

»Mona, ist er Italiener?«, fragte ich sicherheitshalber.

»Nö. Wieso?«

»Ach, nur so.«

Da hätte *Norbert* auch nicht wirklich gepasst.

»Wieso willst du das wissen?«

»Weil die *nie* von zu Hause ausziehen. *Nie!*«

»Ihr habt es wirklich drauf, mich aufzubauen, Kinder.« Mona klang wirklich resigniert.

»Ja, und was sagt er dazu?«, fragte ich weiter.

»Nichts. Das ist es ja eben. Er findet das ganz normal. Und dass ich ein Problem damit habe, kann er nicht verstehen.«

Mona blickte Trümmerhannes erneut auffordernd an.

Er verstand und nickte.

»Mona trink nicht so schnell, du kippst uns gleich vom Hocker!«, schimpfte Trine mit mütterlicher Stimme.

»Das ist der absolute Supergau!«, jammerte Mona jetzt. »Ich wusste, es würde noch was passieren. Alles war mal wieder zu perfekt. Und jetzt mit dem Laden, das wird doch sicher auch nichts!«

»Ach Mona«, tröstete ich meine Freundin, »dein Laden hat doch damit nichts zu tun.«

»Genau«, pflichtete Trine mir bei. »Und außerdem kann er doch ausziehen.«

»Er *will* aber nicht!« Mona heulte wieder laut schluchzend auf, es hörte sich an wie eine alte Schiffssirene. »Hmpf! Er hat vorgeschlagen ... hmpf ... dass ich zu ihm und seiner Mutter in das große Haus ziehen soll.« Mona schnäuzte in eine Papierserviette, die zur Deko unter einem Teelicht an der Bar lag. »Sie sagt ... hmpf ... sie hätten mehr als genug Platz!«

»Ominös«, sagte Trine nun nachdenklich.

Ich grübelte, was hier nun ein guter Ratschlag wäre. Besser als »ominös« war allerdings so ziemlich alles.

»Ist das alles, was ihr dazu sagt?«, jammerte Mona, immer noch schluchzend.

»Kennst du seine Mutter denn schon?«, fragte ich vorsichtig.

Hätte Eric mir einen solchen Vorschlag gemacht, wäre ich über alle Berge. Dagegen war die Diskussion über eine größere Wohnung ein Luxusproblem.

»Nein. Ich soll Hermine am Wochenende kennenlernen. Bei Kaffee und Kuchen«, presste Mona es zwischen zusammengebissenen Zähnen hindurch raus.

»Oh, wie schön«, flötete Trine. »Sie backt sicher gut.«

»Verdammt, versteht ihr denn nicht? Ich hab schon wieder so 'ne Flasche erwischt! Warum kommt der Supergau bloß immer erst, wenn ich schon verliebt bin?« Verzweifelt sah Mona in unsere kleine Runde.

Jetzt war es an uns, einen guten Rat zu geben.

»Vielleicht, weil du kein gutes Händchen für Männer hast?«, startete Trine den ersten Versuch.

Ein guter Rat ging anders. Jetzt war es an mir.

Trine und Mona guckten mich erwartungsvoll an.

»Ich weiß wirklich nicht, was ich dazu sagen soll«, sagte ich ratlos. »Ich kriege ja noch nicht mal mein eigenes Leben auf die Reihe … Allerdings sieht es für mich nach einem ausgewachsenen Mutterkomplex aus.«

Mona atmete hörbar aus.

Jetzt war es amtlich. Schon wieder ein männertechnisches Desaster, das es zu bewältigen galt.

»Nein!«, brüllte Mona nun plötzlich auf, hob ihren Kopf und ballte die rechte Hand zu einer Faust. »Diesmal gebe ich nicht auf! Das Ding ziehe ich gnadenlos durch! Und wenn ich Hermine durch ganz Köln backen muss! Das lass ich mir nicht bieten!«

Das roch nach hochkarätigem Wettstreit. Mona besaß echten Kampfgeist, das wusste ich. Hermine würde die Heizdecken schon mal anwerfen und sich warm anziehen können.

»Kinder, lasst uns darauf trinken«, eröffnete Trine unsere Sickergrubenrunde, »es wird ein langer Abend!«

Sicherheitshalber stellte Trümmerhannes schnell eine neue Kiste Prosecco kalt. Er nannte solche Abende immer »Ausheulen auf ex«, und dies stimmte sogar im doppelten Sinne. Denn eine von uns hatte zu allem auch immer mindestens eine Geschichte.

Diesmal war es Trine.

»Ich hatte auch mal einen Exfreund, der nicht von zu Hause ausziehen wollte!«, sagte sie und blickte verständnisvoll in Monas Richtung.

»Trine, du bist seit hundert Jahren mit Paul zusammen, wer soll das denn gewesen sein?«, fragte ich kopfschüttelnd.

»Na, das war natürlich vorher!«, erklärte sie.

»Und, was hast du da gemacht?«, fragte Mona hoffnungsvoll.

»Wann vorher?«, fragte ich hartnäckig.

»Na, es war Rüdiger aus der Parallelklasse.« Trine legte ihren Arm verständnisvoll um Mona, immerhin hatten sie Ähnliches durchgemacht.

»*Der* Rüdiger? Aus der 5a?«, fragte ich entsetzt. »Den sie alle immer *Selbstberüdiger* nannten?!«

»Ja. Er war ansonsten wirklich nett.«

»Oh Gott, Trine.« Ich verdrehte die Augen und stützte die arme Mona, die jetzt doch wieder allein an der Katastrophenmännerfront zu stehen schien.

»Da warst du *elf*!«

»Stimmt nicht, fast zwölf!«, antwortete Trine vehement. »Er wollte trotzdem später nicht ausziehen!«

Es muss traumhaft sein, mit Peter Pan und den Glücksbärchis in Trines Kopf zu wohnen.

»Na, das ist ja auch verständlich, weil ihr noch *Kinder* wart!«

»Na ja, so kann man das nicht sagen, immerhin haben wir immer auf der Feuertreppe ...«

»Bitte nicht, Trine, verschone uns, wir können es uns auch so vorstellen ...«, unterbrach ich sie.

Mona saß still auf ihrem Barhocker und schluchzte erneut.

»Elmo kann *fast* schon ›Charlotte‹ sagen!«, versuchte Trine das Thema zu wechseln.

»Er kann noch nicht mal richtig ›Mama‹ sagen!«

»Ich sagte ja auch nur *fast*!«

»Eham. Und was sagt er stattdessen?«

»›Iiu!‹«

Fast.

Mona schüttete sich den nächsten Prosecco in einem Zug rein.

Ich war ratlos. Immerhin war Maklernorbi nicht verheiratet, wie es der Schaffner gewesen war, und hatte auch nichts mit der Praktikantin wie der Fiese-Matenten-Georg. Aber Monas Aussicht, Maklernorbi täglich in seinem Kinderzimmer zu besuchen, während seine Mutter ihnen Tee und Butterkekse reinreichte, war alles andere als rosig.

»Vielleicht ändert er seine Meinung noch?«, fragte ich vorsichtig.

Mona schüttelte vehement den Kopf. »Nein. Er hat gesagt, dass es ausgeschlossen ist. Er fühlt sich da wohl, das Haus ist groß genug, und seit seine Mutter alleine ist, will er auch für sie da sein.«

»Und was willst du jetzt *genau* machen?«, fragte Trine, die sich vor Aufregung eine Hand voll Erdnüsse nach der anderen reinschob.

Ich wusste auch nicht, was man tat, wenn einem der Neue eröffnete, dass er noch zu Hause wohnte und auch vorhatte, diesen Status in naher Zukunft nicht zu ändern. Vor allem, wenn er nicht mit einem im selben Schuljahrgang war.

»Was ich jetzt machen will? Angreifen! Und trinken natürlich!« Mona rülpste mich gackernd an und hielt sich nun halb hysterisch lachend, halb schluchzend die Hand vor den Mund.

Wir würden Trümmerhannes mit einem Umsatz wie zu unseren besten Zeiten erfreuen, das war klar.

»Der Umsatz geht vor!«, erklärte er immer. Seit Neuestem ließ er auch keine Freundschaftsdrinks mehr springen. Immerhin hatte er jetzt eine Familie zu ernähren, da war keine Zeit für Sentimentalitäten. »Mädels, ich würde ja 'ne Runde auf meinen Nachkommen ausgeben, aber in diesen harten Zeiten zählt jeder Cent!«

»Wasch isches denn?«, lallte Mona ihn an.

Ihre Auf-ex-Taktik machte sich nun schlagartig bemerkbar.

»Ein Junge natürlich!«, erklärte Trümmerhannes stolz.

»Un wie heisssschta?«, wollte sie weiter wissen, während sie ihren Kopf auf die Theke legte.

»Viktorius Maximus!«, verkündete Trümmerhannes noch stolzer.

»'sch glaub, issssch mussssch kotsssen …«, murmelte Mona und rannte zum Klo, natürlich nicht, ohne vorher den Barhocker umzurennen und ihn dann stellvertretend anzubrüllen: »Noch sssson verdammter *kastasssstrophikus maximusss!*«

Trine und ich zogen es vor, erst mal eine alkoholische Pause einzulegen und etwas auf der Theke zu schlafen. In ein paar Minuten würde ich nach meiner glücklosen Freundin sehen.

*

Das eine Problem war noch nicht gelöst, da kündigte sich schon das nächste an.

Heute war es Tante Marlene, die mich auf dem Handy auf dem Weg zur Arbeit anrief, um den bevorstehenden Besuch meiner Mutter, ihrer Schwester, mit mir zu besprechen.

»Sie macht wirklich Ernst und bringt den grönländischen Jungen zu Weihnachten mit!«, erklärte sie aufgebracht.

Marlene hatte kein Verständnis für die Vorliebe ihrer Schwester für jüngere Männer.

Jörn hatte Renate in Grönland einen Antrag gemacht, und eigentlich hatten sie vorgehabt, auch dort zu heiraten. Allerdings hatte Oma Melitta ihnen einen Strich durch die Rechnung gemacht, weil sie sich hartnäckig geweigert hatte, dorthin zu fliegen, und so hatten Renate und Jörn kurzerhand beschlossen, Weihnachten und Silvester nach Deutschland zu kommen und kurz danach hier den Bund der Ehe einzugehen.

Für Renate, die mit Ende fünfzig noch nie verheiratet gewesen war, war das ein enormer Schritt. Für Marlene, die seit über zwanzig Jahren mit dem zur zwangsveganen Ernährung verurteilten Jürgen verheiratet war, eine Farce.

»Erst hat er sie ins Kittchen gebracht, und jetzt will sie ihn auch noch heiraten!«, echauffierte meine Tante sich. »Das endet doch schon wieder in der totalen Katastrophe!«

Dass Renate mit Jörn tagelang im arschkalten grönländischen Nuuk in U-Haft gesessen hatte, hatte sie nicht zuletzt seinen illegalen Jagdaktivitäten zu verdanken. Nach tagelangem Ausharren bei minus dreißig Grad und versalzenen Schafsköpfen immer noch als Paar das Kittchen zu verlassen, war allerdings eine wirkliche Leistung, die ich Renate hoch anrechnete.

Bei ihrem Ausflug hinter Gittern hatte Renate außerdem zufällig Kumi Naidoo, Chef von *Greenpeace International*, kennengelernt, der kurz zuvor festgenommen worden war. Er war persönlich auf die Ölplattform Leiv Eiriksson vor der Westküste Grönlands geklettert, um dort den Notfallplan der Betreiberfirma einzusehen und um fünfzigtausend Unterschriften gegen Ölbohrungen in der Arktis zu überreichen.

Da Marlene seit ihrer Kindheit radikale Greenpeace-Aktivistin war, die auch schon mal meine Discounter-Garnelen vom Teller einsammelte, wenn ich deren genaue Herkunft nicht kannte, und Herrn Naidoo seit jeher für seine Aktionen anbetete, konnte Renate die unangenehme Sache mit der illegalen Jagd bei Marlene mit einem Naidoo-Autogramm wiedergutmachen.

Renate hatte sogar mit Jörns Handykamera gefilmt, wie er das Fleischessen verweigerte und aus Protest auch noch nach drei Tagen keine feste Nahrung zu sich nahm. Marlene war schwer beeindruckt und freute sich auf dieses einmalige Kleinod ihrer Greenpeace-Karriere.

Jürgen wusste mittlerweile von Marlenes Leidenschaft, hielt Herrn Naidoo aber zuerst für einen deutschen Rapper und dann für Marlenes fünfundsechzigjährigen Tai-Chi Lehrer. Als er aufgeklärt wurde, dass es neben ihm noch einen anderen Mann in Marlenes Leben gab – zumindest gedanklich –, reagierte er wie immer gelassen.

»Ach, das macht mir nichts«, sagte er, als ich ihn beim heimlichen Burgeressen in der Stadt erwischte. »Marlenes Tofu-Variationen stellen eine weitaus bedrohlichere Gefahr für mich dar als dieser Mann.«

Damals musste ich sehr darüber schmunzeln. Jürgen reagierte nämlich wie Eric.

Denn in einer Hinsicht war ich meiner Tante sogar ähnlicher als ich wollte: Auch ich schwärmte seit Jugendtagen für einen Mann, in den ich bis heute heimlich verliebt war.

Tante Marlene war nicht nur aktive Greenpeacerin und aktive Hardcore-Veganerin, sondern auch aktive Buschtrommel, und so kam Eric beim letzten Besuch von Marlene und Jürgen nicht umhin, eingehend über meine (eigentlich geheime, aber was heißt das schon im vertrauten Kreise der Familie?) Leidenschaft für Götz Alsmann informiert zu werden.

»Ach, Eric, das wusstest du nicht? Eine ganz verrückte Leidenschaft meiner Nichte, kaum zu glauben, aber sie behauptet doch glatt, seit fünfzehn Jahren in ihn verliebt zu sein, weil er so toll *re-det*!« Tante Marlene sagte das nicht ohne einen gewissen Unterton, schlug die Augen dabei theatralisch zum Himmel und verzog ihr faltenfreies Gesicht. »Wenn es doch wenigstens einer wie der Leonardo Carpaccio wäre, aber so ...«

»Reden geht immer«, antwortete Eric gelassen, »nur gegessen wird zu Hause.«

Ich reagierte passend zum Thema mit einem telegenen Lächeln und beließ es dabei.

Daraufhin rümpfte Marlene damals schnippisch ihre tofuverwöhnte Nase. Sie hatte wahrscheinlich auf eine spannendere Abendunterhaltung à la Kramer vs. Kramer gehofft.

»Was sagst du nun zu den Plänen deiner verrückten Mutter?«, riss Marlene mich aus meinen Gedanken.

»Also, ich freue mich für sie«, gab ich entschieden zurück. »Lass sie doch heiraten, wen sie will.«

»Ja, ja«, knurrte Marlene in den Hörer. »Ich weiß schon, wer am Ende die Scherben aufsammeln muss.«

Marlene spielte auf Renates Eskapaden in Sachen Männer an, die in den letzten Jahren in unerträglichem Maße zugenommen hatten.

Doch mit Jörn war sie nun schon seit über einem Jahr glücklich und hatte mit ihm sogar die Zeit im Kittchen überstanden – das sollte für jeden was heißen und erst recht für meine etwas labil veranlagte Mutter.

»Warte mal, ich pendle das mal eben aus«, sagte Marlene.

Ich hörte ein lautes Rascheln in der Leitung.

Als sie wieder zurückkam, meinte ich, einen leichten Windhauch durch den Hörer wahrzunehmen, der alle paar Sekunden daran vorbeizuziehen schien.

»Aber was ...«, fragte ich nach, wurde allerdings sofort unterbrochen.

»Psst! Ich muss mich konzentrieren!«

Ich wusste schon, als ich noch ganz klein war, dass meine Familie ein wenig anders war als andere Familien. Spätestens, als andere Kinder mit ihren Eltern Sonntagsausflüge in den Zoo machten und in den Schulferien an die Nordsee fuhren, während wir unsere Freizeit auf Anti-Atomkraft-Demos und unsere Ferien in indischen Ashrams verbrachten, war es offensichtlich, dass Renate eher zu den untypischen alleinerziehenden Müttern gehörte.

»Oh, nein!«, rief Marlene nun so laut in den Hörer, dass ich nahezu aufschreckte. »Nur noch bis Ende des Monats haltbar!«

Ich glaubte zwar nicht so richtig an Marlenes ständiges Gependel, war aber doch durchaus besorgt.

Was, wenn sie recht hat und Jörn Ende des Monats mit Renate Schluss macht? Das gibt ein übles Weihnachtsfest!

»Bist du sicher?«, hakte ich vorsorglich nach.

»Klar«, entgegnete Marlene, »ich täusche mich nie!«

Bitte nicht!

Das war kein gutes Omen. Aberglaube und Spirituellenkram hin oder her, aber Marlene war schon immer die Pendel-Fachfrau gewesen; sie pendelte praktisch alles aus.

»Und jetzt?«, fragte ich besorgt nach.

»Na, jetzt müssen wir die Wurst bis Ende des Monats aufessen, denke ich«, sagte Marlene und klang nachdenklich. »Darauf muss ich erst mal ein Mondwasser trinken.«

Ich verstand kein Wort: »Aber ...«

»Und nun pendle ich deine Mutter und Jörn aus.«

»Ich dachte, das hättest du gerade?«

»Ach, Quatsch, das war doch nur die Haltbarkeit der Biotofuwurst. Was die da immer auf die Pakete drucken, das stimmt doch nie.«

8. Kapitel

»Mädels, ich habe eine super Nachricht!«, begrüßte Trine Mona und mich bei unserem allmonatlichen Samstagmorgenmädelsfrühstück.

Wir setzten unseren besorgt-panischen Blick auf.

Nicht etwa noch *ein Kind?!*, dachte ich schlagartig.

Mona formulierte meine Gedanken aus: »Bitte kein weiteres Kind!«

»Keine Sorge. Etwas total Tolles, ganz ohne Plazenta-Gemetzel!«

»Na, sag schon«, sagte ich erleichtert.

»Finn hat eine Hauptrolle!«

»Wo?«

»Vom Kindergarten aus spielen sie auf dem Weihnachtsfest ein Stück! Und Finn hat eine wichtige Rolle! Ich bin ja so stolz!«

Trine strahlte uns überglücklich an.

»Ach ja, das Weihnachtsfest!«

Ich hatte es fast vergessen. In unserem Viertel wurde Weihnachten immer ein Theaterstück vom Kindergarten aufgeführt, in den auch Finn ging. Meist gab es noch Live-Musik und den ein oder anderen Glühwein dazu.

Trine, Mona und ich hatten uns die letzten Jahre auf Letzteres konzentriert, und die Aufführungen eher vernachlässigt.

Aber jetzt war Finn der Star.

»Ich kann heute übrigens nicht lange«, sagte Trine und

stopfte sich hektisch ein halbes Marmeladenbrötchen in den Mund, »Elmo hat Baby-Yoga. Aber vorher wollte ich dich noch um was bitten, Charlotte. Es hat mit dem Stück zu tun.«

»Was ist das denn überhaupt für ein Stück?«, fragte ich nach und sah meine Freundin eindringlich an.

Ihr ausweichender Blick bedeutete nichts Gutes. »Keine Ahnung«, antwortete Trine ungeduldig. »Frag doch lieber, was Finn spielt!«

»Was spielt er denn?«, fragte ich wie mir geheißen.

Ich stellte mir mein Patenkind Finn in einer strahlenden Hauptrolle vor. Alle würden stolz sein auf ihn.

»Er spielt einen *Teebeutel*!«, schrie Trine fröhlich in unsere Runde und klatschte wie ein Kleinkind mit *Duracell*-Batterien im Hintern in die Hände.

»Er spielt einen was?«

Ich hatte *Teebeutel* verstanden.

»Einen *Teebeutel*!«, wiederholte Trine.

»Welche Sorte?«, fragte Mona trocken.

»Keine Ahnung«, antwortete Trine nachdenklich.

»So was musst du aber wissen!«, echauffierte sich Mona. »Schließlich ist es ein himmelweiter Unterschied, ob er sich nun mental auf einen fiesen Fenchel oder einen anmutigen Assam einstellen soll!«

»Du hast recht, das muss ich noch nachfragen.«

»Das war doch sicher nur ein Scherz von Mona, oder?« Ich sah meine Freundinnen abwechselnd eindringlich an.

»War es keinesfalls«, erklärte diese ernst. »Aber ich bin raus aus der Nummer. Das ist dein Job, Superpatentante!« Mona hob die Hände und lächelte süffisant.

Aha.

Ich versuchte, elegant das Thema zu wechseln. »Das mit der Rolle ist doch toll, ist es denn eine ... äh ... Sprechrolle?«, fragte ich zögernd nach.

»Genau deswegen bin ich gekommen, Charlotte. Es ist keine direkte Sprechrolle. Eher so ... indirekt!«

Was bitte ist denn eine indirekte Sprechrolle? Muss Finn jetzt die Gebärdensprache erlernen?

»Was heißt denn das?«

»Na ja, die Kindergärtnerin sagt, er soll sich wie ein Teebeutel bewegen und auch einer *sein*. Quasi mit seiner Rolle verschmelzen. Also so richtig. ›Eins sein‹, sagt sie.«

»Und was soll ich da tun?«, fragte ich Trine, die nun mit verdächtigen Bambiaugen vor mir saß.

»Na ja, um das richtige Feeling zu bekommen, dafür braucht er dich ...«

Da war er, der altbekannte Patentanten-Haken, den ich nur zu gut kannte. Wenn es schwierig wurde, musste ich ran.

Wer also Langeweile hat im Leben, muss die Patentante geben!

»Wofür *genau* braucht Finn *mich*?«, hakte ich nach.

»Na ja, du bist doch eher so kreativ veranlagt, meinen wir, und du könntest ihm sicher das richtige Feeling beibringen!«

Äh, das Feeling eines Teebeutels? Habe ich das jetzt richtig verstanden?

»Aber Trine, ich weiß doch auch nicht, wie sich ein Teebeutel so fühlt!«

Ich als kreativ-künstlerische Anleitung für Finn? Das war ja wie einem Pinguin das Fliegen beibringen zu wollen!

»Mona kann so was viel besser als ich!«

»*Du* bist die Patentante«, erklärte Mona amüsiert und schlürfte ihren Tee mit Milch noch einen Tick lauter als sonst.

Schachmatt.

Sie hatten mich.

»Charlotte, ich weiß, du guckst jetzt schon wieder so«, sagte Trine gelassen, »wie du immer guckst, wenn du keine Lust auf deinen Patenjob hast. Aber Finn ist nun mal *dein* Patenkind, und du hast gewisse Verpflichtungen ...«

Jetzt folgte der übliche Apell ans schlechte Gewissen.

»Ja, ja, schon gut«, stieß ich hervor, »ich tue es!«

Mona war wie immer gründlich: »Allerdings muss sie vorher genau wissen, welches Stück und welche Sorte!«

»Ja, warte, ich frag schnell nach!«, flötete Trine fröhlich.

»Trine, es ist Samstag! Wie erreichst du da deine Erzieherin?«, fragte ich nach.

»Elterninitiative!«, sagte Trine und zwinkerte mir zu. »Ich meld mich nachher noch mal kurz bei dir.«

Ohne Worte ...

»Ich muss jetzt weg, aber Paul bringt Finn dann gleich zum Üben, ja? Das Kostüm haben sie schon, vom letzten Jahr«, fügte sie noch hinzu. »Darum musst du dich also nicht mehr kümmern.«

»Freust du dich?«, fragte Mona schadenfroh.

Ich öffnete meine Lippen mit der Absicht, lächelnd ein »Ja« zu formulieren.

»Poah!«

Fast.

Ich freute mich.

Wirklich.

Ich konnte es nur nicht so zeigen.

*

Eine Stunde später stand ein kleiner brauner Sack vor meiner Tür. Er bewegte sich.

»Hey, Charlotte«, sagte Paul, »ich habe dir unseren kleinen Teebeutel gebracht. Sieht er nicht toll aus?«

»Ja, ganz entzückend«, antwortete ich.

Finn erinnerte mich an eine Miniatur-Ausgabe der Mönche in *Der Name der Rose*, nur ohne Gesicht. Damit er überhaupt etwas sehen konnte, waren winzige Löcher in Augenhöhe eingeschnitten. Fast wirkte er ein wenig unheimlich.

Ich hatte die letzte Stunde damit zugebracht, im Internet

alles über Tee zu recherchieren. Es gab über zigtausend Sorten, es kamen quasi stündlich neue hinzu. Nun wusste ich alles über Fermentation und Lagerung. Aber wie sich ein Teebeutel so fühlt, stand nirgendwo.

Eric hatte mich für verrückt erklärt; immerhin handelte es sich hier noch nicht einmal um eine Sprechrolle. Die *indirekte Sprechrolle* wollte er nicht gelten lassen. Er war dann erst mal joggen gegangen.

»Ich bin ein Teebeutel!«, sagte der kleine braune Sack und betrat schlurfend meine Wohnung. Er zog ein weißes Seil mit einem kleinen Pappschild hinter sich her, auf dem etwas geschrieben stand.

»Ja, das ist toll. Und deswegen werden wir heute auch üben, wie sich ein Teebeutel so fühlt.«

»Er ist übrigens ein Earl Grey, sagt die Kindergärtnerin«, teilte Paul mir noch mit und deutete auf das Pappschild, bevor er mit einem angedeuteten Wuscheln des Teebeutelkopfes wieder verschwand.

Ein Earl Grey! Wie langweilig ist das denn? Und wie soll Finn den Earl Grey bloß fühlen?

Finn war kaum ein paar Sekunden im Raum, da fühlte ich mich schon überfordert.

Eine Stunde später war ich allerdings einem Nervenzusammenbruch nahe.

Finn wiederholte immer nur den einen Satz: »Ich bin ein Teeeee-beutel!«

Die Repeat-Schleife schien kein Ende zu nehmen. Es konnte natürlich auch sein, dass er sich so mental besser in seine Rolle einfühlen konnte. Oder er wollte mich einfach nur fertig machen. Ich wusste es nicht.

»Also Finn, wir müssen uns jetzt mal in deine Rolle reinfühlen …«, begann ich ernst.

»Ich bin ein Teeeee-beutel!«, sang der kleine braune Sack beschwingt.

Ob Tein mental auch wirkte?

»Gut, also, wir machen jetzt Folgendes«, schlug ich verzweifelt vor. »Wir gehen gleich in den Teeladen in der Stadt, und wir riechen dann an der Sorte, die du spielst, das hilft ... vielleicht?!«

»Au ja!«, freute sich der Beutel.

Anderer Text ging also doch noch.

Finn liebte Ausflüge mit mir, weil meist etwas Süßes als Bestechung für ihn raussprang. Sicher würde es heute nicht anders laufen.

Also machte ich mich mit dem kleinen braunen Teebeutel in die Stadt auf und schrieb Eric, der noch immer unterwegs war, einen Zettel, dass wir auf Teebeutelmission seien.

Im Bus guckten uns die Leute an, als hätte ich Finn entführt und in einen Sack gesteckt, um ihn jetzt an ein kinderloses Paar im Ausland zu verkaufen. Ich fühlte mich *leicht unwohl.*

Finn nicht. Der hatte Spaß.

»Ich bin ein Teeeee-beutel!«, summte er autistisch wippend vor sich hin.

Wenn er später alles so konzentriert im Leben angeht wie seine Rolle als Teebeutel, wird sicher etwas aus ihm werden.

Im Teeladen kam direkt eine freundliche Verkäuferin auf mich und den kleinen braunen Beutel zu. Nicht ohne Hemmungen erklärte ich ihr unser Teebeuteldilemma.

»Das kriegen wir hin«, meinte die Gute und beugte sich zu Finn hinunter. »Und du bist also ein Earl Grey, ja?«

»Ich bi-hin a-hein Tee-beu-te-hell!«, sang der schrill in ihr zartes Ohr.

»Er stellt sich gerade mental auf seine Rolle ein«, sagte ich und hob entschuldigend meine Schultern.

»Na, dann komm mal mit, kleiner Teebeutel«, sagte die Verkäuferin lächelnd zu Finn und nahm seine kleine braunbestoffte Hand, die an der Seite des Beutelkostüms heraushing.

Im Laufe der folgenden halben Stunde probierten Finn und die Verkäuferin sicher an die zwanzig Schwarzteesorten, und Finn durfte an allen riechen, um sich *einzufühlen*.

Anfangs kam ich mir ein wenig seltsam vor – aber was tut man nicht alles für die Karriere seines Patenkindes.

»Es ist aber auch hart, dem Kleinen direkt die Rolle des alten, muffeligen Earl Grey aufzubrummen«, bemerkte die Verkäuferin verständnisvoll. »Man hätte doch auch mit einem zarten Oolong aus Formosa oder einem grasigen Bancha beginnen können.«

Welch Einfühlungsvermögen!

Ich erklärte ihr lieber nicht, dass wir das *grasige Kapitel* bereits hinter uns hatten.

»Ich werde es der Kindergärtnerin für das nächste Jahr mal vorschlagen«, sagte ich und nahm es mir fest vor.

Am Ende stand mir dasselbe mit Elmo noch einmal bevor! Dann aber wenigstens als zarter Oolong aus Formosa.

»Der Earl Grey wurde nach dem britischen Premierminister Charles Grey benannt«, erklärte die Verkäuferin Finn.

»Was ist ein Primitiv...minister?«, fragte Finn interessiert.

Finn hatte ein Talent für die Feinheiten der deutschen Sprache. Ich war beeindruckt.

»Ein Politiker«, antwortete die Verkäuferin liebevoll.

»Und was ist das?«, fragte Finn weiter.

»Ein gelangweilter Mensch, der bei der Arbeit oft schläft und wie ein nasser Sack in der Gegend herumhängt«, witzelte ich.

Der strafende Blick der Verkäuferin, der mich tadelte, weil ich dem armen Kind nur Schwachsinn beibrachte, traf mich hart.

»Eine Legende besagt«, erzählte sie weiter, »dass ein Schiff voll mit Tee auf dem Ozean in einen Sturm geriet und die Teeballen sich mit dem nebenan gelagerten Bergamottenöl vermischten. Charles Grey weigerte sich, als er im Hafen von London angekommen war, den Tee zu vernichten. Er wollte ihn vorher erst probieren. Die Mischung schmeckte ihm dann so gut, dass er sie von da an verkaufte.«

Finn lauschte gespannt der Geschichte. Er war so still geworden, wie ich ihn zuletzt nur während der Mohnsache erlebt hatte. Er sang auch nicht mehr sein Teebeutellied. Die nette Teetante hatte ihn geradezu verzaubert.

Ich fragte mich, warum ich das nie hinbekam, außer wenn ich Einstiegsdrogen einsetzte.

Finn starrte konzentriert auf seine Earl-Grey-Auswahl. Dann blickte er kurz auf und sagte: »Ich weiß jetzt, wie sich ein Teebeutel fühlt.«

Er schien gerade seinen künstlerischen Durchbruch zu haben.

»Wie ein Primitivler!«

Weder die Verkäuferin noch ich konnten dem noch etwas hinzufügen.

Finn hatte sein künstlerisches Ch'i gefunden. Ganz alleine. Inmitten von hunderten Teesorten, in einen kleinen braunen Sack gehüllt, einer spannenden Legende lauschend.

Ich fühlte langsam Tränen in mir aufsteigen, meine Augen wurden ganz feucht. Ich war ja so stolz. *Patentantenstolz.*

Finn bekam zum Abschied noch einen Lolli mit Grünem-Tee-Geschmack, den er sich durch sein rechtes Teebeutel-Augenloch geschoben hatte und lutschte, während er wieder das Teebeutellied sang.

Das sah zwar ein bisschen bedenklich aus, ja, aber ich war viel zu froh und zufrieden, Finns künstlerische Krise behoben zu haben, als dass ich mich von derartigen Äußerlichkeiten aus der Ruhe bringen lassen konnte.

Aus lauter Dankbarkeit kaufte ich den halben Laden leer;

alle möglichen Schwarzteesorten mussten ausprobiert werden. Man muss sich ja auch in sein Patenkind hineinversetzen können. Schließlich sagte Trine immer: »Sieh es aus Finns Perspektive!«

Finns Perspektive kostete mich diesmal einige Euro, aber das war es mir wert.

Gewissermaßen war es ja auch mein persönlicher Durchbruch als Patentante. Und diesmal musste uns niemand aus dem Krankenhaus abholen.

9. Kapitel

Die nächste Woche flog nur so an mir vorbei.

Meine täglichen Zoo-Runden machte ich nun alleine, und auch sonst war ich immer seltener auf Karlas Hilfe angewiesen. Willi war zufrieden mit meinem schnellen Vorankommen.

Der Job schien perfekt auf mich zugeschnitten zu sein. Ich schrieb Pressemitteilungen und beantwortete am Telefon Fragen zur Zoogeschichte, als hätte ich nie etwas anderes getan.

Es war ein Traum!

Der Penis-Nacktmull-Stofftier-Verschnitt wurde auf mein Anraten nun auch noch mal in einer U-18-Version produziert, die vor allen bei den besorgten Eltern besser ankam.

Ich war auf der absoluten Erfolgsspur!

Eric war zwar immer häufiger lange und kommentarlos weg, aber ich hatte es aufgegeben, ständig nachzubohren, denn er antwortete sowieso immer gleich genervt: »Kundentermine!«, und so beließ ich es dabei. Seit ich den neuen Job hatte, fiel es mir leichter zu verstehen, dass man, wenn man seinen Job liebte, eben auch mehr investierte, gerade als Freiberufler wie er. Es würden sicher auch noch andere Phasen kommen, davon war ich fest überzeugt.

Außerdem gab es genug zu tun: Weihnachtsvorbereitungen mussten getroffen werden, in zwei Wochen würden Renate und Jörn kommen, Eric musste mental auf das Melitta-Bootcamp vorbereitet werden, Finns Kindergartenaufführung stand kurz bevor, und Mona brauchte Entscheidungshilfe in der

Maklernorbi-Hermine-Krise. Für heute hatte sie akute mentale Unterstützung eingefordert und etwas von einem Butterzopf-Kampf angedeutet. Ich war gespannt, was das zu bedeuten hatte.

*

Eric hatte sich zu seinen Weihnachtswünschen noch nicht wirklich geäußert, und so hatte ich ihn gebeten, einen Wunschzettel zu machen. Ich stellte es mir leichter vor, mit so einer Prioritätenliste loszuziehen. (Neben seiner Liste hatte ich ja noch die von Finn und die von Elmo. Trine behauptete, dass Elmo ganz sicher schon wusste, was er haben wollte, sie hätte es mit einer Multiple-Choice-Liste abgefragt, und er hätte sogar genickt!)

Als ich heute nach Hause kam, blieben mir noch ein paar Minuten Zeit, mir Erics Wunschliste einzuverleiben, die er an den Kühlschrank gepinnt hatte. Ich nahm sie gespannt ab und las:

Erics Wunschzettel (sortiert nach Priorität):

- Pearl Edition Funkferngesteuerter Sky-Gleiter »Easy«, 27 MHz
- Terminator T-800 mit Sonnenbrille + Schrotflinte 12" Deluxe-Figur (momentan 40 % Rabatt online)
- Fingerschlagzeug
- Leucht-USB-Stick mit Flöte
- Stimmenverzerrer »Scream«

oder wahlweise

- Alienmaske mit Stimmenverzerrer (3 Euro günstiger)
- Playtastic Ultracoole Pistolen Universal-TV-Fernbedienung (zum Abschießen von schlechten Filmen, hahaha)

Ne, oder?

Ich befürchtete allerdings, dass Eric es ernst meinte, denn er hatte ganze fünf Tage gebraucht, um die Liste zu erstellen und irgendwas von TÜV-geprüften-Sachen erzählt.

Wo soll ich denn so einen Kram herbekommen? Und vor allem: wofür?

Meine Idee, ihm ein romantisches Wochenende irgendwo außerhalb der Stadt zu schenken, konnte ja nicht weiter danebenliegen.

Männer!

Wahrscheinlich würde ich mit einem einzigen Besuch im Spielzeugladen gleich drei Männer im Alter von sechs Monaten bis fünfunddreißig Jahren glücklich machen. Was ich wohl von ihm bekommen würde? Mir blieb nur übrig, das Beste zu hoffen ...

Ich legte Finns Wunschliste neben die von Eric und las:

Finns Wunschzettel:

- Poker als Beruf 1
- Poker als Beruf 2
- 2x 500g Earl Grey Bergamotte Spezial Mischung Edeltee
- Das große Buch vom Tee
- Reptilien-Fütterung (in Landau oder in Charlottes Zoo)
- Ein neues Laserschwert

Irgendwie hatte ich den Eindruck, dass Finns Liste – bis auf das Laserschwert – irgendwie mehr nach einem Fünfunddreißigjährigen klang als die von Eric. Ob ich mir Sorgen machen musste? Allerdings war die Frage, um wen. Denn Finns Liste mit Büchern wie *Poker als Beruf 1 & 2* kam mir auch nicht ganz koscher vor. Seit wann spielte er bitte Poker?!

Das lang anhaltende grelle Türklingeln riss mich aus meinen Gedanken.

Als ich die Tür öffnete, stand ich einer wutschnaubenden Mona gegenüber. Sie schien es eindeutig eilig zu haben.

Mit einem »Das ist ja wohl die Höhe!« begrüßte sie mich, während sie mich im Türrahmen beiseiteschob und ungehalten in die Wohnung stampfte.

»Was ist denn los?«, fragte ich.

»Her-mi-ne!«

»Und? Was ist mit ihr?«

»Sie ... sie ... sie ... siiiieeee!«, schnaufte Mona und ließ sich auf einen der weißen Holzstühle an unserem runden Küchentisch fallen.

» Sie... was?«

»Sie bringt mich so was von auf die Palme!« Mona verschränkte die Arme vor der Brust. »Hast du einen starken Kaffee?«

»Klar!«, antwortete ich und machte mich daran, die *Bialetti* mit Wasser und Espressopulver zu füllen.

»Mit Schuss!«, verlangte Mona lauthals.

»So schlimm?«

»Schlimmer!«

Ich stellte die Kanne auf die Herdplatte, schaltete sie an und setzte mich zu Mona.

»Erzähl schon!«

Mona überschlug sich fast in Hermine-Tiraden und erzählte mir von dem Butterzopf-Kampf, den Hermine ausgerichtet hatte. »Sie will ernsthaft, dass ich mein Rezept abwandle, so wie ihres ist, damit es Norbi besser schmeckt. Meinen mitgebrachten Zopf hat sie nur kurz probiert und dann weggestellt. Ist das zu glauben?«

»Hm ...« Ich wollte gerade zu einer Antwort ansetzen, als ich verdächtige Überkochgeräusche aus der Herdrichtung wahrnahm.

Mann! Das geht jedes Mal schneller als gedacht.

Jetzt war schon wieder der gesamte Herd mit dem übergekochten Kaffee versaut.

Während ich die gröbste Sauerei beseitigte, erzählte Mona weiter: »Jetzt hat sie mir also doch glatt ihr altes Rezeptbuch mit Norbis Lieblingsgerichten mitgegeben, damit ich es zu Hause abschreibe!«

»Hm ...«

»Hast du gehört, Charly? Ich soll es ab-schrei-ben!«

Ich grübelte.

Was soll ich dazu bloß sagen?

»Aber ist es nicht eine Art Vertrauensbeweis, dass sie es dir mitgibt? Anscheinend geht sie davon aus, dass du die Richtige für Norbi bist, wenn sie dir schon seine Lieblingsgerichte verrät!«

Ich goss den heißen Kaffee in zwei Tassen.

»Von der Seite habe ich es noch gar nicht betrachtet«, murmelte Mona nachdenklich vor sich hin und nahm einen Schluck des heißen Kaffees.

»Siehst du«, führte ich meine Hermine-Vermittlungs-Strategie weiter aus, »sie scheint dich zu mögen! Du bist sicher ihre absolute Wunsch-Schwiegertochter!«

Das sagte ich nicht nur, um Mona zu beruhigen. Wenn ich meine Freundin so betrachtete, war sie das auch. Sie war absolut liebenswert, klug und witzig. Norbi und Hermine konnten sich mehr als nur glücklich schätzen!

»Du hast sicher recht ...«, sagte Mona nun, mehr zu sich selbst als zu mir. »Sie meint das gar nicht so ... Sie meint es genau andersrum!«

Ich konnte förmlich sehen, wie Mona ein Licht aufging. Es war nicht klar zu beurteilen, ob es deswegen gerade etwas heller um sie herum geworden war oder ob die zarte Abendsonne, die zum Küchenfenster hereinschien, den kleinen Raum aufhellte.

Plötzlich sprang Mona unvermittelt auf. »Ich danke dir für diese Erleuchtung! Du bist die weltbeste Freundin!«

Mona umarmte mich wild, und ich verschüttete beinahe meinen Kaffee, von dem ich gerade einen Schluck nehmen wollte.

Das ging aber leicht!

Ich sah mein Positives-Karma-Konto augenblicklich Hau-den-Lukas-mäßig nach oben schnellen.

Toll!

»Ich danke dir!«, sagte Mona aufgeregt und nahm ihre Jacke von der Stuhllehne.

»Du willst schon gehen?«, fragte ich.

Sie war doch gerade erst gekommen … Und ich hätte sie wegen des akuten Romantik-Verfalls bei Eric und mir gerne noch um Rat gefragt.

»Ja!«, antwortete Mona und nickte. »Ich muss schnell Norbis Lieblingsgerichte üben. Am Wochenende kommt Hermine mit in den Laden, um sich ihn anzusehen. Danach könnte ich den beiden was kochen …«

Ich grinste.

»Übertreib nur nicht. Du musst ihn ja jetzt nicht ständig bekochen.«

Nicht, dass sie nachher noch als Hausmütterchen endete. Das passte nämlich so gar nicht zu ihr.

»Norbi ist der Richtige, ich weiß es einfach. Trotz Hermine.«

»Ja«, sagte ich und nahm meine Freundin zum Abschied noch mal in den Arm.

Mit einem Luftkuss verabschiedete die sich und war schon aus der Tür.

Ich lächelte vor mich hin, als ich ihr hinterherging, um die Tür wieder zu schließen.

Mona war im Gegensatz zu Trine fast ein wenig feministisch veranlagt. Sie stand auf eigenen Beinen und würde bald ihre *Filzlaus* eröffnen. Von einem Mann finanziell abhängig zu sein, wie es Trine war, kam für sie nicht infrage. Aber wenn sie frisch verliebt war, setzten bei ihr sämtliche frauenrechtlich-gestimmten Synapsen aus. Allerdings war es in jedem Fall schlauer, mit Hermine an einem Strang zu ziehen.

Endlich war ich auch mal in der Lage, meiner Freundin mit einem guten Rat zur Seite zu stehen. Zufrieden arbeitete ich nochmal Erics Wunschliste durch. Die Alien-Maske und den Stimmenverzerrer würde er ganz sicher nicht von mir bekommen. Ob ich mich mit dem Leucht-USB-Stick mit Flöte anfreunden können würde?

*

Da Eric meine Familie noch nicht kannte, hatte ich mir vorgenommen, ihn ausführlich auf diesen Kultur-Schock vorzubereiten. Ich hatte mir einen zweiwöchigen Bootcamp-Übungsplan zurechtgelegt, der Folgendes vorsah:

- ständige und wiederholte Ansprache im Imperativ bei zweihundertzwanzig Dezibel
- konsequente Beschallung mit den Top Ten der Volksmusik von Semino Rossi bis zu den Kastelruther Spatzen in Endlos-Repeat-Version
- Bäumepflanzen leicht gemacht Teil 1–12.

Und nicht zu vergessen:

- Magenerweiterung durch tägliches unkontrolliertes Knödelessen

Ich war gespannt, wie sich Eric während der Vorbereitungsphase halten würde. Allerdings betrafen die Übungen ausschließlich Melitta. Auf Marlene und vor allem Renate würde ich ihn nicht auch noch vorbereiten können, das war zu viel. Wenn er mich wirklich liebte, würde er diesen Kultur-Schock verwinden, und ich würde das nächste Weihnachten dankbar bei seiner Familie mitfeiern.

Als ich Erics Schlüssel im Schloss hörte, prüfte ich direkt, wie resistent er Aufgabe eins bewältigen würde.

»Eeeeeeeeeeriiiiiiiiiiic!!!«, brüllte ich ihn an.

Wie ein aufgescheuchtes Huhn kam er in die Küche gerannt.

»Was ist passiert?«, schrie er mich erschrocken an.

»Nichts«, sagte ich grinsend. »Das ist nur Schritt eins der ersten Melitta-Bootcamp-Trainingseinheit. Du musst vorbereitet werden auf das, was da auf dich zukommt.«

Er atmete hörbar erleichtert aus und setzte sich neben mich.

»Puh! Und ich dachte schon, es wäre wieder irgendwas passiert.« Liebevoll strich er mir meine wilden halbgelockten Strähnen aus der Stirn und gab mir einen Kuss. »Bei dir weiß man ja nie …«

Der arme Eric, er tat mir fast leid. Renate zu verarbeiten hatte mich ganze dreißig Jahre gekostet, und Marlene war wirklich zeitweise fast noch anstrengender. Und Melitta …

Ich liebte sie wirklich alle, vielleicht noch mehr, weil sie etwas anders waren als alle Menschen, die ich kannte. Aber damit klarzukommen war eine andere Sache.

Und da konnte selbst jahrelange Übung nichts ändern. Vor allem Renate schaffte es immer wieder, sich irgendetwas neues Verrücktes einfallen zu lassen.

*

Erics Geschenkeliste abzuarbeiten war schwerer als gedacht. In den Spielzeugläden der Stadt wurde ich verwirrt-mitleidig von den Verkäufern angesehen und wieder weggeschickt. Ein besonders engagierter Verkäufer gab mir den Tipp, es doch mal im Internet zu versuchen. »Da gibt's doch jeden Scheiß!«, erklärte er mir. Gesagt, getan. Und siehe da, da gab es eine riesen Fangemeinde – die Spielwarencommunity –, die derlei Dinge zu wirklich günstigen Preisen anbot. Da war dann sogar noch ein furzender Kugelschreiber mit extra Mine drin, sozusagen als kreative Überraschung meinerseits. Ich hielt mich für eine echt gute Freundin.

Finn und Elmos Geschenke waren auch bereits erledigt; wenigstens die hatte ich auf meinem Spielzeugladentrip bekommen.

Elmo bekam eine tolle Spieluhr, in die man später auch MP3-Musik einlegen konnte, bei Bedarf. Die Verkäuferin war sich sicher, dass »die Kinder dann viel länger was davon haben«. Sicher würde Elmo auch noch mit zweiundzwanzig die Spieluhr zum Einschlafen nutzen, allerdings dann aufgefüllt mit Techno, Trance und Pop.

Für Finn hatte ich mir neben dem gewünschten Teebuch und dem losen Earl Grey etwas ganz Besonderes ausgedacht: einen Gutschein über fünf Stunden Theaterschnupperkurs der *Kleinen Gaukler.*

Trine und Paul würden Augen machen. Schließlich hatte ich ja quasi Finns Talent entdeckt, wenn nicht sogar hervorgebracht, sich in Rollen einzufühlen. Wenn er einmal auf den Brettern, die die Welt bedeuten, stehen würde, würde er sich an mich erinnern, seine Patentante Charlotte, seine mutige Entdeckerin und noble Förderin.

Am Abend wollte ich Trine besuchen und mit ihr endlich über Eric sprechen und seine Weigerung, in eine größere Wohnung zu ziehen. Und wir wollten endlich auf meinen neuen Job anstoßen, was bei dem üblichen Trubel mal wieder untergegangen war. Wenn Mona sich von Maklernorbi loseisen können würde, würde sie nachkommen, hatte sie mir per SMS mitgeteilt.

Auch Renate meldete sich per SMS aus Grönland:

Jörn ist verdammter Christ. Kein Wort zu meinem Buddhismus. Ab sofort seid ihr Kinder getauft. Bitte weiterleiten. Renate

Ich fasste es nicht.

Ist die totale Assimilierung an die jeweiligen Männer ein neuer Trend, den ich verpasst habe? Was ist denn auf einmal mit Renate los? Erst ändert sie ihren Namen und will nur noch Matti genannt werden, und jetzt sind wir von heute auf morgen alle gläubige und getaufte Christen?

Seufzend leitete ich die SMS an meine beiden Brüder weiter. Es kam nicht selten vor, dass Renate mich dazu verdonnerte, denn so sparte sie Zeit und Geld. Wobei ich sicher war, dass weder Till noch Tom Renates Wunsch, einen auf katholisch zu machen, nachkommen würden. So heidnisch, wie wir aufgewachsen waren, wären wir sowieso nach wenigen Minuten enttarnt.

*

Als ich später bei Trine in ihrer großen Wohnküche saß, kam ich zum ersten Mal dazu, meine Bedenken über Erics Verhalten zu äußern.

Paul hatte Finn netterweise mit auf einen Abendspaziergang genommen, damit Trine und ich in Ruhe reden konnten. Nur Elmo lag leise schnaufend auf Trines Schoß, nuckelte an seinem Fläschchen und sah nach wie vor aus wie ein Rumpelwicht, nur mittlerweile etwas größer.

Nach meinen Ausführungen sah ich Trine fragend an.

Sie fand das alles gar nicht so bedenklich. »Sooo lange seid ihr nun auch wieder nicht zusammen«, sagte sie und legte sich Elmo zum Bäuerchen über die Schulter. »Oder willst du?«

»Nein, nein«, winkte ich ab. »Ich hab meinen neuen *Mexx*-Pulli an. Wenn Elmo mich vollkotzt, krieg ich den Gestank wieder über Wochen nicht raus.«

»Stimmt auch wieder.«

Ein leichtes Rülpsen folgte, begleitet von einem kleinen Kotzeschwall, der sich über Trines Schulter ergoss. Das darauf liegende Kotztuch fing nur ungefähr die Hälfte der Menge auf, der Rest verteilte sich auf Trines Arm, Schulter und Kragen.

»Fein gemacht!«, lobte sie Elmo stolz.

Ich könnte das nie und nimmer ertragen, so süß sie auch sind.

Ein säuerlicher Geruch machte sich langsam in der Küche breit, und die Lust auf die Schnittchen, die Trine uns geschmiert hatte, verging mir schlagartig.

»Du meinst also, ich soll mir keine Sorgen machen?«, hakte ich nach.

»Nein«, sagte Trine stoisch, ohne auch nur einen Ansatz von hektischer Betriebsamkeit angesichts Elmos Kotzeschwall zu zeigen, »ich denke nicht. Ihr werdet noch früh genug auf Familie machen, dann könnt ihr euch immer noch vergrößern. Und wenn er halt an seiner Wohnung hängt ... Immerhin spart ihr 'ne Menge Geld.«

Ich schüttelte den Kopf. »Für meinen Geschmack habe ich genug Familie um mich rum. Da brauch ich nicht noch mehr von.«

Trine lachte. »Ich wollte dich schon länger mal mit zum PEKiP-Kurs nehmen. Ist wirklich lustig da. Dann kannst du auch mal einspringen, wenn ich nicht kann. Was hältst du davon?«

Ich schluckte. Was ich von dieser Art von Veranstaltungen bereits gehört hatte, hatte eher Abschreckung denn Neugier bewirkt.

»Wenn's sein muss ...«

»Mach dir keine Sorgen um Eric«, kommentierte Trine

meine immer noch gekräuselte Stirn. »Paul wollte anfangs noch nicht mal mit mir zusammenziehen.«

»Und was hast du da gemacht?«, fragte ich hoffnungsvoll nach.

Vielleicht hatte Trine einen guten Tipp für mich, immerhin war sie ja schon wirklich lange mit Paul zusammen.

»Na, ich bin schwanger geworden!«

Mich überkam die begründete Befürchtung, dass sie mir damit etwas zu verstehen geben wollte.

Das Klingeln von Trines Telefon riss mich aus meinen Gedanken. Mona meldete sich telefonisch von der Hermine-Front bei uns. Trine hatte das Telefon laut gestellt, sodass ich mithören konnte. Wir kamen uns ganz schön weltbürgerlich vor, so mit einer Fast-Telefon-Konferenz im privaten Kreise.

»Ich werde zu Norbi ziehen!«, erklärte Mona feierlich.

»Bitte?!«, rief Trine.

Wir sahen uns verständnislos an.

»Du meinst zu Maklernorbi *und* Hermine?!«, fragte ich schockiert nach.

»Ja, genau«, antwortete Mona. »Hermine und ich haben uns ausgesprochen und finden, dass es an der Zeit ist, dass Norbi sich fest bindet.«

Ich musste mir ein Lachen verkneifen, und auch Trine unterdrückte ein leichtes Grunzen.

»Ihr könnt ruhig lachen«, sagte Mona mit leicht schnippischem Unterton, »das macht mir gar nichts. Es ist beschlossene Sache, so oder so.«

Ich fasste es nicht. Die freiberufliche, super-selbstständige, fast-feministische, willensstarke Anti-Mainstream-Mona zog zu ihrem Lover *und* seiner Mutter in *deren* Haus. Das musste ich erst mal verdauen. Besonders angesichts meiner eigenen Eric-Misere.

»Irgendwie sprunghaft, ihr Mädels«, sagte Trine und sah mich an.

»Wie meinst du das denn jetzt?«, wollte ich wissen.

»Na, die, die auf Familie machen sollte, rennt davor weg, und die, die nie eine wollte, kriegt jetzt Mann und Mutter auf einmal.« Kopfschüttelnd schob sie sich ein Schnittchen quer in den Mund.

Bitte? Hatte ich richtig gehört? Wieso sollte ich jetzt plötzlich auf Familie machen?

»Immerhin bist du schon fast Mitte dreißig«, sagte Trine kauend und erriet meine Gedanken.

»Einunddreißig ist nicht Mitte dreißig!«, verteidigte ich mich. »Das ist noch ganz schön jung! Blutjung geradezu!«

»Kommt drauf an, wie man es sieht. Ich sag nur *Risiko-Schwangerschaft*!«

Wer solche Freunde hat, braucht keine Feinde mehr, dachte ich und nahm mir seufzend das letzte Schnittchen vom Teller.

10. Kapitel

Das große Kindergartenweihnachtsfest stand an, und wir Erwachsenen waren aufgeregter als Finn. Es waren extra alle gekommen, um Finns großen Moment live mitzuerleben – es könnte immerhin der Auftakt einer großen Schauspielkarriere sein. Mona hatte Maklernorbi und Hermine mitgebracht, die Elmo vor Verzückung beinahe die Wangen eindrückte.

Paul hatte ihn extra aus dem Ergobaby Carier geholt, sodass er seinem großen Bruder zusehen konnte, und Trine und ich waren quasi zu Übermüttern mutiert. Zitternd saßen wir in der ersten Reihe. Eigentlich war die nur den Eltern der Kinder mit Sprechrollen vorbehalten, aber Trine hatte die Kindergartenleitung innerhalb kürzester Zeit überzeugt, dass Finns *indirekte* Sprechrolle von hoher Tragweite und Bedeutung für das Stück sei, und so hatten wir Spitzenplätze bekommen.

Hermine sah wirklich gut aus für ihr Alter; sie erinnerte mich ein wenig an Christiane Hörbiger, sehr stilvoll und höflich.

»Von Ihnen hab ich auch schon eine Menge gehört«, sagte sie süffisant lächelnd, als wir uns zur Begrüßung die Hand gaben.

Ich sah Mona strafend an.

»Und ich erst von Ihnen!«, gab ich es Mona zurück, die sich auf die Lippen biss.

Finn war inzwischen kaum mehr ansprechbar, denn er

war hochkonzentriert und physisch wie psychisch im besten Kafka'schen Sinne zu einem Teebeutel geworden. Nichts hielt ihn von der totalen Verwandlung ab. Er *war* ein Earl Grey.

»Es wird ihm guttun, mal wieder im Mittelpunkt zu stehen«, sagte Trine mit einem besorgten Unterton. »Seit Elmo auf der Welt ist, hat Finn sich sehr zurückgezogen. Am Anfang war er lauter als je zuvor, und jetzt hört man kaum etwas von ihm.«

Ich fand diesen Zustand eigentlich erfreulich.

Wieso sollte man daran etwas ändern?

»Ich glaube, er ist eifersüchtig auf Elmo«, erklärte Trine weiter. »Entthronungstrauma. Immerhin war er ja jahrelang quasi ein Einzelkind.«

Das stimmte wohl. Als mein erster Bruder Tom geboren wurde, tobte ich, laut Renate, wild vor Eifersucht herum und schmiss die neue Babypuppe, die ich trotz Renates Widerwillen gegen mainstreamgebeutelte geschlechtsspezifische Erziehung als Wiedergutmachung erhalten hatte, in die nächste Ecke. Es gab wohl auch noch weitere Erlebnisse dieser Art, wie das Loslassen des Kinderwagens auf einem doch recht steilen Hügel – mit meinem Bruder darin. Tom überlebte schließlich alles irgendwie, und ich fand mich irgendwann mit meinem Brüderchen ab. Es hatte ja auch Vorteile, die Schuld abschieben zu können. Vor allem, wenn der komplette Weihnachtsbaumschmuck aus Schokoladenzapfen auf einmal verschwunden war und am nächsten Tag in Form von leeren Verpackungshüllen wieder auftauchte. Als dann der zweite Bruder kam, Till, ging das Ganze zwar wieder von vorne los, allerdings in weitaus abgemildeter Form. Ich wollte ihn nur ein einziges Mal auf dem Flohmarkt verkaufen, und eine nette türkische Großfamilie schien ernsthaft interessiert. Leider kam es nicht so weit; Renate intervenierte in letzter Sekunde.

»Ich bin ja auch noch da«, beruhigte ich Trine.

»Das ist gut zu hören, Charly. Du glaubst es nicht, was Finn gestern mit Elmo angestellt hat. Erst spielte er brav, und dann wurde es plötzlich ganz still.«

Ich kannte diese gefährliche Stille bei Finn.

»Und was war?«, fragte ich vorsichtig.

»Erst fand ich Finn nicht, und dann war Elmo auch noch aus seiner Wiege verschwunden.«

Oje. Die Hand an der Wiege. *Hauptrolle: Finn Gehtrümpel.*

»Und dann fand ich Finn neben einem großen Pamperskarton. Er hatte den Deckel geschlossen und beide Hände darauf gelegt. Als ich ihn fragte, wo Elmo ist, zuckte er bloß mit den Schultern.«

»Und wo war Elmo? Doch nicht in dem Karton?«

»Doch! Er muss einige Minuten mit sehr wenig Luft da drin gesessen haben. Finn wollte den Karton erst gar nicht loslassen, aber ich fand seinen Blick so mep... mepi... mep... mephis...«

»Mephistophelisch«, half ich schnell aus.

»Genau. Also mepi... äh ... dings, und da hab ich mir den Karton geschnappt.«

Ich war kurzzeitig schwer beeindruckt von Trines beinahe außergewöhnlichem Wortschatz.

»Elmo saß seelenruhig in dem Karton. Er sah zwar etwas eingefallen aus, aber sonst okay. Kannst du dir das vorstellen? Ich war völlig fertig!«

Ich glaubte es ohne Zweifel. Schließlich sprachen wir über Finn. Da gab es noch ganz andere Erlebnisse, die ich längst verdrängt hatte.

Ich stellte mir die Szene bildlich vor: Der satanische Finn hockte mit dem bösen Blick über einem Pamperskarton mit einem kleinen Rumpelwicht drin, der etwas verstört dreinblickte.

Ich musste trotz allem grinsen.

»Ich kümmere mich dann eben mehr«, fügte ich schnell hinzu.

»Danke Charly, du bist die Beste. Du weißt ja, Elmo …«

»… saugt dich aus, ja, ich weiß.«

Bis die Vorstellung endlich begann, erzählte Trine noch einige Geschichten über Elmo und das Megafon, seine megafonähnliche Stimme, die er lauthals einsetzte, wenn er feststellte, dass er zu wenig Aufmerksamkeit bekam oder Hunger hatte.

Als die Ansage kam, dass *Der Lebkuchenmann* in neuer Interpretation nun gespielt würde, kreischte Trine groupiemäßig los.

Nach zwanzig Minuten, ganz zum Ende, war Finn endlich dran.

Trine hatte die ganze Zeit gequengelt, wann er endlich auftreten würde, er hätte ja schließlich eine *tragende* Rolle. Außerdem versuchte sie, Kraft ihrer Gedanken, Finn positive Energie zuzusenden.

Das Licht wurde gedimmt, nur ein Spot beleuchtete den kleinen braunen Sack, der langsam auf die Bühne schwebte. Formvollendet, da waren wir uns einig. Finn bewegte sich schwer und langsam, aber gleichzeitig wirkte es fast schwebend, als hinge er an einer imaginären Schnur.

Ich platzte beinahe vor Stolz.

Als der Vorhang fiel, tobte die Menge.

Wir standen auf, nichts hielt uns auf unseren Plätzen: Finn war *grandios* gewesen. Einfach *teebeutelhaft*.

Der Applaus hielt einige Minuten an, und das Publikum rief immer wieder »Zugabe!«.

Trotz meiner Zweifel war Trine sich sicher, dass dies an Finns Teebeuteldarstellung gelegen haben musste. Na ja, man muss zugeben – was sind schon ein gewöhnlicher Lebkuchenmann, ein Streusalz- und Pfefferpaar und eine Mafia-Maus gegen einen *grandiosen Teebeutel*?

Es war ein gelungener Abschluss der Teebeutelproben.

Zur Feier des Tages wollte Trine mit mir und Finn in das

Fast-Food-Restaurant gehen, in dem Finn so gerne eine Juniortüte aß. Nur Finn sollte heute im Mittelpunkt stehen, kein Elmo, kein Paul.

Auch Mona war das ganz recht so, denn der Ladenbesichtigungstermin mit Hermine stand an.

Also verabschiedeten wir uns von den anderen und zogen zu dritt los.

*

Während Trine und ich unsere Bestellung aufgaben, war Finn schon in einem Haufen von Plastikbällen verschwunden, vor denen eine Kinderrutsche stand.

Trine und ich leisteten uns zur Feier des Tages ein komplettes Menü mit allem Drum und Dran, wir hatten ja schließlich einen guten Grund.

Von Finn war plötzlich nichts mehr zu sehen und zu hören, und Trine ging der Sache direkt mal nach.

Da sie nach einigen Minuten nicht zurück war, machte auch ich mich auf den Weg zur überdachten Rutsche. Als ich dort ankam, streckte Trine mir ihren Hintern entgegen und war mit dem Oberkörper komplett in der Rutsche verschwunden.

»Was machst du da, um Gottes willen?«, versuchte ich in die Rutsche hineinzurufen.

»Eich mir en Urger, bevor er alt ird!«, hallte es aus der Rutsche.

Ich verstand kein Wort.

»Was?«

»En Urger!«

Den einzigen Urger, den ich kannte, gab es im Disneyfilm, und der hieß Shrek.

Ob sie den meint?

»Trine, was machst du da drinnen? Komm da raus!«

»Eht nicht!«, hallte es zurück. »As ist etzt it em Urger?«

Ich überlegte, wie ich die letzten Jahre mit dieser Frau und ihrer Familie überstanden hatte. Dann ein lautes Gebrüll. Ob es Finn war? Ich sah mich um. Wo war der eigentlich?

»Trine, komm da jetzt raus. Was machst du da denn überhaupt?«

»Inn is ecken eblieben!«, kam bei mir an. »U i au!«

Meinte sie etwa, *Finn war steckengeblieben*? Erschrocken lief ich zur Kassentheke und sprach hektisch einen der Junior-Verkäufer an.

Nach mehreren einzelnen Rausziehversuchen meinerseits, des Burgerverkäufers, des Filialleiters und seiner Assistentin versuchten wir es gemeinschaftlich. Diese Aktion war dann auch endlich von Erfolg gekrönt.

Finn, der sich schnell von seinem Schock erholt hatte, lachte sich halbtot: »Das kommt von Mamas Burgern!«

Wir nennen es Ironie, Kinder Ehrlichkeit.

Dass ich am liebsten im Boden versunken wäre, stand außer Frage.

»Was regst du dich so auf«, meinte Trine später auf dem Rückweg. »Immerhin haben wir die Burger umsonst bekommen, das ist doch was!« Dann faselte sie noch irgendwas von: »Woher soll man auch wissen, dass Erwachsene nicht in die Rutsche passen, das stand doch nirgendwo dran, oder?«

Ich wusste seit diesem Tag, warum es »Achtung – heiß!«-Beschriftungen auf Kaffeebechern gab. Die waren für die Trines dieser Welt erfunden worden, jede Wette.

Ob nun an der Rutsche jetzt auch »Achtung – Steckenbleibgefahr!« dran stand?

11. Kapitel

Wir hatten beschlossen, Weihnachten nicht mit der Bahn zu Oma Beutel zu fahren, wie ich es sonst immer tat, und nahmen stattdessen Erics Wagen.

Trine hatte ich Elmos und Finns Geschenke vorher vorbeigebracht, und auch sie hatte mir verschwörerisch zwei geheimnisvolle Pakete der Jungs in die Hände gedrückt, die ich zusammen mit meinem Gepäck im Wagen verstaut hatte.

Mona würde Weihnachten mit Maklernorbi und Hermine feiern und hatte mir einen Gruß auf dem Anrufbeantworter hinterlassen.

Leider kannte ich den Weg zu Melitta mit dem Auto nicht, immerhin war ich ja jahrelang nur mit der Bahn hingefahren, und dann das eine Mal mit Trine. Da hatten wir es allerdings geschafft, sogar trotz Navigationssystem die falsche Abfahrt zu nehmen.

Eric sah auch sofort die Vorteile des Autofahrens, wir würden viel schneller da sein. Allerdings überlegte ich bereits an der ersten Autobahnausfahrt, ob wir falsch waren.

»Charlotte, du fährst seit Ewigkeiten dahin, du wirst doch wohl wissen, welche Ausfahrt wir nehmen müssen!«, motzte Eric mich an.

»Ja, aber doch nicht mit dem Auto!«, verteidigte ich mich. »Und wenn, dann nur mit Navi!«

»Wenn wir *jetzt* schon falsch sind, wie sollen wir da je ankommen?«

»Dann fahr halt Richtung Aachen, das ist doch im Norden, oder nicht?«

Ich hielt mich immer gerne an eher grobe Orientierungshilfen.

»Was? Oh Gott, Charlotte, wie orientierungslos bist du denn bitte?« Eric schüttelte verzweifelt den Kopf.

»Wieso? In Erdkunde hatte ich immer eine eins!«

Allerdings verschwieg ich, dass mein Erdkundelehrer damals auf Abiturientinnen gestanden und gerne mal einen Blick riskiert hatte.

»Ich fahre jetzt so, wie *ich* es für richtig halte.« Eric schaltete das Radio an.

Es lief *Kein Weg zurück* von Wolfsheim.

Wie passend.

Nach eineinhalb Stunden wirrer Kreuzfahrt durch das Nirgendwo hatte ich die Nase voll.

»Wir fahren hier raus und fragen an der nächsten Tankstelle!«

»Tun wir nicht!«

»Doch!«

»Nein!«

Jetzt gerade bereute ich fast die Entscheidung, nicht mit der Bahn gefahren zu sein.

Mittlerweile lief *Love hurts* von Nazareth.

Was, um Himmels willen, war das bitte für ein Sender?

»Ich steige aus und frage!«

Eric murmelte was von: »Mir doch egal ...«, und fuhr die nächste Ausfahrt raus.

Als wir an der Tankstelle hielten, sprang ich (sofern man es springen nennen konnte, es war eher plumpsartig) aus dem Wagen. Ich brauchte dringend frische Luft.

Wenn Eric und ich noch nicht einmal in der Lage waren, einen einfachen Weg zu finden, geschweige denn, uns zu einigen, wie wir aus dem Schlamassel herauskämen, wie könnten wir dann erst eine langfristig orientierte Beziehung führen?

Der freundliche Tankwart erklärte mir den Weg, und ich wiederholte ihn zweimal, um ihn nicht zu vergessen, während er meine Nervennahrung *(Magnum Classic)* abkassierte.

Es stellte sich heraus, dass wir so falsch gar nicht waren, und wenn wir jetzt richtig führen, wären wir in einer halben Stunde da.

Als ich wieder in das Auto stieg, hatte Eric das Radio voll aufgedreht, es lief *Herz gewinnt, Herz verliert* von den Kastelruther Spatzen.

Er wollte also die harte Tour.

Ich drehte das Radio wortlos leiser und biss in mein Eis.

»Es ist *mein* Auto, und ich kann hier hören, was ich will!« Mit diesen Worten drehte Eric das Radio wieder auf.

Ich nahm mir vor, direkt bei der nächsten Möglichkeit ins Internet zu gehen (und die war fern, sehr fern, da wir uns mitten im Outback befanden und bei Oma Beutel selbst das Telefon als eine hypermoderne Erfindung gehandelt wurde), um eine Bahncard zu bestellen. Und zwar eine *Bahncard for Life*, falls es so was gab.

Eric machte Ernst und ließ die Kastelruther Spatzen bis zum Anschlag alles geben.

Sicher hatte er extra einen Volksmusik-Sender rausgesucht, um mich zu ärgern, als ich nach dem Weg fragte.

Ich übte mich in Gelassenheit. Immerhin würde uns diese Art Musik die nächsten Tage vierundzwanzig Stunden lang begleiten.

Als dann allerdings *Einmal Ja – immer Ja* lief, war ich nah an der Schmerzgrenze.

Eric schien Spaß zu haben, er summte leise mit. Nach drei weiteren unterirdischen Titeln gab ich auf und musste lachen.

Kerle!

*

Oma Beutel begrüßte uns standesgemäß. Sie verlor wie immer keine Zeit mit unnötigen Vorstellungsfloskeln.

»Erich, gut, dass du da bist. Der Buchsbaum da vorne muss ein Stück weiter nach links gepflanzt werden!«

»Oma!«

»Wieso? Wenn der Erich doch schon mal da ist . . .«

»Eric, Oma, *Eric!*«

»Sag ich doch!«

Oma Beutel hatte bereits Gummistiefel in Größe achtundvierzig rausgestellt (die mussten alle bei ihr tragen, egal ob man Größe achtunddreißig oder dreiundvierzig hatte), zwang Eric, sie anzuziehen, und schleifte ihn hinter sich her in den Garten.

»Oma, es ist viel zu kalt! Der Boden ist sicher steinhart! Außerdem müssen wir erst mal ankommen!«, versuchte ich noch, ihn zu retten.

Allerdings vergeblich.

Eric verschwand mit Melitta in den Garten, und das nächste Übel ließ nicht lange auf sich warten. Tante Marlene und Jürgen waren auch schon da.

»Kind! Da bist du ja endlich. Wir haben uns schon Sorgen gemacht! Wo ihr doch früh losfahren wolltet!«

Tante Marlene rubbelte meinen Arm, als sei er vor Kälte bereits eingefroren, und kniff mich in die Wange.

Das hatte ich schon als Kind gehasst.

»Aber ich sag immer zum Jürgen, die jungen Liebenden von heute, die kommen gar nicht mehr raus aus ihrem frisch gebauten Liebesnest, nicht wahr, Jürgen?«

Jürgen nickte stumm.

Das tat er im Grunde immer, was blieb ihm auch anderes übrig.

Ich ließ mich auf das erhöhte Sofa plumpsen, auch der *Beutel'sche Thron* genannt, und lauschte den vertrauten Flippers-Tönen.

*

Eric wurde im Laufe des Tages noch eingeteilt, weitere vier Buchsbäume umzupflanzen (»Erich! Schwitzt du? Bist nichts gewohnt, so als Stadtjunge, wa?«), ein Holztorscharnier zu reparieren (»Erich! Mach das mal ab da! Nee, so auch nicht, nee, das ist alles Mist. Handwerklich biste nicht so begabt, wa?«), alle Maulwurfshügel im Garten zu zählen und mit der letztmalig aktuellen Summe von vorgestern zu vergleichen (»Erich! Wenn du eine der Mistkrücken siehst, immer schön direkt mit der Schaufel auf den Kopf, klaro?«) sowie den Weihnachtsbaum zu besorgen (»Erich, Charlotte! Aber keine solche Mistkrücke wie letztes Jahr! Ich will einen schönen Baum! Es könnte schließlich mein letzter sein!«).

»Wenn deine Mutter mit dem Jörg da kommt, dann soll der Baum schon stehen.«

Nach all den Aktivitäten sah er ein wenig geschafft aus, als er auch endlich in einem Sessel in Melittas Wohnzimmer saß.

Ich überlegte, warum meine Brüder noch nicht eingetroffen waren, immerhin hätten sie bei den Vorbereitungen helfen können. Wobei sich die Frage hiermit wohl selbst beantwortete.

»Jörn, Oma. Er heißt Jörn!«

»Jaja, ist doch egal. Jörg oder Björn, das ist doch wurscht. Deine Mutter ist sowieso zu *labil*, um sich lange zu binden. Das weißt du doch. Was hätte ich drum gegeben, wenn sie doch den Sohn vom Hexelhöhner geheiratet hätte!«

Oma Beutel hatte die Niederlage noch nicht verwunden, dass ihre Tochter anstatt den reichsten Bauernsohn im Umkreis zu heiraten lieber drei uneheliche Kinder bekommen hatte und nun zu allem Überfluss nach Grönland durchgebrannt war.

»Aber du, Kind, du lässt das mit dem Kinderkriegen, gell?«

Ich nickte brav. »Ganz sicher!«

Melittas größte Angst war, dass ich wie Renate würde und nie dazu käme, Karriere zu machen und mein eigenes Haus zu bauen.

»Wobei ... Der Erich scheint ja ein Netter zu sein, wie ich

das so sehe. Ich sag ja immer, besser ein Spatz in der Hand als eine Taube auf dem Dach!«

Oma Melitta schien es nicht zu stören, dass Eric neben ihr saß und natürlich hörte, was sie sagte. Sowieso verstand sie sich meisterhaft darauf, von Menschen in der dritten Person zu sprechen, die sich unmittelbar neben ihr oder zumindest im gleichen Raum befanden.

Eric blieb grandios gelassen und summte das vierundvierzigste Flippers-Lied mit. »Also, ich für meinen Teil hätte schon gerne Kinder ...«, sagte Eric unbeeindruckt und steckte sich einen Zimtstern aus der Schale vom Wohnzimmertisch in den Mund.

Ich musste daran denken, wie Eric und ich uns kennengelernt hatten: Wir hatten beide unser eigenes Kind erfunden, um den anderen zu beeindrucken. Ich wusste genau, wie sehr Eric Kinder liebte.

Oma Melitta riss panisch die faltigen Äuglein auf.

Aber noch bevor sie etwas sagen konnte, schritt ich ein. »Wir gehen dann jetzt mal den Baum holen, ja?«, sagte ich schnell und zog Eric an der Hand hinter mir her.

Ich hörte noch, wie Melitta ihm ein »Warst du bei der Wehrmacht? Du warst doch bei der Wehrmacht, oder?« hinterherrief.

Sie legte besonderen Wert darauf, dass ihre Enkelin keinen »verweichlichten Zivilisten« abkriegte und meinte damit natürlich Zivildienstleistende im Allgemeinen. Dass Eric als Sanitäter bei der Bundeswehr gewesen war, würde ich ihr natürlich nicht sagen. Draußen atmete ich tief durch.

»Ich weiß gar nicht, was du immer mit deiner Familie hast. Sie sind doch alle richtig nett!«, äußerte Eric seinen ersten Eindruck.

Er schien sich im Laufe des Tages meisterhaft integriert zu haben und stapfte in den sicher vier Nummern zu großen Gummistiefeln zum Wagen.

Ich antwortete lieber gar nicht, er wusste ja nicht, was ihn noch erwartete. Allerdings schlug er sich bis jetzt wirklich tapfer, das musste man ihm lassen.

*

Am Weihnachtsbaumverkaufsstand im Wald von Waldbauer und Förster Heinrich angekommen, suchten wir nach einem passenden Exemplar. Heinrich, ausgestattet mit einem prächtigen Zwirbelbart, der nach rechts und links mindestens je zehn Zentimeter abstand und kunstvoll aufgezwirbelt war, und einem grünen Filzhut, stapfte winkend auf uns zu. Er begrüßte mich freudestrahlend, und er erinnerte mich wie immer ein bisschen an Meister Eder.

»Na, das ist ja was! Unsere Lotte! Und *mit Mann*!«

Er sagte es in einem ähnlichen Ton wie man »Oh ein Flamingo, mitten im Wald, und mit Hut!« sagen würde.

»Und so propper!«

»Hallo Heinrich. Schön, dich zu sehen.«

»Und, wie geht's, wie steht's?«, fragte er, nicht ohne Eric dabei von Kopf bis Fuß zu mustern.

Irgendwie liefen die Gespräche hier jedes Jahr nach dem gleichen Muster ab, gleich würde Heinrich bedauern, dass ich mich lange nicht mehr hatte blicken lassen.

»Hast dich ja lange nicht mehr blicken lassen, Lotte-Kind!«

»Ich wohne ja auch in Köln, Heinrich«, stöhnte ich und rang mich zu einem Lächeln durch, während ich bereits nach dem besten Tännchen Ausschau hielt.

»Was hast du denn auf einmal gegen die schöne Natur hier?«, beschwerte sich Heinrich theatralisch. »Früher hast du immer gerne hier im Wald gespielt!« Er rümpfte kopfschüttelnd die Nase: »Die Kinder, die Kinder.«

»Ja, aber da war ich auch vier!«

Heinrich winkte schnaubend ab. »Und Sie sind der Glückliche, ja?«, fragte er in Erics Richtung und verpasste ihm einen gut gemeinten Rückenklapser, bei dem Eric fast vornüber fiel.

»Äh, ja. Das bin ich«, räusperte Eric sich und zog seinen Kragen wieder zurecht.

»Na denne! Unsere Lotte ist doch ein echtes Original, was? Sie hat hier im Wald immer auf Bambi und seine Freunde gewartet, manchmal tagelang, harharharhar!«

»Heinrich, ich war vi-hier!«, erinnerte ich ihn noch mal.

Gut, dass es so kalt geworden war und mittlerweile auch dämmerte – Eric musste mein vor Peinlichkeit rot angelaufenes Gesicht nicht unbedingt sehen.

Heinrich erzählte munter weiter, er schien die letzten siebenundzwanzig Jahre ausgeblendet zu haben. »Und da vorne, in den Bachlauf da, da ist die Gute doch mal glatt mit meinem Ponywagen reingefahren. Der arme alte Fritz, mein Gaul, hätte sich beinahe alle Knochen gebrochen!« Heinrich lachte laut auf, während er sich den Bart zwirbelte.

»Heinrich, wie gesagt, ich war da vielleicht vier oder höchstens fünf …«

»Also da warst du sicher schon sieben«, warf er ein.

Poeh!

Keine drei Stunden nach Ankunft im Outback – und mich überkam ein spontaner Fluchtreflex.

»Ich suche einen wirklich gut gewachsenen Baum für Melitta!«, wechselte ich das Thema, um weiteren peinlichen Kindheitsgeschichten aus dem Weg zu gehen.

»Ja, da hab ich was für euch!« Heinrich zerrte eine der mittelgroßen Nordmanntannen hervor, die allerdings nur von vorne gut aussah, und beim Drehen ein erhebliches Loch im unteren Teil ihres Nadelgewands aufwies.

»Aber die ist doch total verkrüppelt!«

»Tja, das ist die letzte Nordmann, die ich habe. Hab sie extra für Melitta aufbewahrt. Weißt doch, dass sie keine andere Sorte nimmt. Aber für eine schickere hättet ihr früher kommen müssen, nicht auf den letzten Drücker. Musste die sogar vor dem Ansturm verteidigen, das kannste mir glauben.«

Ich war entgeistert. Heinrich war der einzige Tannenbaumverkäufer im Umkreis, und bis zum nächsten Dorf waren es dreißig Kilometer. Und da sah es sicher nicht besser aus. Natürlich waren wir spät dran, einen Tag vor Heiligabend, aber dass Heinrich mir eine derart verkrüppelte Tanne anbot, war ja wohl eine Frechheit. Wo er doch Melitta seit fünfzig Jahren kannte!

»Aber nur für den halben Preis«, feilschte ich entschieden.

Eric und Heinrich wechselten bedeutungsvolle Blicke, an deren Ende Eric schuldbewusst die Schultern hob.

Heinrich schüttelte den Kopf. »Wie die Oma, ganz wie die Oma«, murmelte er nur, während er die Tanne in das Tannenbaumnetz einzog.

*

»Was ist das denn für ein Krüppel?« Melitta sah uns entgeistert an. »Das ist doch nicht euer Ernst?«

»Es gab keine andere mehr, es war die letzte Nordmann!«, versuchte ich, mich zu verteidigen.

Eric hievte die Tanne aus dem Netz und drapierte sie direkt vor Melittas pantoffelbeschuhten Füßen. Mittlerweile lag der Schnee einige Zentimeter hoch.

»Die letzte, die letzte! Dass ich nicht lache! Das letzte Einhorn, ja! Das letzte Abendmahl, ja! Der letzte Mohikaner, gut! Aber der letzte Tannenbaum sicher nicht! Tsss!«

Ich gab auf. Hier würde keine noch so gut durchdachte Argumentationslinie helfen.

»Nein, nein, das geht so nicht«, schimpfte Melitta weiter wie ein Rohrspatz. »Das geht noch nicht mal mit fünf Kilo Lametta drauf!«

Ich seufzte. Auch das war irgendwie ein alljährliches Ritual geworden, dass es kein Baum in Melittas Recall schaffte, egal wie schön oder verkrüppelt er gewachsen war.

»Und nun?«, fragte ich erschöpft.

»Erich muss halt auf den Baum da steigen!«, sagte Melitta trocken und deutete mit dem Kinn auf eine der riesigen Tannen vor dem Haus.

Bitte? Die ist sicher zehn Meter hoch!

Außerdem war es schon dunkel und Eric sicher kein geübter Kletterer ...

»Erich«, kommandierte Melitta meinen Freund, »ich hab im Schuppen eine alte Säge. Damit kannste die Spitze von der Tanne da absägen. So zwei Meter müssen reichen. Das kannste doch wohl, gell?«

Eric hielt sich weiter tapfer. Tapferer, als ich je zu hoffen gewagt hätte.

»Sicher!«, antwortete er und stapfte wortlos zum Schuppen.

Es würde eine lange Nacht werden, das war jetzt wohl auch ihm klar geworden.

Während Eric sich unter Melittas Aufsicht an der Tanne im Vorgarten zu schaffen machte, warteten drinnen Marlene, Jürgen und ich auf die Ankunft von Renate und Jörn.

Eigentlich wollten die beiden schon früher nach Deutschland gekommen sein, aber wie uns Renate per SMS mitgeteilt hatte, liefen die Husky-Schlittenfahrten rund um die Weihnachtszeit nahezu bombastisch, und sie wollten sich das Geschäft nicht entgehen lassen.

Zusammen mit Jörn hatte Renate sich einen Haufen Schlittenhunde angeschafft und veranstaltete relativ erfolgreich – wie sie zumindest behauptete – organisierte Schlittenfahrten durch das ewige Eis.

Dass Renate wegen Jörns illegaler Jagd mit ihm zusammen

in U-Haft gesessen hatte, stieß Melitta immer noch übel auf. Auch Marlene als engagierte Greenpeace-Aktivistin war trotz des Naidoo-Autogramms alles andere als erfreut über Jörns Besuch. Sie nannte ihn immer nur »den Tierkiller« und fluchte über Renates Inkonsequenz in Sachen Tierschutz. Ich befürchtete, dass ein Aufeinandertreffen nicht unbedingt problemlos ablaufen würde.

Renate hatte mir erzählt, dass Jörn sogar recht gut deutsch sprach, was bedeutete, dass er eben auch alles verstehen könnte, was er besser nicht hören sollte.

Ich hatte uns dreien einen heißen Kakao mit Schuss gemacht und beobachtete Melitta und Eric durchs Küchenfenster.

Melitta stand in Pantoffeln und im Bademantel im Dunkeln vor der riesigen Tanne, die Eric mithilfe einer Leiter zu erklimmen versuchte. Sie hatte wieder ihre Taschenlampe in der Hand, dieselbe, mit der sie auch Trine bei Elmos Geburt geleuchtet hatte, und kommandierte Eric hin und her. Das Fenster war geschlossen, und doch verstand ich jedes Wort von ihr so genau, als würde sie direkt neben mir stehen.

Der arme Eric!

Ein bisschen schadenfroh war ich aber trotzdem, nach unserer blöden Autofahrt hierher. Außerdem war es gut, wenn er sich sofort die volle Packung abholte. Schließlich waren wir hier nicht im Regina-Regenbogen-Land, sondern im harten Outback.

»Erich«, brüllte Melitta und leuchtete Eric frontal an, sodass der Arme die Augen zusammenkniff und sich die Hand als Sichtschutz vor die Stirn hielt. »Erich, höher, höher! Das muss kürzer sein! Ja, ja, jaaaaaaa!«

Ich lächelte und nahm einen Schluck des wohltuenden Getränkes.

Wer das übersteht, übersteht alles, dachte ich, als es klingelte.

Renate und Jörn kamen fast zeitgleich mit meinen beiden Brüdern Till und Tom an.

Meine Brüder machten es wie jedes Jahr und verzogen sich ohne viele Worte mit der ersten Flasche Eierlikör ins Fernsehzimmer, um dem üblichen Begrüßungstrubel zu entkommen. Im Laufe des Abends würden es sicher noch mehrere Flaschen werden. Ich hingegen warf mich todesmutig ins Getümmel.

»Renate! Du siehst jünger aus!«, sagte Marlene und begrüßte meine Mutter skeptisch. »Hast du was machen lassen?«

»Marlene«, antwortete Renate, »du irgendwie überhaupt nicht. Du solltest mal darüber nachdenken!«

Es geht doch nichts über Geschwisterliebe!

»Mama!«

»Scht!«, war Renates Antwort, die gleichzeitig ihren Zeigefinger auf den Mund legte. »Matti! Du weißt doch!«

Ich seufzte. Nichts hatte sich verändert. »Hallo Matti!«

Jürgen war über Jörns Anblick sichtlich irritiert. »Er ist so ... so jung!«, flüsterte er mir zu und sah mich zerknirscht an. »Nicht, dass Marlene bald auch auf so eine Idee kommt ...«

»Ach was«, wiegelte ich ab, »immerhin mag er Fleisch, er ist doch Jäger, das spricht für ihn.«

»Das stimmt«, antwortete Jürgen seufzend und begrüßte Jörn mit einem klatschenden Handschlag. »Endlich Verstärkung!«

Tante Marlene begrüßte Jörn standesgemäß: »Ach, und Sie sind also der Tierkiller, ja?«

Melitta war auch nicht viel besser, als sie »Kittchen-Renate ist da!« rief, als sie das Wohnzimmer betrat.

Jörn wurde von ihr direkt feierlich in die Familie aufgenommen. Mit Integration hatte Melitta noch nie Probleme. »Jörg, sag mal, warum genau willste denn die Mar-re-scha, Re-ma-nate, heiraten, hm?«

Sie vermischte mit Vorliebe unsere Vornamen, irgendwas Richtiges war doch immer dabei.

»Jörn!«, antwortete Renate leicht gereizt. »Er heißt Jörn!«

Sie konnte es nicht leiden, wenn Melitta Namen konsequent umänderte. Und das tat sie fast immer.

Ich freute mich, meine ganze Familie mal wieder auf einem Haufen zu haben und auch Jörn endlich kennenzulernen.

Er sah aus wie ein alter Seemann in einem sehr jungen Körper. Dass er über zwanzig Jahre jünger als Renate war, merkte man allerdings nur auf den zweiten Blick, denn der Vollbart, den er trug, machte ihn viel älter, als er tatsächlich war. Er hatte strohblondes, fast weißes Haar und trug eine Jeans und einen Troyer aus dunkelblauer Schurwolle. Er sah wirklich grönländisch aus, soweit ich das beurteilen konnte.

Renate hingegen sah so jung und frisch aus, wie ich sie zuletzt vor einigen Jahren erlebt hatte, als sie sich in einen schottischen Schafhirten verliebt hatte. *Bevor* sie herausgefunden hatte, dass der auf Touristinnen im Allgemeinen stand. Junge Männer halten eben jung, war Renates Meinung. Es schien zu stimmen.

Wir verbrachten den weiteren Abend mit lockerem Geplauder.

Melitta: »Wie war's denn so im Kittchen?« und »Jörg, dass Sie meine Tochter in eine derartige Lage gebracht haben, finde ich höchst zweifelhaft. Was haben Sie dazu zu sagen?«

Renate: »Also, ich möchte nicht darüber reden!«,

Jörn war nicht aus der Ruhe zu bringen und erklärte, dass die Inuit eine traditionelle Jagdkultur pflegten, zu der die grönländischen Tiere nun mal als Grundnahrungsmittel dienten und diese nichts mit der industriellen Jagd zu tun hätte.

Ich lernte außerdem, dass *Anorak* ein grönländisches Wort sei und die Grönländer im Allgemeinen Inuit sprächen, die Sprache der Eskimos, und dass sie mehr als hundert Wörter für Schnee hätten. Weicher Schnee, Pulverschnee, fallender Schnee, Schnee von gestern ...

Außerdem erfuhr ich endlich, warum ich Renate *Matti* nennen sollte.

»Matti ist eine Mischung aus *Mama* und *Mutti*«, flüsterte Renate. »Ich will auf keinen Fall, dass ihr mich weiter mit altertümlich-familiären Bezeichnungen wie *Mama* oder *Mutti* bezeichnet«, erklärte sie mir weiter mit vorgehaltener Hand, »auch nicht Renate. Okay?«

»Okay«, sagte ich nickend. »Nur warum?«

»Ist doch klar«, flüsterte Matti nun mit vorwurfsvollem Blick, »*Mutti* oder *Mama* macht alt. *Renate* sagt aus, dass ihr Hippie-Kinder der 68er-Generation seid, weil die sich von ihren Kindern mit Vornamen ansprechen lassen, und das macht noch älter!«

Was ein Ende zwanzigjähriger Freund nicht so alles bewirkte ...

Ich war mir nicht sicher, ob Jörn Renates tatsächliches Alter kannte, ließ es aber auf sich beruhen. »Liebe kennt kein Alter«, das hatten schon Mel Gibson und Piper Laurie in *Herz über Kopf* festgestellt. Selbst Harold und Maude konnten ein Liedchen davon singen. Eine bildhafte Vorstellung, die sich gerade aufdrängen wollte, schob ich schnell in Gedanken weg.

»Alles klar, Mama«, sagte ich und deutete ein Salutieren an.

»Achte auf deine Ausdrucksweise, Kind!«

»Äh, ja, *Matti*.«

Als Eric und ich abends todmüde in Renates ehemaliges Kinderzimmerbett fielen, war ich erleichtert, den ersten Tag ohne weitere Katastrophen überstanden zu haben.

Eric, der heldenhaft die Baumspitze für Melitta abgesägt hatte und trotz halb verweigerter Wehrmacht und als Stadtjunge das Teil sogar heil vor der Eingangstür drapiert hatte, war ebenfalls froh, dass wir nun endlich alleine waren.

Renates Kinderbett war so winzig, dass wir uns eng aneinanderkuscheln mussten, damit wir zu zweit überhaupt hineinpassten. Automatisch kuschelte Eric sich in die Löffelchen-Stellung, und ich seufzte selig. Als er dann aber eindeutige Bewegungen andeutete, wies ich ihn zurecht.

»Nicht hier, Eric«, wisperte ich zischend.

»Wieso denn nicht?«, fragte er betroffen. »Wir können doch leise sein!«

»Egal, wie leise du auch immer bist«, erklärte ich ihm, »Melitta kriegt so was mit.«

Eric schnaubte. »Ach was ...«

»Wenn du willst, dass Melitta nachts um drei mit der Schrotflinte vor unserem Bett steht, mach weiter«, ermutigte ich ihn grinsend.

»Na gut«, antwortete Eric enttäuscht, »am ersten Abend werde ich es nicht riskieren.« Und dann fügte er noch zärtlich hinzu: »Aber rechne nicht damit, dass ich mich so leicht geschlagen gebe. Morgen bewaffne ich mich bis unter die Zähne und versuche es wieder. Ich nehme den Kampf mit Melitta auf, glaub mir, Schnurzelchen!«

Ich lächelte dösend vor mich hin.

Ach, was gibt es Schöneres, als den neuen Mann zum ersten Mal mit zur Familie zu nehmen?

12. Kapitel

»Wer besorgt den Karpfen?«

»Wer schmückt den Baum?«

Am Weihnachtstag gab es, wie jedes Jahr, nur zwei Fragen.

Till, Tom und ich hatten früher immer Schnick-Schnack-Schnuck gespielt, um den armen Tropf zu ermitteln, der die gnadenlosen Aufgaben erledigen musste. Im Laufe der Jahre war ich allerdings dahintergekommen, dass sie sich gegenseitig Zeichen gaben und ich deswegen immer verlor.

Auch an diesem Morgen wollte keiner freiwillig zum Karpfenteich.

»Ich bin zu müde«, erklärte Till.

»Ich auch«, sagte Tom.

Beide sahen mich an.

»Auf keinen Fall!«, wehrte ich mich. »Ich war schon letztes Jahr dran. Außerdem muss ich sicher den Baum schmücken!«

»Ich komm mit zu die Karpfen!«, erklärte Jörn. »Ich kenn mich aus mit die Tiere!«

»Das glaube ich!«, murrte Marlene.

Ihr passte es wie jedes Jahr nicht in den Kram, dass ein weiterer unschuldiger Karpfen sein Leben lassen musste, nur weil wir ein altes, grausames Ritual pflegten. Wie jedes Jahr wieder, versuchte sie uns von den Vorteilen ihrer Grünkernbratlinge zu überzeugen, die sie vorsorglich gebraten hatte. Sie waren so groß wie die Teller, auf denen sie lagen, und sicher ebenso hart.

»Gerade für die schlanke Linie äußerst bekömmlich!«, erklärte sie und sah mich dabei an.

»Okay, ich komme mit!«, sagte ich schnell zu Jörn und nahm meinen grönländischen Anorak vom Haken.

Das musste ich mir jetzt nicht anhören. Nicht vor zehn Uhr morgens.

»Gut«, sagte Jörn, nickte und winkte mit einer grönländischen Verabschiedung in die Runde: »Takuss!«

Weder Renate noch Eric wollten mitkommen, und so nahm ich Erics Auto, denn Jörn hatte seines auf seinem Schiff in Grönland gelassen. Vom Flughafen aus hatten sie den Zug und dann ein Taxi genommen, was einem alten Seebären wie ihm recht schwerfiel, erzählte Jörn mir auf dem Weg zum Wagen.

Ich fand es gut, ein paar Momente mit ihm alleine zu sein, schließlich wollte er meine Mutter in ein paar Tagen heiraten. Da musste ich ihn doch ein wenig unter die Lupe nehmen, sicher ist sicher. Meine Mutter war in Liebesdingen nicht wirklich talentiert – bis jetzt zumindest. Ich hoffte, dass sich das mit der Jörn-Ära ändern würde.

Ich war keine gute Autofahrerin. Noch nie gewesen. Aber in Erics Wagen, den ich wirklich selten fuhr, im Outback und bei fünf Zentimetern Neuschnee – das war nun überhaupt nicht mein Ding.

Das bemerkte auch Jörn, dessen eben noch so vergnügt dreinschauendes Gesicht sich zu einer angstverzerrten Grimasse verzogen hatte, während wir unseres Weges dahinschlitterten. Er hatte sich, so gut er konnte, in den Schalensitz gepresst und stützte sich mit den Händen an der Decke ab. Das fand ich dann doch etwas übertrieben.

Männer!

»Bei uns man hat Eisringe!«, erklärte er mir, während wir knapp an einem Graben vorbeiglitten.

»Schneeketten, ja«, schnaufte ich nassgeschwitzt und lenkte wild in die entgegengesetzte Richtung. »Die braucht man hier äußerst selten.«

Die Rutschpartie forderte meine ganze Konzentration, und ich hatte nicht das Gefühl, den Wagen trotz Winterreifen irgendwie unter Kontrolle zu bekommen, denn der Schnee auf der Hauptstraße war derart glatt gefahren, dass er wie eine Eisbahn wirkte.

Als wir dann doch endlich heil am Karpfenteich angekommen waren, schien Jörn wirklich *sehr* erleichtert zu sein.

»Heia, das war ein spannend Fahrt!«, prustete er und sah kurz dankbar zum Himmel.

Stimmt, Renate hatte da was von einer gewissen Gläubigkeit erwähnt.

Ich sagte besser nichts.

Der Karpfenhändler unseres Vertrauens war erwartungsgemäß um diese Zeit an Heiligabend hoch frequentiert.

»Na, Se komme ja früh!«, begrüßte er uns.

»Wir brauchen gute Fisch!«, erklärte Jörn dem Karpfenhändler.

Der hieß Klaus und sah selbst aus wie ein Karpfen, mit seinem runden Gesicht und der rotfleckigen Haut, der platten Nase und den fleischigen Lippen. Er trug eine armyfarbene Hose, eine Tarnfleckenweste und grüne Gummistiefel.

»Na hör'n Se ma! Ich hab *nur* guten Fisch!«, empörte sich Karpfenklaus. Beim Sprechen bildeten sich kleine Luftblasen aus Spucke in den Mundwinkeln.

Ich kam nicht umhin, mir vorzustellen, wie der Karpfenklaus ab und zu am Beckenrand kniete, seinen Kopf in die Becken steckte, in das Wasser hineintauchte und mit den Karpfen sprach.

»Äh ja«, begann jetzt auch ich, »wir brauchen bitte einen großen Karpfen für ...« Ich drehte mich zu Jörn um, der hinter mir stand. »Wie viele Personen sind wir?«

»Dein Schatzi-Mutter, das gute Jörn zählt für zwei, Jürgen, Marlehn, du und Erich, Till und Tom, das Melitta ...«, zählte Jörn auf.

»Marlene isst keinen Fisch«, erklärte ich ihm, »und Jürgen nur heimlich.«

»Na, auf jeden Fall brauchen Se aber zwo!«, meinte der Karpfenklaus nachdenklich. »Aber die sin alle reserviert, da ham Se Pech. Einen kann ich noch hergeben, aber mehr nich.«

Was nun?

Melitta würde sich mit einem »Ham Se nich, gibt's nich« nicht zufrieden geben, das wusste ich genau.

Jörn war mittlerweile zu einem der hinteren Becken spaziert und murmelte, leicht über das Becken gebeugt, unverständliche Worte in das Wasser hinein.

»Aber wir brauchen zwei!«, erklärte ich verzweifelt. »Außerdem waren sie *wohl* reserviert!«, log ich noch schnell.

»Welcher Name?«, wollte der Karpfenklaus wissen.

»Beutel!«

Er zog die linke Augenbraue hoch und murmelte ein blubbriges »Oh, oh.«.

Er holte eine handgeschriebene Liste heraus, auf der durchgestrichene Namen standen. »Be, Be, Bettelsbach, Bevers, ne, Beutel is nich dabei!«

»Dann haben Sie es wohl vergessen!« So leicht ließ ich angesichts der anstehenden Standpauke von Melitta zu Hause nicht locker.

»Junges Fröulein, nä, nä, dat passiert mir nisch!« Ärgerlich schüttelte der Karpfenklaus den Kopf. »Nä, nä, nä!«

Mittlerweile hatte Jörn seine Hände in das kleinste Becken getaucht und bewegte seine Arme seltsam wellenförmig hin und her.

»He junger Mann! Weg da hinten, dat sin meine Kranken!«

Der Karpfenklaus hat also ein Lazarettbecken für kranke Karpfen? Sehr zweifelhaft das Ganze!

»Nicht krank, nur traurig!«, antwortete Jörn nachdenklich.

»Wat meinen Se?« Karpfenklaus schien sichtlich irritiert.

»Traurig, weil abgestoßen in zu kleines Auslauf!«, erklärte Jörn fachmännisch.

»Du meinst *ausgestoßen*«, verbesserte ich ihn.

Würde man es merken, wenn man einen depressiven Karpfen aß? Ob sie wohl anders schmeckten?

Jörn verwickelte Karpfenklaus in ein Expertengespräch über depressive Karpfen und über die Folgen von Ausgrenzung und Schmach.

Ein paar andere Kunden, die sich mittlerweile lauschend um Jörn versammelt hatten, und ich hörten gebannt zu.

Jörn erklärte, dass Fische, die in einem zu kleinen Becken gehalten werden, in der Regel Verhaltensstörungen entwickeln. Sie fressen nicht mehr, bewegen sich kaum oder schwimmen den ganzen Tag immer dieselbe Strecke an der Aquarienwand entlang – von links nach rechts und wieder zurück.

»Also *nicht krank?*«, resümierte Karpfenklaus abschließend Jörns Ausführungen.

Jörn schüttelte den Kopf. »Naamik.«

»Er meint *Nein*«, schob ich nach.

Karpfenklaus war sichtlich beeindruckt von so viel Fachkenntnis, setzte aber direkt zur Verteidigung an. »Die wern doch sowieso geschlachtet, mein Lieber. Kein Platz für noch größere Becken! Andererseits ...«, Karpfenklaus kraulte sich sein fettiges Doppelkinn, »andererseits, wenn se nich fressen, wern se nich fett!«

»Lassen Sie raus, sie werden fressen!«, erklärte Jörn weiter.

Jörn schien voll in seinem Element und fischte nach einem apathischen Karpfen, der unbeweglich am Beckenrand auf der Stelle herumdümpelte. Mit einer schwungvollen Handbewegung schnappte er ihn, warf ihn in die Luft und fing ihn mit beiden Händen wieder auf, um ihn dann in das größere Becken zu den anderen zu werfen. Der Karpfen, der eben noch kaum beweglich vor sich hingesiecht hatte, schwamm wie von der Tarantel gestochen im großen Becken zwischen den anderen her.

»Unglaublich!«, befand selbst Karpfenklaus.

»Wir nehmen zwei zum Preis von einem!«

So eine Gelegenheit muss ich doch ausnutzen!

»Für die karikative Aktion hier!«

Der Karpfenklaus widersprach nicht und fischte uns zwei prächtige Exemplare heraus.

Ich war mir nicht sicher, ob der eine nicht doch der eben noch depressive Karpfen war, sagte aber nichts. Man würde es sicher nicht schmecken.

*

»Hier!« Melitta reichte mir einen dicken Holzhammer. »Die brauchen einen kräftigen Schlag auf den Kopf!«

Oma Beutel bestand darauf, die Karpfen zu Hause zu erledigen, dann seien sie »viel frischer«.

Mir waren solche Szenen nicht geheuer, viel zu brutal. Essen konnte ich zwar so ziemlich alles, aber nicht eigenhändig umbringen.

»Nein, das kann ich nicht!«, weigerte ich mich kopfschüttelnd. »Auf keinen Fall!«

Tante Marlene hatte beim Anblick des Eimers fluchtartig den Raum verlassen. Als erwiesene Greenpeace-Aktivistin wollte sie das grausame Fischmorden natürlich nicht mitansehen. Jürgen fand es weniger schlimm, musste aber mit, schließlich konnte er sich eine Ehekrise am Weihnachtstag nicht leisten.

Jörn nahm mich beiseite und flüsterte mir ins Ohr: »Nicht sorgen, ich betäube!«

Mit den Worten nahm er den ersten Karpfen aus dem eigens vom Karpfenklaus zur Verfügung gestellten Eimer und hielt ihm die Augen zu. Leise murmelte er wieder seine unverständlichen Worte.

Ist der fiese Tierkiller am Ende ein sanfter Fischflüsterer?

»Ist er nicht toll?«, sagte Renate und strahlte in die Schlachterrunde.

Stolz streichelte sie Jörn über den Rücken, während dieser langsam seine Hand von den Karpfenaugen entfernte.

Still und stumm lag der Karpfen da.

»Betäubt.«

»Wie macht er das nur?«, wollten jetzt auch Till und Tom wissen. »Geht das auch mit streitsüchtigen Frauen?«

»Till!«

»Tom!«

»Los jetzt, hau drauf!«, feuerte Melitta mich an.

»Nein, nein! Ich kann nicht, mir wird schlecht!« Widerwillig schüttelte ich den Kopf und ließ den Holzhammer krachend in die Spüle fallen.

»Ach was, ihr zimperlichen Stadtmenschen! Wir mussten damals ganz Deutschland wieder aufbauen! Da hat uns auch keiner Watte untern Hintern geschoben!«, krakeelte Melitta und nahm den Hammer aus der Spüle. *Rumps!* Mit einem dumpfen Geräusch erledigte sie den Karpfen mit nur einem gezielten Schlag. »So, wer kommt als Nächstes?«

Reflexartig wichen alle einen Schritt zurück, als Oma Melitta in perfekter Schlachtermanier mit hochgekrempelten Ärmeln, den Hammer in der einen Hand, den toten Fisch in der anderen, in die Runde blickte.

»Der Depressive!«, brach ich panisch die angsterfüllte Stille, als fürchtete ich, sonst selbst ins Fadenkreuz zu kommen.

»Was?« Melitta schien irritiert zu sein.

»Ich meine, der Karpfen ist depressiv, weil er weiß, dass er bald sterben muss!«

Einen depressiven Karpfen hätte man im Beutel'schen Haushalt nicht verzehrt, das war wohl mal klar.

»Ach so. Na dann gib mal her, die Mistkrücke!«, forderte Melitta lautstark.

Der arme gerade eben geheilte Karpfen. Erst kam der Fischflüsterer und versprach Heilung, und dann kam die Schlachtersfrau mit dem Holzhammer.

Wie im wahren Leben.

*

Den Weihnachtsbaum musste natürlich auch ich schmücken. Ich wurde stundenlang mit diversen Kugeln in ausgestreckter Hand roboterartig nach »links, rechts, nein, besser links, rechts, rechts, li-hinks, höher, tiefer, tiefer, viel tiefer, nein, höher« kommandiert, aber ich kannte das ja bereits.

Nach drei anstrengenden Stunden und gefühlten achttausend Imperativen war es vollbracht. Jedes einzelne Teil, ja sogar jedes Lamettafädchen hatte seinen ihm eigens zugeteilten Platz »oben links, unten rechts, vorne, weiter hinten, zurück nach vorne, links, nee, doch zurück, nee, tiefer hinten« erhalten. Ich war dermaßen erledigt, als hätte ich gerade einen Fünfkampf hinter mich gebracht.

Schwitzend warf ich mich aufs Sofa.

»Das hast du aber toll gemacht«, witzelte Eric.

»Ja, das muss man sagen, Erich, da hast du recht«, meinte auch Melitta.

Karpfen und Baum waren erledigt – nun würde der angenehme Teil des Abends folgen.

*

Das Abendessen lief recht harmonisch ab.

Melitta bemerkte zwar einen »leicht verstimmten Geschmack« beim zweiten Karpfen, mokierte sich aber nicht weiter darüber.

Zur Bescherung verteilte Jörn seltsame grönländische Geschenke an alle (zum Beispiel mehrere Portionen getrockneten Grönland-Hais namens Hákarl, der, bevor er überhaupt gefahrlos verzehrt werden konnte, mehrere Monate in Erde und Sand eingegraben eine Art Fermentationsprozess durchlaufen musste, da er keine Nieren hatte, also keine Körperfunktion, die für die Ausscheidung der Harnstoffe sorgte, und Oma Melitta die üblichen QVC-Heizdecken, Rückenkratzer und Nackenhörnchen, die sie uns freudestrahlend überreichte.

Eric bedankte sich höflich für die Carmen-Nebel-Weihnachtsedition.

Ich war mächtig stolz auf ihn und fand, dass sogar Jörn gut in unsere Familie passte: ein wenig verschroben, mit zahlreichen seltsamen Talenten gesegnet und sehr liebevoll im Umgang mit Matti, die er konsequent mit dem mitgebrachten *Brown Ale Greenland* abfüllte.

Die jedes Jahr von Tante Marlene verteilten Mitgliedschaftsanträge von Greenpeace wurden wie immer höflich ignoriert und heimlich unter den Inhalt des Altpapier-Geschenke-Kartons geschmuggelt.

Till und Tom hatten es sich wie immer leicht gemacht und verschenkten diverse Tiertrainings (niemand im Raum hatte Haustiere) sowie Gutscheine für Heckenbeschneidungen (niemand im Raum besaß Hecken).

»Und, freust du dich?«, fragte mein Bruder Tom mich.

»Ich habe zwar keine Hecke«, antwortete ich gelassen, »aber wenn ich eine hätte, wäre ich aus dem Häuschen.«

»Sicher?«, klinkte sich jetzt auch Till ein, und beide begannen prustend zu lachen.

Brüder an Weihnachten waren eine Strafe für sich.

Jürgen war zwischendurch immer mal wieder verschwunden, und ich war ziemlich sicher, dass er sich in der Fleisch- und Wurstvorratskammer von Melitta bediente, ohne dass Tante Marlene etwas merkte.

Eric freute sich über meine »vernünftige« Auswahl und den zusätzlichen furzenden Kugelschreiber.

Zum Schluss blieben nur noch Finns und Elmos Geschenke, die es auszupacken galt, und das von Eric.

Gespannt öffnete ich zuerst Finns Paket, auf dem *Tscharlottäh* stand. Mit ein wenig Hilfe konnte er sogar schon ein bisschen schreiben; ein echtes Wunderkind. Ein selbstgeknetetes, recht verkrüppelt wirkendes Fango-Männchen strahlte mich einäugig grinsend an. Es erinnerte stark an *Der Glöckner von Notre Dame*, ebenso untersetzt und mit krummem Rücken. Eine Karte lag bei:

Liebe Charlotte,

Finn hat das Fango-Männchen einer echten Person nachempfunden: Dir! Er hat sich wirklich sehr viel Mühe gegeben und lässt Dir ausrichten, dass er findet, er habe Dich gut getroffen. Finden Paul und ich übrigens auch!

Frohe Weihnachten wünschen Finn, Elmo, Trine & Paul

Also, wenn das Finns Vorstellung von seiner Patentante ist . . .!

Da musste ich erst mal einen großen Schluck Eierlikör drauf nehmen.

Mannmannmann!

Ich konnte mich erinnern, dass Trine wegen Rückenbeschwerden erst vor Kurzem eine Fango-Behandlung bekommen hatte, und jetzt wusste ich, warum Finn immer mit wollte.

Auch Elmo hatte sich Mühe gegeben und einen winzigen, mit dem bloßen Auge kaum erkennbaren blauen Punkt auf ein weißes Blatt Papier gemalt.

Jetzt fehlte nur noch Erics Geschenk.

Gespannt sah er mir zu, als ich es auszupacken begann.

Ein Buch? Ich lächelte meinen Schatz an. Was er sich wohl …

Weight Watchers – der 4 Wochen Power Plan, stand da.

Bitte?!?!

Eric schien meine entgleisenden Gesichtszüge zu bemerken und intervenierte schnell: »Ich habe den Titel in deiner Amazon-Wunschliste gefunden. Die war zwar schon älter, aber ich dachte … Weil du es ja nicht gelöscht hattest …«

Ich musste schlucken.

»Denkst du etwa, Charlotte ist zu dick?«, traf Renate direkt den wunden Punkt.

»Nein, nein, oh Mann! Das war doch ganz anders gedacht …« Eric wirkte verzweifelt, wie er da betreten und mit Schweißtropfen auf der Stirn neben mir stand. »Außerdem sind hier noch die Musical-Karten, Schatz, *Sissi* in Köln, schau doch mal …«

»Du denkst also, ich bin zu dick?«, fragte ich ihn schrill mit aufgerissenen Augen.

»Um Himmels willen, nein, nein! Das war doch nur, weil du keine Liste hattest, und … Es stand in deiner Amazon…«

»Die war von 2008!«, pampte ich ihn an.

»Seitdem hat sich aber auch nicht viel geändert!«, sagte Till, kaute einen Schokozapfen und grinste.

Sofort prustete auch Tom los.

Wütend schnaubte ich in die Runde. »Schön, dass ihr alle Spaß habt! Ich für meinen Teil habe genug und gehe jetzt schlafen!« Ich pfefferte das Buch unter den Weihnachtsbaum und stapfte Richtung Tür.

»Aber Schnurzel, das eigentliche Geschenk hast du noch gar nicht gesehen …«

»Likörchen, Erich?«, fragte Melitta und hielt ihm ein Gläschen hin. »Trink das erst mal!«

»Das war doch wirklich ganz anders …«, rief er mir noch hinterher, aber ich war schon auf dem Weg in Renates Kinderzimmer.

Das kann er ja wohl nicht ernst meinen! Mann! Wie unromantisch ist das denn? Und dann auch noch an unserem ersten gemeinsamen Weihnachten mit der ganzen Familie – vor versammelter Mannschaft!

Wütend warf ich mich auf Renates Kinderbett.

Langsam öffnete sich die Tür einen Spaltbreit, und ich hörte Eric leise fragen: »Darf ich reinkommen, Schnurzel?«

»Nein!«, fauchte ich. Mir rann eine kleine Träne vor Wut über die rechte Wange. »Du passt eh nicht mehr ins Zimmer, ich bin schon drin und fülle es ganz und gar aus!«

Eric lachte, kam auf mich zu und kniete sich vor mich.

»Es tut mir leid, Schatz, wirklich! Es war nie und nimmer so gemeint, wie du es verstanden hast!«

Wie soll man so was denn bitte sonst verstehen?!

»Es war wirklich nur, weil es das *einzige* Buch war, das auf deiner – zugegebenermaßen veralteten – amazon-Liste stand. Entschuldige bitte, das war sehr unkreativ von mir …«, sagte er und legte seinen Kopf reumütig in meinen Schoß.

Ich schüttelte wortlos den Kopf.

»Bitte, bitte, bitte, verzeih mir, ja?«

Er bettelte.

Gut so!

»Bitte! Sei doch nicht so hart …«

Ja nun!

»Bötteeeeee!«, bettelte er mit Schmollmund weiter.

Hach!

Ich nahm seinen Kopf in meine Hände. »Ich verzeihe dir«, sagte ich und verkniff mir ein Grinsen. »Du bist echt ein noch schlimmerer Fettnäpfchentreter als ich!«

Eric gab mir einen dicken Schmatzer. »Dann passen wir ja wenigstens perfekt zusammen!«

Es war Heiligabend, 21:45 Uhr, und Eric und ich lagen erschöpft vom Tag, halb lachend, halb weinend, im Bett.

Wir hatten einen verkrüppelten Baum gekauft, einen anderen abgesägt, einen Karpfen gesund gemacht, zwei wiederum erledigt, jede Menge sinnlose Geschenke ausgetauscht und erhalten und ziemlich viel Eierlikör getrunken, uns gestritten, uns wieder vertragen, und nun lagen wir aneinandergekuschelt in einem viel zu kleinen Kinderbett.

Wenn das kein perfektes Weihnachten ist, dann weiß ich es auch nicht!

13. Kapitel

Weihnachten hatte mich wirklich gefordert, und das Eric-Geschenk-Dilemma hatte ich trotz seiner reumütigen Entschuldigung noch nicht ganz verdaut.

Der Abschied fiel sehr kurz aus, da wir uns ja nach Silvester zu Renates und Jörns Hochzeit alle wiedersehen würden, die die beiden für das erste Januarwochenende im Kölner Standesamt (Keine Kirche, natürlich! Obwohl Renate gegenüber Jörn standfest behauptete, dass sie und wir Kinder *absolut* katholisch seien.) angesetzt hatten.

Renate und Jörn hatten sich bei Marlene und Jürgen einquartiert, nachdem unsere Schuhkarton-Wohnung nun wirklich zu klein war. Außerdem erinnerte ich mich dunkel an einen früheren Aufenthalt von Renate mit einem ihrer Lover in meiner alten Wohnung. Im Zuge dessen hatten seltsame Geräusche aus dem Badezimmer eine Rolle gespielt, und ich hatte danach prophylaktisch meine elektrische Zahnbürste entsorgt.

Auf der Autofahrt zurück redeten Eric und ich wenig; überfressen, übermüdet und mit gezerrtem Nacken von Renates viel zu kleinem Kinderbett freuten wir uns, in unsere Schuhkartonwohnung zurückzukehren, denn die verfügte wenigstens über eine größere Schlafstätte.

*

Ich hatte mir zwischen Weihnachten und Neujahr nicht freinehmen können, da Karla ältere Rechte besaß und ihren Urlaub bereits eingereicht hatte, als ich befördert worden war. Das machte mir aber nichts, denn in dieser Zeit war es sowieso ganz still im Zoo; alles wirkte wie in einer Art Winterschlaf. Nur wenige Besucher kamen zwischen den Jahren, um durch die leergefegte Zoolandschaft zu spazieren. Die meisten Tiere waren sowieso kaum zu sehen, denn es war schlichtweg zu kalt. Außer den Eisbären und den hartgesottenen Pommerschen Landschafen machte die Kälte nur meinen heißgeliebten Pinguinen nichts aus; alle anderen verkrochen sich lieber in ihre warmen Gehege.

»Morgen, Charlotte!«, begrüßte Willi, der wirklich nie frei hatte, mich. »Und? Schöne Weihnachten gehabt?«

»Geht so«, murmelte ich und schaltete den PC an.

Ich war immer noch ein bisschen gerädert. Ein guter Kaffee würde mir helfen, in die Gänge zu kommen.

»Und selber?«, fragte ich nach.

»Ach«, stöhnte Willi mit einer wegwerfenden Handbewegung, »frag lieber nicht. Ich habe Marianne so eine extraordinäre Kaffeemaschine geschenkt, weil sie mal davon geschwärmt hatte. Ein halbes Monatsgehalt, ich sag's dir.«

Er klang richtig verzweifelt.

»Ach Willi, hättest du lieber mich gefragt ...«

»Das mache ich ganz sicher das nächste Mal. Sie hat sich total aufgeregt, Kaffeetante und Hausmütterchen und so.« Willi seufzte. »Sie meinte, dass die Kaffeemaschine sinnbildlich für das Ende unsere Ehe stünde.«

»Und was hast du dann gemacht?«, wollte ich wissen.

»Ich bin zu Kreuze gekrochen, natürlich«, stöhnte Willi. »Und ich musste ihr versprechen, über Silvester freizunehmen. Meinst du, das geht? Ich meine, du hier alleine?«

»Klar!«, antwortete ich und nickte eifrig. »Hat's denn wenigstens geholfen?«

»Na ja, die Scheidung hat sie nicht eingereicht«, sagte Willi betrübt. »Wenn es das war, was du wissen wolltest.«

Ich zuckte mit den Schultern.

»Ich gehe mal meine Runde«, sagte Willi und verabschiedete sich.

War es tatsächlich so, dass die Jungs es nicht besser wussten, schoss es mir durch den Kopf, *oder lag es daran, dass man sich weniger Mühe gab, weil man sich des anderen so sicher war?*

Eric und ich waren allerdings erst ein Jahr zusammen, obwohl es sich schon viel länger anfühlte.

Vielleicht liegt es auch daran, dass ich damals wegen meiner nicht vorhandenen Unterkunft so schnell und übereilt bei ihm eingezogen bin?

Seitdem lief alles sehr vertraut, aber auch ein wenig routiniert bei uns ab. Einkaufen, Wäsche waschen, kochen, spülen; die große Romantik mit gegenseitigen Einladungen zum Candle-Light-Dinner hatten wir irgendwie übersprungen.

Ob das so gut war?

Oder liegt es eher an den verschiedenen Menschentypen – die einen kreativ und witzig, die anderen eher bequem?

Ich trank einen Schluck von meinem Kaffee. Schlagartig wurde mir speiübel.

Was ist das denn?

Ich spuckte die heiße Brühe wieder zurück in die Tasse, schüttete alles weg und bekam schlagartig Lust auf einen heißen Kakao. Pulver war da, also machte ich mir eine Tasse Milch in der Mikrowelle heiß.

Wieder zurück am Schreibtisch kuschelte ich mich in meine warme Fleecedecke ein, die ich um den Schreibtischstuhl gelegt hatte, und sah die E-Mails der letzten Tage durch.

*

Heute musste ich pünktlich Feierabend machen, denn Trine hatte mich überredet, sie und Elmo zum PEKiP-Kurs zu begleiten, obwohl mir schleierhaft war, was genau ich dort sollte. Aber die Patentanten-schlechtes-Gewissen-machen-Tour funktionierte wie immer einwandfrei.

»Hey!«, begrüßte meine Freundin mich strahlend, als wir uns trafen. »Schön, dass du endlich mal mitkommst! Die Kursleiterin macht bei Elmo eine Ausnahme, weil er eigentlich langsam zu alt für den Kurs wird. Aber sie sagt, besonders grobmotorische Kinder kriegen Extraförderung!«

Trine strahlte mich an. Es schien ihr nicht im Geringsten etwas auszumachen, dass Elmo ein wenig langsamer war als andere Kinder. Vielleicht genoss sie aber auch nur die Ruhe vor dem Sturm. Sie hatte ihre alte Figur schon fast wieder erreicht und sah aus wie das blühende Leben. Sie trug eine bunt-gestreifte Wollmütze mit passendem Schal; Elmo hatte etwas ganz Ähnliches an.

Süß, die beiden, dachte ich und gab Elmo ein Küsschen auf sein kaltes Rumpelwicht-Stupsnäschen. *Dann mal los!*

Was auch immer man über PEKiP-Kurse weiß: Es ist viel schlimmer. Viel, viel, viel, viel schlimmer! Nach nur zehn Minuten wollte ich mich auf dem Klo verstecken, weitere zehn Minuten später wollte ich wirklich *tot* sein. Aber es half nichts; Trine zerrte mich immer wieder zurück in die fröhlich-bunte Mitte des Geschehens.

Es begann schon höchst zweifelhaft, als alle Kinder nackt ausgezogen wurden, während der vierundzwanzig Grad Celsius warme Raum weiter aufgeheizt wurde. Die Kinder wurden nun auf Handtücher gelegt, die Temperatur stieg langsam auf sechsundzwanzig Grad.

Dann folgte die Begrüßung durch Gruppenleiterin Gisela. Gisela hatte mehr Haare an den Beinen als Eric und verströmte nicht ignorierbaren Schweißgeruch. Dazu hatte sie schwarze Haare, die mit grauen Strähnen durchzogen waren, trug einen wirren Mittelscheitel und natürlich keinen BH (wahrscheinlich besaß sie noch nicht mal einen).

Lauthals stimmte sie fröhlich das Begrüßungslied an, bei dem alle Kinder einzeln und mit Namen angesungen wurden.

»Guten Morgen, guten Morgen, wir winken uns zu!«

Alle winkten sich zu.

»Guten Morgen, guten Morgen, erst ich und dann du.«

Gisela zeigte erst auf sich und dann auf ... äh ... mich?!

»Und der Elmo, der ist daaa!«

Alle winkten debil in Elmos Richtung.

»Hallo Elmooo!«, sang der Chor.

Ich drehte fast durch.

Nachdem jedes einzelne der zehn Kinder so begrüßt worden war, rollten die Kleinen nackt über die Matten und hauten sich wahlweise gegenseitig mit Rasseln auf den Kopf oder krallten sich in den Haaren (falls vorhanden) der anderen fest. Aus allen Körperöffnungen liefen unkontrolliert Flüssigkeiten.

Aber auch dafür hatte die gute Gisela eine Lösung: Sie hatte einen Eimer mit Lappen bereitgestellt, und so waren die Mütter die meiste Zeit damit beschäftigt, auf den auf dem Boden ausgebreiteten Matten herumzuwischen.

Dafür, dass die Motorik und alle Sinne der Kinder angesprochen werden sollten (jeder seiner Altersstufe gemäß, sagte Gisela), wurde die Motorik der Mütter meiner Meinung nach weitaus stärker beansprucht.

Einmal flog mir eine sehr harte goldene Metallrassel direkt an die Stirn. Für einen kurzen Moment war ich ausgeknockt, und als ich wieder zu mir kam, überlegte ich im Liegen, ob ich mich nicht einfach weiter tot stellen sollte – bei den Opossums funktionierte das ja schließlich auch!

»Komm schon, das macht doch Spaß!«, jauchzte Trine.

Und auch Gisela feuerte mich an: »Auch die Chaaaa-looo-hoo-teee, die ist daaa . . .«

Ich will wirklich tot sein!

Mein mich immer wieder überkommender Fluchtreflex wurde allerdings durch Trine stark eingedämmt, die sich regelmäßig verzückt in meinen Arm krallte: »Guck mal, wie süüüüüüüß!«

Elmo war gerade dabei, seine Freundin Marie-Lou anzupinkeln, und lachte dabei herzerfrischend.

Trine reichte mir wortlos einen der Lappen. Das anfangs kühle und klare Wasser im Eimer war bereits lauwarm und dunkelgelb.

Raus, raus, nur noch raus!

Dann wurde eine Leine durch den Raum gespannt, an der Gegenstände baumelten (von Bausteinen über Spülbürsten war alles dabei; ich war sogar sicher, eine Klobürste entdeckt zu haben), nach denen die nackten, schreienden Kinder greifen sollten. Zusätzlich gab es schräge Matten und Wasserbälle, auf denen »unsere kleinen Lieblinge« sich ausbalancieren lernen sollten. Wir sollten sie dabei nur minimal unterstützen.

Freudestrahlend reichte Trine mir den nassen Elmo, und Gisela nickte mich ermunternd und klatschend an.

Das war wieder ein Moment, an dem ich mich auf dem Klo verstecken wollte. Trine hielt mich weiter im Klammergriff – es gab kein Entrinnen.

Zwischendurch gab es nonstop Sing-, Finger- und Sprechspiele.

Mein persönliches Highlight war:

Imse Wimse Spinne, wie lang dein Faden ist (Zeigefinger und Daumen laufen am aufgerichteten Arm nach oben)

Kam der Regen runter und der Faden riss (Finger nach unten regnen lassen und rechte Hand auf die linke Hand klatschen)

Scheint die liebe Sonne (Kreis für die Sonne zeigen)

Leckt den Regen auf (Regen von der Hand auflecken!)

Imse Wimse Spinne klettert wieder rauf! (Daumen und Zeigefinger laufen am anderen Arm hoch)

Zwischendurch wurden immer wieder argwöhnisch die einzelnen Entwicklungsstufen der Kinder verglichen.

»Vegard hat gerade seine asymmetrische Phase; er schreit nicht, er drückt nur seinen Unmut aus!«

»Paulus kann schon sitzen, obwohl der Arzt bei der U4 gesagt hat, dass er das erst bei der U5 können muss, manche können es sogar erst bei der U6, könnt ihr euch das vorstellen?«

»Also Smilla-Estelle trägt nur *Baby Dior* und *Jacadi*. Sie hat schon einen ganz eigenen Geschmack, stellt euch das vor: Letztens wollte sie doch glatt ihr nagelneues *Steiff*-Hemdchen nicht anziehen!«

»Trine!«, flehte ich. »Ich muss hier raus!«

»Ach, was«, sagte Trine grinsend, »besser du lernst das hier alles früher als später. Dein Eric ist doch ganz scharf auf Kinder!«

»Hmpf!«

Eric und scharf auf Kinder? Na, so extrem ist sein Kinderwunsch doch auch nicht, immerhin will er nicht in eine größere Wohnung ziehen. Und vor allem will ich *keine Kinder – nie, nie, niemals! –, erst recht nicht nach dem heutigen neunzigminütigen Einblick in meine persönliche Mutter-Kind-Hölle.*

»Entspann dich doch einfach mal!«, wies mich Trine jetzt zurecht.

Entspannen? Meint sie das ernst?

»Wenn ich anstelle des schrägsten Mutter-Kind-Bepinkelns von Köln-Nippes in einer Strandbar in der Karibik wäre und du kinderlos und Gisela ein süßer, durchtrainierter Cocktailkellner mit freiem Oberkörper – dann würde ich mich vielleicht entspannen!«, raunzte ich Trine an. »Aber so?«

»Sei besser mal froh, dass ich dich damals nicht mit zum Geburtsvorbereitungskurs geschleppt habe!«, antwortete Trine in einem zynischen Ton. »Da machen sie noch ganz andere Sachen!«

»Ich will es gar nicht wissen«, stöhnte ich.

Trine ignorierte das wie üblich und begann euphorisch, von ihren Erlebnissen zu berichten: »Eine Übung ist zum Beispiel, dass man sich vorstellen muss, auf dem Boden läge eine Perle, und dann setzt man sich so hockend darüber und muss sich denken, dass man die Perle dann mit ...«

»Trine!!!«

»Aber das ist wirklich gut für die Beckenbodenmuskulatur!«, verteidigte sie sich.

»Aber es will *keiner* wissen! Wirklich nie-nie-niemand!«

»Du Ignorantin!«, schnaufte sie verächtlich.

Als der Kurs endlich zu Ende ging, fing das Verabschieden in der Runde an: »Auf Wiedersehen, auf Wiedersehen, das Spiel ist jetzt aus – auf Wiedersehen, auf Wiedersehen, wir gehen jetzt nach Haus! Und der Jan-Justus der war da ... Tschü-hüüüß, Jan-Justus, winke, winke! Und der Elmo der war da ... Tschü-hüüüß, Elmooo, winke, winke!«

Gisela verabschiedete sich bei mir mit den Worten: »Und wir beide sehen uns dann auch bald hier, ja? Wann ist es denn so weit?«

Der Gedanke, Gisela mit der Metallrassel eine überzuziehen, dauerte nur einen winzigen Moment. Ein tiefer Seufzer gefolgt von einem gequälten Lächeln war dann aber letztendlich die Reaktion meiner (überdachten) Wahl.

»Trine?«, beschwor ich meine Freundin, als wir endlich an der frischen Luft waren. »Bitte versprich mir eins, ja?«

»Was du willst«, antwortete sie und lachte. »Du siehst ja fix und fertig aus!«

»Nie, nie, nie, nie will ich Kinder haben, bitte Trine, verhindere das, egal, was passiert, okay?«

Trine lachte laut auf. »Ich wüsste nicht, wie ich das verhindern sollte, Charlotte«, sagte sie. »Es sei denn, ich halte ab sofort Wache vor Erics und deinem Bett. Aber ich glaube nicht, dass du das willst!«

»Hmpf!«

»Pass auf, du änderst deine Meinung schneller, als du dir vorstellen kannst«, sagte sie gelassen, als wir in den Bulli einstiegen und sie Elmo im Maxi-Cosi anschnallte. Trine grinste wissend vor sich hin. »Wart's ab«, sagte sie, »wart's ab.«

Nie, dachte ich. Wirklich nie.

14. Kapitel

Das gibt's doch nicht!, dachte ich und schälte mich gequält aus dem Bett. Jetzt war mir schon wieder kotzübel; dabei hatte ich weder Finns spezielle Chili-Muffins noch irgendwelche anderen fragwürdigen Lebensmittel zu mir genommen. *Ob ich einen Virus hatte? Einen üblen Infekt?* Zwischen den Jahren hatte doch normalerweise kaum eine Praxis auf; ich würde sicher wieder ewig fahren müssen. Außerdem war ich alleine im Büro und Karla im Urlaub …

Auf dem Weg zur Arbeit ging es mir immer noch nicht besser, also rief ich Trine an. Sie kannte sich aus mit Krankheiten, denn Finn hatte so ziemlich alles gehabt, was die westeuropäische Krankheitspalette zu bieten hatte.

»Du bist schwanger, keine Frage.« Trines Diagnose kam schnell, ohne Zweifel und vor allem grausam.

»Bitte? So ein Quatsch! Ich nehme die Pille. Und zwar *jeden* Tag!«

»Ach«, seufzte Trine, »noch nie was von ›Tropis‹ gehört? Das wäre aber auch *zu* schön! Ein süßes, dickes Baby … Wir beide als junge Mütter … Na ja, *ich* jedenfalls … *Hach!*«

»Trine! Du kannst deine vollkommen unrealistische und weltfremde Schwärmerei direkt wieder einstellen. Ich will erstens keine Kinder und erst recht nicht nach der schrecklichen

Nahtoderfahrung gestern. Und zweitens *kann* ich gar nicht schwanger sein, also *bin* ich es auch nicht.«

»Dann mach doch zur Sicherheit einen Test. Wenn du dir schon keine Sorgen darüber machst, dann mach es wenigstens für mich. Ich würde mich ja so freu…«

»Trine!«

Poeh! Meine Freunde sind manchmal eine echte Strafe!

»Eins mit so dicken Bäckchen … und so dicken Ärmchen … und so dicken Beinch…«

»Ja ja, schon gut! Ich mach einen«, sagte ich resigniert. »Aber nur, um dir zu beweisen, dass du im Unrecht bist. Und endlich mit deinem dämlichen Babygeschwafel aufhörst!«

»Also Eric würde sich sicher …«

»Nein!«

»Na gut. Aber du rufst mich an, wenn du ihn hast«, kommandierte Trine noch, bevor Elmo unser Gespräch durch lautes Brüllen unterbrach. »Wir machen ihn dann zusammen am Telefon!«

»Nie und nimmer nehme ich dich mit aufs Klo!«, brüllte ich im Wettstreit gegen den quakenden Elmo in den Hörer. »Du bist ja völlig wahnsinnig!«

»Und nimm den mit dem Erdbeergeschmack!«, brüllte Trine hinterher. »Der ist der Beste!«

Es gibt Schwangerschaftstests mit Erdbeergeschmack? Wie cool ist das denn?!

Vor der Apotheke angekommen, blieb ich am Schaufenster stehen.

Will ich wirklich einen Test machen? Was ist, wenn er positiv … nein! Das wird er ganz sicher nicht sein!

Mein Blick blieb an einer Pappschildwerbung in der Auslage hängen, auf der eine gequält aussehende Frau mit herunterhängenden Mundwinkeln abgebildet war. Daneben stand in großen Lettern: »Alles zum Kotzen? Todmüde und mies drauf? Herzlichen Glückwunsch! Sie sind schwanger!«

Scheiße!!!

»Einmal den Schwangerschaftstest mit dem Erdbeergeschmack, bitte!«, gab ich meine Bestellung auf.

Ich war nicht sicher, ob das riesige Damokles-Schwert hinter dem bebrillten, etwas unsicheren Apotheker-Azubi wirklich in Zeitlupe hin- und herschwang oder ob ich es mir lediglich einbildete.

Verwirrt sah mich der Junge an. »Bitte?«

»Der soll der Beste sein«, begann ich zu erklären, als eine freundlich lächelnde Apothekerin hinter ihm auftauchte.

»Der ist wirklich der Beste«, sagte sie augenzwinkernd. »Außerdem ist er ab-so-lut wasserfest. Wenn der zwei Striche anzeigt«, sie deutete eine Siegerfaust an, »Mann, Baby, dann sind Sie's!«

»Über *einen* Strich würde ich mich weitaus mehr freuen«, gab ich trocken zurück.

Schon wieder diese Striche-Sache! Dass die dämliche Pharmazie-Branche aber aus allem direkt wieder eine eigene Wissenschaft machen muss!

Ich konnte mich noch genau daran erinnern, wie Finn damals als zartrosa Strichlein angezeigt wurde und Trine zuerst dachte, dass sie gar nicht schwanger sei, bis wir dann die Packungsbeilage lasen und feststellten, dass es hier andersrum war und demzufolge *ein* Strich »schwanger« bedeutete.

Ich fragte mich immer wieder, warum sie nicht einfach ein nettes Stimmchen, ähnlich wie beim Navigationsgerät, einbauen konnten, das ein vorwurfsvolles »Volltreffer!« oder ein fröhliches »Glück gehabt!« von sich gab? Ich meine, zum Mond fliegen konnten wir ja auch?!

»Gut, ich nehme ihn«, sagte ich.

Im Büro angekommen, schmiss ich erst mal meine Tasche auf den Schreibtisch und warf den PC an. Zuallererst würde ich jetzt einen schönen Cappuccino trinken.

Da klingelte mein Handy.

»Bist du schon drin?« Es war Trine.

»Wo drin?«

»Na, im Klo!«

Ich fasste es nicht. »Trine!«

»Was denn?«

»Ich nehm dich nicht mit aufs Klo! Ich bin keine dreizehn mehr!«

»Du hast das noch bis *dreizehn* gemacht?«, fragte meine Freundin mich mit vorwurfsvoller Stimme.

»Mann, Trine!«

»Los jetzt«, sagte sie hektisch, »Elmo schläft gerade. Wir haben ein Zeitfenster von höchstens zwanzig Minuten!«

»Ich nehm dich aber nicht mit aufs ...«

»Charly, ich will auch keine Videotelefonkonferenz machen! Also los jetzt! Sonst rufe ich auf sämtlichen Leitungen im Büro an! So lange, bis du mich mitnimmst!«

Ich verdrehte die Augen gen Himmel beziehungsweise gen Bürodecke. Ich war ehrlich froh, dass Karla im Urlaub war.

»Warte kurz«, sagte ich zu Trine, legte das Handy beiseite und kramte den Test aus meiner Tasche. »Und heute lesen wir die Anleitung *vor* dem Gebrauch!«, erklärte ich, als ich mit dem Handy und dem Test bewaffnet zur Bürotoilette marschierte.

Während des Gehens öffnete ich die Verpackung und ein starker Erdbeerduft schlug mir entgegen. Er erinnerte mich an Emily Erdbeer, die Riech-Puppe, die ich mit sieben besessen und heiß und innig geliebt hatte und die sogar zehn Jahre später noch in einem meiner Kindersachen-Kartons nach Erdbeer roch, was sicher nur durch eine gigantische Chemiekeule möglich war.

In der Toilette angekommen, klemmte ich mir das Handy zwischen Ohr und Schulter und las laut vor:

»›Erstens: Vor Testbeginn sollten sowohl der Test (Teststreifen) als auch die Urinprobe auf Raumtemperatur (15 – 30 °C) gebracht werden.‹ – Trine, das ist doch scheiße! Woher weiß ich denn, wie viel Grad es hier ist ...«

»Ach, das ist zu vernachlässigen«, erklärte Trine gelassen. »Und weiter?«

»›Zweitens: Fangen Sie die Urinprobe in einem sauberen und trockenen Gefäß auf. Am besten gelingt dies, wenn Sie das Gefäß oder den Behälter in den Urinstrahl halten.‹ – Mist, ich hab kein Gefäß ...«

»Kaffeetasse!«

»Iihh!«

»Stell dich nicht so an, es gibt ganze Eigenurin-Therapien!«

Ich sprintete zurück ins Büro und wollte mir gerade meine Tasse schnappen – da fiel mein Blick auf Karlas ...

Nein, nein! Sie ist nett, wirklich nett, sie ist ...

Ich griff mir ihre Tasse, die ohnehin ein hässliches Werbegeschenk eines großen Versicherungsunternehmens war, und nahm mir vor, Karla direkt heute nach Büroschluss eine neue schöne Tasse zu kaufen. Als Wiedergutmachung quasi.

»Was trödelst du?«, ermahnte Trine mich.

Ich las weiter: »›Drittens: Öffnen Sie die Folienpackung durch behutsames Einreißen der seitlichen Aufreißschlitze. Entnehmen Sie den Teststreifen.‹«

Och, nee! Aufreißschlitze!

Sämtliche mit System zu öffnende Verpackungen waren mir ein Graus. Jedes rote Fädchen, das das Öffnen vereinfachen sollte, funktionierte, sobald ich es in der Hand hatte, auf einmal nicht mehr, und es endete immer gleich: Nassgeschwitzt und wutentbrannt verteufelte ich alle Verpackungsingenieure dieser Welt und musste am Ende doch immer Gewalt in Form eines Messers einsetzen, mit dem ich mich dann auch noch bestenfalls schnitt.

Auch jetzt fummelte ich wild und unkoordiniert an den Aufreißschlitzen herum und kam mir vor wie der Nachbarsjunge, der mich zum Auftakt seiner (wahrscheinlich sehr kurzen) Zungenkusskarriere als Testobjekt erkoren hatte: Ähnlich wild und unkoordiniert fummelte er an mir rum und hatte mich nach nur wenigen Sekunden in die Flucht geschlagen.

Aber ich gab den fiesen Aufreißschlitzen keine Chance. Und nach nur wenigen Minuten erlagen sie mir dann doch im Zweikampf.

»Ja, ja, weiter!«, drängelte Trine.

»›Viertens: Nehmen Sie den Teststreifen am oberen Ende in die Hand. Das Tütchen mit dem Trocknungsmittel entsorgen Sie bitte im Restmüll.‹«

Mann, was für dämliche Tipps! Mülltrennung war in so einer Situation doch nun wirklich egal!

»›Fünftens: Tauchen Sie den Teststreifen in die Urinprobe bis zur Markierung MAX. Der Pfeil auf dem Teststreifen zeigt nach unten.‹ – Poh!«, stöhnte ich auf. »Ist das jetzt ein Intelligenztest oder ein Schwangerschaftstest?«

Also, wenn ich jetzt nervös wäre, *wenn die Chance* bestünde, *dass ich wirklich schwanger* wäre . . .

»Ja, ja, und?«

Trine fürchtete, dass Elmo gleich wieder aufwachen würde, also beeilte ich mich.

»Also, ich mach jetzt, aber du hörst weg, sonst kann ich nicht, okay?«, murmelte ich gequält in den Hörer, den ich immer noch zwischen Ohr und Schulter geklemmt hielt.

»Ja, ja . . .«

Ein paar Sekunden später nahm ich den Hörer wieder in die Hand.

»Ich kann nicht!«, stöhnte ich gequält. »Ich konnte noch nie, wenn andere dabei waren. Zumindest nicht nach dreizehn!«

»Mann, Charly, du bist ja schlimmer als Finn! Bei ihm half selbst der Bestseller *In 10 Tagen trocken* nicht, weil er immer alleine sein wollte, wenn was kam, und dabei ging immer alles daneben!«

Das konnte ich nicht auf mir sitzen lassen, also zwang ich mich.

– – –

»Erledigt!«

»Feini!«, lobte Trine mich, und ich war plötzlich drei.

Ich las weiter: »›Bitte beachten: Den Teststreifen nicht über die MAXIMUMLINIE (MAX) hinaus eintauchen. Anderenfalls könnte der Test zu einem falschen Ergebnis führen.‹«

»Das kenne ich«, ergänzte Trine, »also sei bitte präzise!«

»›Fünftens: Nehmen Sie den Teststreifen nach wenigen Sekunden (3–5 Sekunden) aus der Urinprobe heraus und legen Sie ihn auf einer glatten, sauberen und trockenen Oberfläche ab.‹ – Okay, warte!«, sagte ich und tat, wie mir geheißen.

Ha! Das wär doch gelacht, wenn ich das nicht hinkriegen würde!

In Gedanken zählte ich langsam bis drei, dann zog ich den Streifen heraus und legte ihn auf dem Waschbeckenrand ab.

»So! Weiter im Text!«

»›Sechstens: Warten Sie, bis sich nach wenigen Sekunden die beiden Testlinien färben. Je nach Konzentration des HCG Hormons im Urin kann ein Ergebnis bereits nach 40 Sekunden abgelesen werden. Jedoch um ein zuverlässiges Ergebnis zu erzielen, empfiehlt es sich, die volle Einwirkzeit von 5 Minuten abzuwarten.‹«

»Ach was!«, sagte Trine. »Das sieht man auch schon vor Ablauf der fünf Minuten. Bei Finn war das direkt zu sehen …«

Ich wartete.

Ich war *nicht schwanger*, das wusste ich ohnehin genau.

Herr im Himmel, dieses ganze Theater!

Ich nahm seit fünfzehn Jahren die Pille, noch nie war etwas

dazwischengekommen, seit knapp einem Jahr schlief ich *(sehr)* regelmäßig mit Eric und auch sonst ... Das hier war eine reine Trine-ABM-Maßnahme. Ich fragte mich allerdings, warum dann trotzdem eine leichte Nervosität in mir aufstieg.

»Und?«, brüllte Trine in den Hörer und riss mich aus meinen Gedanken.

Ich sah auf den Teststreifen, er zeigte eine einzelne rosafarbene Linie.

»›Negatives Ergebnis (nicht schwanger): Erscheint nur eine farbige Linie im Testfeld, so bedeutet dies, dass kein erhöhter HCG-Spiegel festgestellt wurde.‹«

»Ha!«, brüllte ich. »Ha! Ha! Wusste ich's doch! Vollkommen unschwanger!«

Ich merkte, wie erleichtert ich klang. Und doch: Da war noch ein anderes, seltsames Gefühl, das mitschwang und das ich nicht einordnen konnte.

»Bist du sicher?«, fragte Trine, und ich konnte die Enttäuschung in ihrer Stimme hören.

»Aber so was von! Selbst die Apothekerin hat gesagt, dass der Test ab-so-lut wasserdicht ist!«

»Willst du nicht zur Sicherheit noch einen ...«, intervenierte Trine.

Irgendwie wollte sie wohl doch die Hoffnung nicht aufgeben, dass ich mit ihr PEKiP-Kurse besuchte, Latte Macchiato trank und einen Kinderwagen schiebend durch Köln-Nippes rollte.

»Ab-so-lut wasserdicht!«, wiederholte ich.

Traurig schnaufte Trine in den Hörer. »Schade!«

Ich hatte es doch gewusst! Ich und schwanger! Das war wie Victoria Beckham und Schweinshaxe! Wie Queen Mum und abgepackte Teebeutel!

Ich nahm den Teststreifen, die Verpackung und die Tasse, um alles zu entsorgen, da fiel mein Blick auf den rosa Strich, der sich jetzt irgendwie vermehrt hatte. Ich sah auf einmal doppelt.

Die Aufregung! Nur die Aufregung!

Ich kniepte die Augen zusammen, schüttelte mich und sah noch mal genau hin. Kalter Schweiß schoss aus meinen Poren auf der Stirn.

Zitternd las ich: »Positives Ergebnis (schwanger): Wenn im Testfeld zwei farbige Linien erscheinen, so bedeutet dies, dass ein erhöhter HCG-Spiegel festgestellt wurde. Dies deutet auf eine Schwangerschaft hin.«

»Charly? Charly?«, hörte ich noch Trines Stimme dumpf aus dem Hörer rufen, kurz bevor das Handy mit einem lauten *Platsch!* in der Kloschüssel landete.

Viele Situationen im Leben stellt man sich immer wieder vor, spielt sie gedanklich durch oder redet darüber, wie man sich verhalten würde, wenn sie einträten.

Ich hatte mir oft überlegt, wie ich zu Kindern im Allgemeinen *(schlecht!)* und zu eigenen Kindern im Speziellen *(noch schlechter!)* stand. Ich hatte mir auch schon das eine oder andere Mal überlegt, wie es wohl wäre, wenn ich versehentlich schwanger würde. Was dann wohl los wäre. Aber nie hätte ich mir vorstellen können, wie es sich *wirklich* anfühlte.

So wie jetzt.

Ich saß versteinert auf dem Rand der Kloschüssel und beobachtete mein Handy, das blubbernde Kreise beim Untergehen zog. Trines brüllende Stimme war mittlerweile in den Untiefen des Klowassers versiegt, und ich war nicht in der Lage, mich auf irgendeine Art zu bewegen. Ich saß einfach nur da und starrte in die Kloschüssel. Wirre Wortfetzen durchkreuzten mein ansonsten ziemlich leer zu scheinendes Hirn: *positives Ergebnis, zwei farbige Linien, erhöhter HC-irgendwas-Spiegel, Schwangerschaft ... schwanger! Schwanger!!!*

Mein Herz schien immer wieder für einen Moment stehenzubleiben. Zwischendurch klopfte es zwar wie wild, sodass ich dachte, es sogar hören zu können. Im nächsten Moment erstarrte es dann aber wieder. Zumindest fühlte es sich so an.

Schwanger.

Ich.

Ein Kind.

Ich wollte nie, ich könnte doch gar nicht, ich wusste doch gar nicht ... ich und schwanger!

Tausend Gedanken poppten in meinem Kopf auf und verpufften, noch bevor ich sie zu Ende gedacht hatte. Nichts machte Sinn. Alles war unscharf, mir war schlagartig schwindelig, dann wieder kotzübel.

Das kann, das darf nicht sein! Eric und ich sind gerade mal ein Jahr zusammen, ich habe endlich ein normales Leben, endlich wieder einen richtigen Job, wir haben eine viel zu kleine Wohnung, ich kann doch gar nicht mit Kindern umgehen, nein, nein, das macht doch alles keinen Sinn!

Auf dem Weg nach Hause hatte ich das Gefühl, mich außerhalb meines Körpers zu befinden. Wie ein Roboter bewegte ich mich zur S-Bahn-Station.

Ich hatte Willi telefonisch Bescheid gegeben, dass ich mich nicht gut fühlte, und mich für heute krankgemeldet. Da sowieso nicht so viel zu tun war, hatte er es ohne Nachfragen akzeptiert und mir gute Besserung gewünscht.

Eric war zu Hause, das wusste ich. Er würde sich wundern, warum ich so früh Feierabend machte. Ich würde es ihm direkt sagen, er würde wissen, was zu tun war, irgendwas Schlaues sagen, mich in den Arm nehmen, irgendwas tun, egal. Hauptsache, ich war jetzt nicht alleine.

Als ich die Tür zu unserer Wohnung aufschloss, hörte ich Erics Stimme.

»... Schatz. – Oh, ich muss auflegen!«

Habe ich da eben das Wort »Schatz« gehört?

Mein Hirn brauchte etwas länger, um diese Information richtig zu verarbeiten.

Schatz???!!!

»Eric?«

»Bye!«, flüsterte er gerade, als ich um die Ecke in die Küche bog, in der er saß.

Hektisch legte er auf und sah mich schuldbewusst an. »Schnurzel! Was machst du denn schon hier?«

Ich konnte es an seinem erschrockenen Blick erkennen: von wegen Schnurzel!!! Er fühlte sich ertappt!

»Die Frage ist wohl eher, was du hier machst!« Ich klang schriller als beabsichtigt, während ich am ganzen Körper zitterte.

»Was?« Irritiert sah er mich an.

»Wer war das am Telefon, eben?«

Nicht jetzt, nicht heute, bitte nicht.

»Ein Kunde, nichts weiter«, sagte Eric und sah dabei weg.

Ich konnte *sehen*, dass er log.

»Das war kein Kunde!«, schrie ich. »Du hast gerade ›Schatz‹ gesagt! Ich habe es genau gehört! Verdammt, Eric, spinnst du eigentlich? Was ist hier los? Wer war das?«

»Niemand, nichts, ein Kunde! Nichts weiter!«, wiederholte Eric und stand auf. »Ich verstehe nicht, warum du dich so aufregst, das war ein harmloses Kundengespräch, sonst gar nichts!«

»Ach, und zu all deinen Kunden sagst du neuerdings ›Schatz‹, oder was?« Ich atmete so hektisch, dass ich mich beim Reden fast überschlug. Schlagartig stiegen mir Tränen in die Augen.

»Du musst dich verhört haben, Charlotte!«, verteidigte Eric sich.

Schlecht, wie ich fand, denn er konnte mir schon wieder nicht in die Augen sehen.

Er lügt, er lügt, Charlotte, dein Kerl betrügt dich, scheiße, scheiße! Ich habe es gewusst, er ist schon länger so komisch, die vielen späten Kundentermine, nein, nein, nein!

»Ich hab's genau gehört, Eric, du hast ›Schatz‹ gesagt, das war kein Verhörer, ich bin ganz sicher.«

Eric stand kopfschüttelnd vor mir. »So ein Quatsch!«

»Wer ist es? Kenne ich sie?«

Diese Sätze hatte ich oft in alten Filmen, abgedroschenen Liebesdramen gehört und mich dabei immer wieder gefragt, wer um Himmels willen so etwas in so einem Moment fragen würde.

Ich.

Jetzt gerade.

»Niemand! Herrgott noch mal, Charlotte!« Eric wirkte gereizt. »Was ist denn nur los mit dir? Du kommst hier mitten am Tag rein, bildest dir ein, wer weiß was gehört zu haben, brüllst mich an, als ob es kein Morgen gäbe – hast du irgendwas?«

Ich habe was, oh ja, und vor wenigen Sekunden wollte ich es dir auch noch sagen, aber jetzt nicht mehr.

»Und ob ich was habe!«, brüllte ich, so laut ich konnte. »Akute Schlussmachmanie habe ich! Es ist aus! Aus und vorbei!«

»Spinnst du jetzt total?« Eric sah mich besorgt an und wollte mich in den Arm nehmen, aber ich machte mich los. »Das ist doch lächerlich!«

Ich konnte an seinem Blick erkennen, dass er mich nicht ernst nahm.

»Das wirst du gleich sehen, wie lächerlich das ist!«, schrie ich weiter.

Mein Kopf war heiß, alles drehte sich. Mit der rechten Hand fasste ich mir an die Stirn, mit der linken stützte ich mich kurz am Küchentisch ab.

»Charlotte, jetzt beruhig dich doch mal!«, sagte Eric und versuchte zu lächeln. »Das bringt doch nichts, hier so komplett auszuflippen, wegen nichts. Lass uns in Ruhe reden. Warum bist du denn überhaupt schon hier?«

Ich musste raus, nur raus. Keine Sekunde länger konnte ich es mit ihm in einem Raum aushalten.

Er hat gelogen, gerade eben.

Er hat mir direkt ins Gesicht gelogen.

Und ich habe es gesehen.

Mein Eric.

Beinahe wäre er Vater geworden.

15. Kapitel

»Dein Sohn hat mich geschwängert!« Heulend stand ich vor Trines Tür.

»Bitte was?« Schockiert sah meine Freundin mich an. »Ich meine, ich traue Finn ja wirklich viel zu, und er ist auch recht weit für sein Alter, aber ...«

»Die Chihihihihi ...« Ich schluchzte laut auf.

»Die *was*? Jetzt komm doch erst mal rein, Liebes!« Trine schaute sich hinter mir um, ob auch ja keiner der Nachbarn meinen lautstarken Auftritt miterlebt hatte, und zog mich in den Wohnungsflur. »Was ist denn los?«

»Die Chili-Muffins!«, erklärte ich schniefend. »Finn hat zu viel Chili in den Teig reingekippt! Danach war mir total schlecht, und in der Nacht hatte ich Magen-Darm! Und kurz vorher habe ich mit Eric ...« Ich heulte laut schluchzend auf. »Uhuhuhuuuu ... mit ihm geschlafen!« Wieder musste ich laut schluchzen. »Dein Sohn ist schuhu-hu-hu-huld!«

»Du bist doch schwanger???« Trine riss theatralisch die Augen auf. »Aber wir haben doch heute Morgen ...?«

Ich schüttelte den Kopf und zog schniefend die Nase hoch. »Da kam plötzlich noch so ein zweiter Strich!«

»Aber das ist doch ganz, ganz wunderbar!« Tanzend und hüpfend sprang Trine um mich herum, und Elmos Kopf, der aus dem Tragetuch um Trines Oberkörper lugte, wackelte wild mit. Das eigentlich Erstaunliche daran war, dass Elmo davon nicht aufwachte.

Herzlich umarmte meine Freundin mich, und mich überkam die begründete Angst, dass Elmo vielleicht unbemerkt zerquetscht werden könnte.

»Endlich! Lass dich drücken! Endlich bist du eine von uns!«, sagte sie, während sie mich an den Schultern festhielt, kurz wegdrückte und mich verzückt ansah, nur um mich dann erneut zu umarmen. »Und Finn bekommt zur Belohnung heute das Holzschwert, das er sich schon so lange gewünscht hat. Das hat er sich wirklich verdient!«

Trines Belohnungsstrategien sind eben von besonderer Art.

»Nein«, sagte ich, und es klang bitter. Ich sah auf den Boden.

»Was *nein*?« Trine ließ mich los und sah mich verständnislos an.

»Eric betrügt mich.«

»Ich glaube, ich rufe jetzt erst mal Mona an.« Mit diesen Worten schob Trine mich ins Wohnzimmer. »Und du, du trinkst jetzt mal ein ... einen ... ein ... eine heiße Milch!«

»Das glaube ich nicht!«, sagte Mona, nachdem ich ihr und Trine alles erzählt hatte.

Wir saßen auf Trines Sofa, und Trines gesamter Süßigkeiten-Vorrat hatte herhalten müssen – Mona und Trine brauchten jetzt Nervennahrung. Ich bekam allerdings keinen Bissen runter.

»Nicht *dein* Eric!«

Ich nippte lustlos an meiner mittlerweile lauwarmen Milch.

»Doch. Ich habe es ganz genau gehört.« Ich sah in vier ungläubige Augen. »Und bevor ihr noch mal nachfragt: Ja, ich bin hundertprozentig sicher.«

Mona und Trine sahen mich eine Weile schweigend an.

Dann ergriff Trine das Wort: »Irgendwie hatte ich mir das mit deiner Schwangerschaft lustiger vorgestellt.«

»Schwanger?!« Mona sah mich verständnislos an. »Ehrlich? Ich meine, *du*?!«

Freunde sind wirklich unbezahlbar. Nicht in Gold aufzuwiegen.

Ich lachte zynisch auf und sah Trine an: »Tja. Ich habe mir auch so vieles anders vorgestellt. Ich habe mir einen tollen Mann vorgestellt. Einen tollen Job. Eine gute Karriere, Selbstverwirklichung. Eine schicke Wohnung mit Dachterrasse. Viel Zeit zum Reisen. Eine harmonische Beziehung. Vielleicht irgendwann einen romantischen Heiratsantrag irgendwo am Meer, beim Sonnenuntergang. Eine tolle Hochzeitsparty mit euch. Und eine geglückte Diät vorher.«

Betreten sahen meine Freundinnen zu Boden.

»Ich weiß nicht so recht, ob Glückwünsche jetzt angebracht sind?«, fragte Mona unsicher.

Ich schüttelte den Kopf. »Und ein todschickes Hochzeitskleid in Größe sechsunddreißig hätte ich mir gewünscht!«, schob ich halb schluchzend, halb wutschnaubend hinterher. Ich schnappte mir das obligatorische Glas Nutella, das bei Trine immer auf dem Tisch stand, egal, wie groß die Not war, und tauchte den danebenliegenden Esslöffel tief hinein. Doch als ich es mir in den Mund stecken wollte, wurde mir wieder schlagartig übel. »Aber das ist ja jetzt alles egal.«

Trine sah mich betroffen an. »Aber es gibt auch ganz schicke Sachen in Größe vierzig!«

»Genau!«, ergänzte Mona. »Außerdem ist das mit dem Wünschen so eine Sache. Manchmal *will* man was ganz anderes, als man *wirklich will*, und dann passiert es auch so …«

Ich unterbrach sie und winkte ab. »Komm mir jetzt nicht mit so einem esoterischen Wünschekram!«

»Aber das Universum …«

»Das Universum kann mich mal. Meine Entscheidung steht. Es ist endgültig. Ich weiß es genau.«

»So schnell fällt man so ein schwerwiegendes Urteil nicht«,

mischte sich Trine ein. »Du hast keine wirklichen Beweise für Erics Untreue!«

»Welche Beweise brauche ich denn bitte noch?« Wütend stopfte ich mir jetzt doch einen großen Löffel Nougatcreme in den Mund.

»Du musst ihn erwischen!«, stellte Trine fest.

Mona nickte. »Genau!«

»Und wie soll das bitte gehen?«

Noch bevor ich ausgesprochen hatte, war ich mir sicher, dass ich den bestimmt konspirativ wirkenden, aber hundertprozentig substanzlosen Rat meiner beiden Freundinnen gar nicht hören wollte.

»Ich habe da mal so einen Film gesehen, mit Doris Day, da hat sie ihren Mann beschattet ...«

»Oh nein!« Ich schüttelte widerwillig den Kopf. »So eine Psychotante bin ich nicht!«

»Oh doch!«, sagte Trine nun scharf und sah mich eindringlich an. »Wenn du auf *meiner* Couch schlafen willst – wovon ich schwer ausgehe, weil ich nicht glaube, dass du zu Mona und damit zu Hermine und Maklernorbi ziehen willst –, dann nur unter einer Bedingung: dass wir hundertprozentig sicher sind, dass Eric *wirklich* ein Lügner ist. Und dafür musst du ihn in fla... fla...giati erwischen!«

»In *flagranti*«, korrigierte ich seufzend.

»In flagiati, in flagiati!«, echote es schrill aus Finns Zimmer.

Wir blickten erschrocken in Richtung Tür.

»Wie auch immer. Aber erwischen musst du ihn.« Mona nickte zustimmend.

»Ich muss gar nichts«, zischte ich.

Mittlerweile hatte ich mich etwas gefangen, und vielleicht hatten meine Freundinnen recht: Wenn ich mich nun doch verhört hatte? Mich geirrt hatte?

»Kann ich denn ... Kann ich denn so lange bei dir bleiben?«, fragte ich Trine zögernd.

»So lange du willst«, antwortete sie und legte den Arm um mich. »Nur sicher musst du dir sein, bevor du endgültig etwas entscheidest.«

Anrufen konnte Eric mich jetzt nicht mehr; mein Handy war ja im Büroklo verschwunden. Ich hatte nach dem Zweiten-Strich-Schock keine Anstalten mehr gemacht, es herauszufischen.

Er wird sich Sorgen machen, schließlich weiß er noch nicht mal, wo ich bin …

Verdammt, Charlotte! ER hat dich angelogen! Da kann ER sich auch mal Sorgen machen!

Vor Sorgen umkommen!

Genau!

»Ich weiß, was wir gleich machen, Mädels!«, sagte Mona nun und setzte sich kerzengerade auf. »Wir fahren zum Karnevalsshop und rüsten dich aus. Soweit ich weiß, gibt es das Kostüm von Doris Day auch zu kaufen …« Mona stockte, weil Paul den Raum betrat.

Die plötzliche Stille schien ihn zu irritieren. »Was ist denn hier los?«, fragte er erstaunt.

Es musste ein seltsames Bild abgeben, wie ich da so verheult mitten am Tag auf seiner Couch saß, meine Schminke zerlaufen wie bei einem schlecht geschminkten Harlekin, in der Hand die große Sonderedition Nutella, neben mir Mona und seine Frau, die mich liebevoll tätschelten.

»Ach, Charly ist nur ein wenig down oder so …«, versuchte Trine ihrem Mann die Situation schonend zu erklären.

»Schali hat den Eric in flagiati erwischt!«, brüllte Finn plötzlich aus dem Kinderzimmer.

»Eher *oder so*«, sagte Mona.

Das ist doch alles absolut lächerlich! Eric hinterherschnüffeln, ihn beschatten! Wir sind doch keine Teenies mehr! Außerdem habe ich doch genug gehört! Was will ich überhaupt sehen? Ein klarer Cut wäre das Beste, ohne viel Theater, zack! Das war's!

Andererseits ... Wenn Trine doch recht hat und ich einfach nur falschliege? Aber was kann man an dem Wort »Schatz« denn falsch verstehen? Und er hat definitiv gelogen, ich habe es gesehen! Noch nicht mal in die Augen hat er mir sehen können! Andererseits ist es mein Eric, nicht irgendein Kerl ... Wir hatten uns doch nach unserem katastrophalen Kennenlernen geschworen, uns nie wieder anzulügen – das passt doch alles nicht zusammen!

»Die hier ist super!« Mona hielt mir eine blonde Pagenkopf-Perücke hin. »Und dazu dann das rosa Kostüm hier!«

Trine hatte mich in Monas sichere Hände abgegeben, die sich mit lebensverändernden Outfits nun wirklich gut auskannte. Finn und Elmo bei dieser ohnehin fragwürdigen Aktion mitzunehmen, wollte keiner von uns verantworten.

Entschieden schüttelte ich den Kopf. »Mona, das sieht doch total lächerlich aus! Ich mach mich doch zum Gespött der Leute!«

»Willst du nun Klarheit, oder nicht? Wenn er dich erkennt, kannst du es direkt vergessen!«

Stumm nickte ich, und Mona legte die Sachen wortlos auf die Kassentheke. Ich merkte, wie mir schon wieder Tränen in die Augen stiegen.

»Und was möchtest du gleich am liebsten machen, hm?«, fragte sie mich mit tröstender Stimme und tätschelte mir die Wange.

Was ich am liebsten machen würde? Gar nichts! Am liebsten würde ich auch gar nichts wissen. Am liebsten wäre ich heute nicht früher von der Arbeit gekommen und hätte auch am liebsten Eric nicht bei seinem Telefonat belauscht. Am liebsten hätte ich auch nicht den elenden Erdbeer-Schwangerschaftstest gemacht und am allerliebsten nicht zwei Striche darauf gesehen. Wenn es nach mir ginge, würde ich gerne alles vergessen, mich in meinem Bett ver-

kriechen und mir die Decke weit über den Kopf ziehen. Mich in Luft auflösen! Ja, das *würde ich jetzt am liebsten!*

»Und Bett gilt nicht!«, sagte Mona in weiser Voraussicht, während sie der Kassiererin ihre Kreditkarte hinhielt.

Auf der Rückfahrt war ich still, mir war nicht nach Reden zumute.

Dafür redete Mona: »Und das alles, wo doch morgen meine große *Filzlaus*-Einweihungsparty ist. Ich kann doch Eric jetzt schlecht ausladen, oder?« Meine Freundin sah mich fragend an.

»Sei nicht böse, Mona, aber das ist jetzt gerade wirklich mein geringstes Problem!«, seufzte ich.

Mona nickte betreten. »Ja, ich weiß. Aber hey, ein Kind kann das ganze Leben verändern. Alles bekommt einen neuen Sinn ...«

»Willst du meins?«, fragte ich Mona, und eine dicke Träne tropfte mir von der Wange. »Ich hätte da eines zu viel.«

Mona war der Meinung, dass wir keine Zeit verlieren und Eric sofort beschatten sollten.

Mir war nicht wohl bei dem Gedanken, aber ich hatte keine Kraft mehr, mich zu wehren. Schlapp und müde vom vielen Weinen saß ich auf dem Beifahrersitz von Monas knatschgrünem Auto. Ich schwitzte wie verrückt unter der blonden Doris-Day-Perücke, und das billige rosafarbene Polyester-Kostüm kratzte überall. Ich kam mir absolut lächerlich vor.

»Meinst du nicht, dein Auto ist ein wenig ... äh ... auffällig?«, versuchte ich zaghaft einzuwenden.

»Ach was«, winkte Mona ab. »Wie oft hat Eric mich in meinem Auto überhaupt gesehen? Außerdem vermutet er sicher nicht, dass gerade ich ihn verfolge.«

»Hm.«

Wir bogen gerade in die Straße zu Erics und meiner Wohnung ein, als uns Eric und eine sehr junge, sehr blonde, sehr schlanke Frau entgegenkamen.

»Duck dich!«, brüllte Mona.

Wir duckten uns tief in die Sitze, aber nur so, dass wir noch auf die Straße sehen konnten.

Eric und die Frau gingen auf einen großen, dunklen Mercedes zu. Er hofierte sie zu ihrem Wagen, den sie aufschloss, und ging um das Auto herum.

Er wird doch jetzt nicht ...? Er steigt tatsächlich ein! Mein Eric! Das darf doch nicht wahr sein!

»Mona!«, flüsterte ich. »Das, das, das glaube ich jetzt nicht!«

Meine Hand klammerte sich fest um den Türgriff. Ich war kurz davor, ihn einzudrücken und damit die Tür zu öffnen.

Ich muss doch raus! Zu Eric!

»Psssst!«, zischte Mona und schüttelte mit einem Seitenblick auf meine Hand am Türgriff den Kopf. »Noch nicht, Charly. Noch haben wir nichts gesehen. Es könnte doch tatsächlich eine Kundin sein! Sie sieht auch aus wie so eine Schickimicki-Werbe-Tante! Ich weiß, dass es jetzt viel verlangt ist, aber bitte reiß dich noch ein wenig zusammen!«

Der Mercedes rollte langsam los, und Mona nahm die Verfolgung auf.

Mir liefen die Tränen die Wangen hinunter, ich weinte lautlos. Am liebsten wäre ich gerade aus dem Auto gesprungen und zu Eric gelaufen, um ihn zu schütteln, in zu fragen, ob er spinne, was das solle, was er da mache. Er war *mein Eric*, *meiner*!

Der Mercedes bog auf die große Hauptstraße ab, die in die Innenstadt führte.

»Sie fahren also in die City!«, kommentierte Mona das Geschehen nachdenklich.

Sie erinnerte mich in ihrer beige-braunen Leinenkombi,

die sie heute trug, schwer an einen modernen Sherlock Holmes. Nur sah ich nicht aus wie Watson, sein treuer Gehilfe, sondern eher wie eine pummelige Doris Day nach Beendigung ihrer Film- und Beginn ihrer Junkie-Karriere: Meine Augen waren geschwollen, und das Make-up konnte man selbst mit sehr viel Wohlwollen nicht als Smokey Eyes bezeichnen.

Wir bogen in die Zülpicher Straße ein, die für ihre vielen Restaurants und Bars bekannt war, und der Mercedes parkte vor einem Café, das ich gut kannte.

Hier war ich mit Eric auch schon öfter gewesen!

Mona parkte in gehörigem Abstand ebenfalls ein, allerdings in der zweiten Reihe.

Eric öffnete die Tür, stieg aus und ging wieder um den Wagen herum.

Mona und ich duckten uns reflexartig wieder tief in die Schalensitze ihres Wagens.

Dann öffnete er die Fahrertür und geleitete die Frau zur Eingangstür des Cafés, wo er ihr wieder die Tür aufhielt.

»Mona!«, schluchzte ich leise. »Hast du das gesehen? Er hat ihr die Tür aufgehalten! Das macht er bei mir *nie*! *Niehiiiiii!*«

»Das ist ein super Zeichen, Charly. Sehr geschäftlich. Sehr gut!«

Auch wir stiegen aus und folgten den Spuren des harten, schmerzvollen und meiner Meinung nach offensichtlichen Betruges.

Das Café war für diese Tageszeit schon recht voll, und Eric und die schicke Sauberfrau setzten sich an einen kleinen Zweiertisch am Ende des Cafés.

Sie sah gut aus, blendend nahezu! Sie trug ein eng anliegendes schwarzes Businesskostüm, eine tief dekolletierte weiße Bluse und große Perlenohrringe.

Perlenohrringe! Das kann er doch nicht ernst meinen!!!

Ihre Haare waren schulterlang, hellblond, perfekt gesträhnt.

Ich wette, sie sind hundertprozentig splissfrei!

Mann! Sie sieht aus wie eine verdammte Ärztin ohne Grenzen!

Mir wurde kotzübel.

Mona und ich setzten uns an einen Tisch der gegenüberliegenden Wand. Ich griff mir sofort die Speisekarte und versteckte mich dahinter.

Noch bevor die Kellnerin zu uns kam, steckten Eric und die Sauberfrau lachend ihre Köpfe zusammen.

Sie haben also Spaß!

Doch was ich dann sah, ließ es mir kalt den Rücken hinunterlaufen: Eric holte ein kleines blaues Schmuckkästchen aus der Jackentasche und stellte es auf den Tisch. Die Sauberfrau nahm das Kästchen in die Hände und öffnete es.

Oh nein, nein, das ist alles nur ein böser Traum, das sehe ich nicht wirklich!

»Mona...!«, flüsterte ich.

»Pssst!«

Dann schlug die Sauberfrau die Hände vor dem Mund zusammen und lächelte Eric an.

Ein Ring!, schoss es mir durch den Kopf, *ein Ring!*

Die Kellnerin brachte ihnen zwei Prosecco, und die Gläser klirrten laut, als sie anstießen.

Mona sah sich das Spektakel mit offenem Mund an und drückte tröstend meine Hand.

Ich konnte kein einziges Geräusch im ganzen Café mehr wahrnehmen. Das Murmeln der anderen Gäste war schlagartig verstummt, das dampflockartige Rauschen der Espressomaschine augenblicklich versiegt. Nur ein einziges Geräusch schaffte es bis in mein Hirn: Das laute Klirren ihrer Gläser. Es fühlte sich an, als müsse mein Kopf in dieser Sekunde daran zerspringen.

Ich muss zu ihm gehen, ihm den Prosecco ins Gesicht schütten, ihm eine schallende Ohrfeige verpassen, der Sauberfrau die schöngeföhnten Haare rausreißen!

Aber ich konnte es nicht.

Ich konnte gar nichts mehr.

»Ich halt das nicht mehr aus«, schluchzte ich Mona hinter der Speisekarte an. »Ich muss hier raus, ich muss raus.«

Die Kellnerin kam und wollte unsere Bestellung aufnehmen, doch ich war bereits aufgestanden.

»Eine Flasche alkoholfreien Sekt, bitte«, sagte Mona ruhig. »To Go!«

In einer Art Schockstarre saß ich in Monas Wagen und starrte aus dem Fenster. Ich wusste nicht, wie ich wieder ins Auto gekommen war, ob ich geflogen oder geschwebt war.

Naheliegend war, dass ich einfach über die Straße gegangen war, ohne die herannahenden Autos zu beachten. Mona hatte mich wohl zurück auf den Bürgersteig gezogen, wie ich ihrer Standpauke jetzt entnehmen konnte.

»Charly, bist du lebensmüde? Einfach so über die Straße zu rennen! Bist du von allen guten Geistern verlassen? Ich meine, ich verstehe ja, dass du schockiert bist, ich bin es ja auch, aber ...«

»Die Flasche«, sagte ich trocken.

»Was?«

»Gib mir die Flasche. So-fort.«

Wortlos reichte meine Freundin mir die Sektflasche.

Als Mona die Bestellung aufgegeben hatte, hatte die Kellnerin ohne weitere Worte auf dem Absatz kehrtgemacht und Mona die Flasche gebracht. Sie kannte sich wohl aus mit derartigen Notsituationen.

Ich setzte die Flasche an und nahm einen großen Schluck.

Alkoholfreier Sekt!

Ich war auf dem absoluten Tiefpunkt angekommen.

Dabei könnte ich gerade jetzt einen Doppelkorn gebrauchen. Oder zwei. Oder siebzehn.

Ich stellte mir vor, dass es nicht dieses schlappe Ersatzgesöff sei, sondern eine echte, tolle Flasche Martini.

»Scheiße, so ganz ohne Olive«, kommentierte ich meinen Gedanken und nahm einen großen Schluck.

»Charly ...«

»Ich will jetzt nichts hören«, sagte ich und nahm noch einen weiteren. »Bitte bring mich zu Trine. Ich wäre dir sehr dankbar, wenn du noch schnell ein paar Sachen aus der Wohnung holst. Ich kann da jetzt nicht rein. Und falls Eric sich meldet, kein Wort darüber, wo ich bin. Du und Trine, ihr haltet dicht. Okay?«

Ich redete wie ferngesteuert, ich klang auf einmal kühl und völlig klar.

Mona nickte. »Okay.«

16. Kapitel

Wenn man nach den Wünschen für sein Leben gefragt wird, fällt einem meist so etwas ein wie glücklich sein oder gesund bleiben oder auch Erfolg haben.

Wenn ich jetzt so darüber nachdachte, hatte ich meine Wünsche für mein Leben nie so genau definiert. Natürlich wollte ich glücklich sein, erfolgreich und vor allem gesund. Aber *wie* genau das vonstatten gehen sollte hatte ich mir nie so richtig ausgemalt. Was ich allerdings wusste, war, dass ich mir mein Leben, so wie es jetzt gerade aussah, nie vorgestellt hatte.

Ich wollte *nie* betrogen werden, *nie* belogen werden. Ich wollte *nie* in einem viel zu engen, lächerlich anmutenden rosa Polyester-Kostüm in einem Café sitzen und meinen Freund, meine große Liebe, dabei beobachten, wie er einer Sauberfrau einen Ring schenkte. Einer Frau, die auch noch um Klassen besser aussah als ich. Ich wollte *nie* ungeplant schwanger werden, überhaupt *nie* schwanger werden, und schon mal überhaupt nicht von einem, der mich betrog.

Und ich wollte *nie*, *nie* wieder in Finns Ritterburgzimmer einziehen.

Aber genau da war ich nun gelandet, die leere Sektflasche auf dem Schoß.

Mona hatte mich bei Trine abgeliefert und dann meine Sachen geholt. Ich hatte meine Freundinnen gebeten, mich eine Weile in Ruhe zu lassen, damit ich mich sammeln konnte.

Jetzt saß ich hier: verlassen, verarscht, alleine. Mit nichts außer einer leeren Flasche (als ob das Übel nicht auch so groß genug war) alkoholfreien Sekts.

Ich fühlte mich genau wie die Flasche in meinem Schoß: leer. Wieder müsste ich von vorne anfangen, wieder bei null beginnen. In dem Moment, in dem ich Eric das Wort »Schatz« sagen gehört hatte, fühlte ich mich, als hätte man mir eine riesige Glasscherbe ins Herz gerammt. Ich merkte, dass ich die ganze Zeit, bei jeder Bewegung, diesen Stich gespürt hatte. Und jetzt, da meine Angst Wirklichkeit geworden war, wurde die Scherbe einmal im Herz umgedreht und herausgezogen, und Blut floss, auch wenn man es nicht sah.

Das Leben ist eine Zugfahrt, dachte ich, *jede Enttäuschung ist nur eine Haltestelle, und wir müssen einfach weiterfahren.*

»Vielleicht ist die große Liebe einfach nur eine Illusion«, murmelte ich leise vor mich hin.

Ich hatte nicht bemerkt, dass Finn gerade sein Zimmer betreten hatte.

»Tante Charlotte«, sagte er, setzte sich neben mich, ebenfalls in den Schneidersitz, lehnte seinen Kopf an meinen Arm und legte seine winzige Hand auf mein rechtes Bein. »Aufgeben gildet nicht.«

Verdammt weises Kind, dachte ich und musste mit Tränen in den Augen lächeln.

»Ach Finn …« Ich drückte mein Patenkind fest an mich. »Wenn das alles so einfach wäre!«

Finn sah mich ernst an. »Wie lange schläfst du hier?«

»Ich weiß es nicht, Finn«, seufzte ich.

Ich wusste es tatsächlich nicht, denn eine vernünftige Wohnung in Köln zu finden war nicht so einfach.

»Was musst du machen, damit du wieder glücklich bist?«, fragte Finn mich nun.

Verwundert sah ich ihn an.

Hatte er tatsächlich gefragt, was *ich* machen musste, damit ich wieder glücklich würde? Sagte man nicht im Allgemeinen, dass etwas *passieren* müsse? Aber nein, so war es wohl nicht. Seine Wortwahl war genauso treffend wie schmerzlich für mich.

Ich zuckte mit den Schultern. »Keine Ahnung …«

»Dann denk nach!«, forderte er mich mit großen Augen auf.

Dieses Kind macht mich seit dem Augenblick seiner Geburt fertig, das ist nichts Neues. Aber dass ich von ihm jetzt auch noch eine Lebensberatung kassiere, ist ja wohl der Oberkracher! Aber – ich wagte diesen Gedanken kaum weiterzudenken – *kann es sein, kann es wirklich sein, dass er am Ende sogar recht hat?!*

Die halbe Nacht war vorbei, und ich hatte noch nicht geschlafen. Ich lag auf der Kissen-Matratzen-Kombi in Finns Ritterburgzimmer und starrte seit Stunden die Wand an.

Eric hatte sich natürlich Sorgen gemacht und bei Mona und Trine angerufen, wurde aber von beiden auf meinen Wunsch hin abgewimmelt. Er hatte danach trotzdem bei Trine auf der Matte gestanden, aber ich hatte sie gebeten, nicht aufzumachen, und sie hatte meinem Wunsch nachgegeben. Obwohl es Trine ganz schön schwerfiel, denn immerhin war sie eine große Freundin der Aussprache, die Eric und ich ja bis jetzt nicht hatten.

Aber ich hätte seine Anwesenheit einfach nicht ertragen und wollte nur alleine sein.

Jetzt lag ich also da, und meine Gedanken zogen weite Kreise.

Was ist mit dem Baby?

Den Gedanken hatte ich erst einmal komplett weggeschoben, denn ich war in dem Moment, in dem ich ihn zuließ, schon restlos überfordert. Es nicht zu behalten kam zwar nicht infrage, aber es zu behalten, bedeutete, alleinerziehend zu sein und meinen neuen Job erst mal nicht weitermachen zu können, den ich doch gerade erst angetreten hatte.

Werde ich es alleine mit einem Kind schaffen?

Keine Karriere und kein Kind waren bis jetzt doch auch schon schwer genug gewesen, unter einen Hut zu bringen!

Wie geht es jetzt weiter? Werde ich es Eric sagen? Wird er mit der Sauberfrau ein neues Leben beginnen und es ihn überhaupt interessieren? Kann ich das Baby überhaupt behalten? Kann ich mir die Alleinerziehende-Nummer überhaupt vorstellen? Schon komisch, dachte ich, *vor knapp einem Jahr habe ich Eric die hippe Alleinerziehende vorgespielt, um ihn zu beeindrucken, und heute bin ich es wahrscheinlich wirklich bald, nur ist es dann weit weniger schön, als es in meiner Vorstellung gewesen war.*

*

»Sieht das nicht einfach toll aus?«, fragte Mona mich mit glänzenden Augen, als wir die frisch renovierte *Filzlaus* betraten.

Heute war Monas große Einweihungsparty, ihr Laden würde feierlich eröffnet werden.

Mona hatte Eric gesagt, dass er besser nicht kommen sollte, und ich ging davon aus, dass er sich daran halten würde, denn eine Szene vor fünfzig geladenen Gästen würde er sicherlich nicht provozieren wollen.

Ich war zwar weder in der Verfassung noch in der Stimmung, auf eine Party zu gehen, wollte Mona aber auch den besonderen Tag nicht kaputtmachen. Immerhin erfüllte sich gerade ihr Lebenstraum. Und es reichte ja wohl schon, dass meiner soeben geplatzt war.

Der Laden sah schon von außen komplett anders aus, als ich ihn noch von vor ein paar Wochen in Erinnerung hatte.

»Die Handwerker haben ganze Arbeit geleistet«, erklärte Mona stolz.

Die Fensterfront war mit einem verschnörkelten Schriftzug in lila und lindgrün beklebt. *Die Filzlaus* stand da, und auf dem »i« in *Filzlaus* saß eine kleine grüne Laus als i-Punkt. Der Innenraum des Ladens war mit neuem hellem Parkett ausgelegt, und die Wände waren mit hohen Einbauregalen ausgestattet, die bis zur Decke reichten. Sie waren über und über voll mit sorgfältig gestapelten Filzballen in allen erdenklichen Farben. Dazu gab es noch Regale mit anderen Stoffen und einen großen offenen Schrank neben der Kasse mit Knöpfen, Accessoires und anderen Kleinteilen. Insgesamt war der Laden hell und freundlich und lud zum Verweilen und Stöbern ein.

Ich war restlos begeistert. »Mona, das ist wirklich ein Traum!«

Monas Augen glänzten feucht. »Ja, das ist es. Ich bin so glücklich!« Sie biss sich auf die Lippen. »Sorry, ich wollte nicht ... Ich meine, jetzt gerade, wo du doch in so einem Albtraumszenario steckst ...«

»Schon gut«, sagte ich betrübt. »So ist eben das Leben, schätze ich. Glück und Leid sind anscheinend die besten Freunde.«

Mona drückte mich fest und führte mich zu der alten Kassentheke aus dunklem Holz, auf dem die letztens noch verstaubte und nun in neuem Glanz erstrahlte Jugendstil-Kasse stand, die Maklernorbi uns damals so angepriesen hatte.

»Er hat Wort gehalten«, sagte Mona sichtlich gerührt. »Norbi hat die Kasse repariert. Sie funktioniert jetzt einwandfrei.«

Ich ließ die Finger über das edle Stück gleiten.

Das alles hier war mit so viel Liebe ausgesucht und erschaffen worden, das musste einfach ein Erfolg werden! Mona hatte sich in jedem Detail eingebracht, das konnte ich sehen.

»Was ist eigentlich mit den Party-Vorbereitungen?«, fragte ich. »Damit müssen wir doch jetzt dringend anfangen. Ich meine, es ist schon fast acht Uhr, und um zehn wolltest du öffnen!«

Gelassen schüttelte Mona den Kopf. »Catering Service. Ich habe alles in die Hände einer tollen Eventagentur gegeben. Total kompetent. Das Essen müsste eigentlich jede Minute hier eintreffen, für Getränke ist auch gesorgt. Das ist alles gar nicht so viel teurer, als wenn man es selbst macht, du wirst erstaunt sein! Ich bin total zufrieden mit dem Ablauf bis jetzt. So ein Start-up-Ding, ganz tolle Leute. Deswegen habe ich auch direkt die ganze Mannschaft eingeladen, nachher mitzufeiern. Sehr nette Mischpoke. Selbst die, die ich nur vom Telefon her kenne.«

Beruhigt ließ ich mich auf einen der alten Stühle fallen, die neben dem Eingang standen und ebenfalls neu mit lindgrünem und lila Filz bezogen waren. »Dann ist ja gut.«

Pünktlich um acht Uhr kamen das Essen und kurz danach die Getränke.

Mona musste einige Unterschriften leisten und ein paar Telefonate führen, und ich lenkte mich damit ab, dass ich die Catering-Mitarbeiter dirigierte, indem ich sie die Essensplatten thematisch nach normal, vegetarisch und vegan auf die dafür aufgebauten Tische sortieren ließ. Es tat mir gut, eine Beschäftigung zu haben, denn so musste ich nicht an Eric denken.

Ich hoffte wirklich, dass er sich an Monas Bitte, hier heute nicht zu erscheinen, halten würde. Ich könnte es nicht ertragen, ihn zu sehen. Das Bild, wie er dort an dem kleinen Tisch in dem Café mit der Sauberfrau saß, und ihr Gesicht, als sie das Kästchen mit dem Ring darin geöffnet hatte, hatte sich in mein Hirn eingebrannt. Selbst das Denken daran tat weh. Es war ein körperlicher Schmerz, so, als würde meinem Herzen ein dauerhafter Stich versetzt. Wenn ich tief einatmete, wurde der Schmerz stärker, und die Wunde, die immer noch offen war, riss wieder und wieder aufs Neue ganz auf. Also versuchte ich, so flach wie möglich zu atmen, und schaffte es ab und zu, wenige Sekunden lang zwischen vegan und ohne und mit Glutamat zu vergessen, dass ich eigentlich gleich sterben müsste.

Um zehn Uhr waren bereits viele der Gäste eingetroffen, Mona köpfte die erste Flasche unseres Lieblingscrémants, und ich konnte nicht mittrinken.

Gequält nippte ich an meinem Glas alkoholfreien Sekts mit O-Saft.

Das Zeug schmeckt einfach nicht, da kann man sagen, was man will!

»Und das ist meine Freundin, Charlotte Sander«, stellte Mona mich mit dem Sektglas in der Hand einem kleinen Pulk unbekannter Leute vor.

Maklernorbi war mittlerweile auch eingetroffen und umarmte sie von hinten, während er mir lächelnd zunickte. Heute trug er keinen Polyester-Anzug, und ich vermutete, dass Mona ihre Hände dabei im Spiel hatte.

Ich rang mir ein Lächeln ab, und wir prosteten uns zu: »Auf *Die Filzlaus*! Auf Mona! Auf den Erfolg!«

Dennoch musste ich mir eingestehen: An Monas größtem Tag konnte ich mich nicht so für sie freuen, wie ich es eigentlich hätte tun sollen.

Ich bin ein kompletter Universal-Dilettant, was das Leben an sich betrifft, ja, so ist es. Ich bin anscheinend eine miese Partnerin, sonst hätte Eric mich nicht betrogen, eine miese Freundin, weil ich mich nicht mal halb so viel freuen kann, wie Mona es verdient hat, und ich würde sicher auch eine schreckliche Mutter sein.

»Das ist ja unglaublich hier!«, sagte Trine erstaunt, die mit Paul und den Kindern jetzt hinter Mona auftauchte, und riss mich aus meinen trüben Gedanken. »Herzlichen Glückwunsch!« Trine umarmte Mona und stellte sich dann neben mich. »Wie geht es dir heute?«, flüsterte sie mir zu. »Du warst heute Morgen schon so früh weg!«

»Es geht«, murmelte ich. »Wenn ich doch wenigstens normalen Sekt trinken könnte!«

Die Einweihungsfeier war ein voller Erfolg. Es waren viel mehr Leute gekommen als eingeplant, und die ersten Gäste hatten bereits größere Bestellungen bei Mona aufgegeben.

Sie hatte inzwischen sogar einen eigenen Katalog mit ihren neuesten Kreationen drucken lassen. Viele der weiblichen Gäste blätterten eifrig in einigen Exemplaren.

»Mütter sind echt die besten Kunden«, flüsterte sie mir augenzwinkernd zu. »Du wirst staunen, wie ich dein Baby und dich mit meinen ganzen Kids-Accessoires ausstatten werde!«

»Hmm.«

Gerade, als sie zu einer längeren Diskussion über Mutterpassschutzhüllen und Milchpumpenumhänge aus Filz ansetzen wollte, öffnete sich die Tür.

Eric! Dass er wirklich die Dreistigkeit besitzt, hier aufzutauchen!

Mit besorgtem Blick kam er schnellen Schrittes auf mich zugesteuert. »Charlotte, Gott sei Dank, dass du da bist. Was machst du nur für Sachen? Ich habe mir solche Sorgen gemacht!«, begrüßte er mich, und sein Blick verriet, dass er wirklich in Sorge um mich gewesen sein musste, denn seine Stirnfalte sah tiefer aus als sonst.

»Aha«, antwortete ich kühl und lauter als beabsichtigt, um gegen das laute Gemurmel der anderen Gäste anzukommen. »Du hast dir also Sorgen gemacht, ja?«

»Natürlich! Aber was ist denn nur los, dass du bei Trine übernachtest? Das kann doch nicht ernsthaft wegen des dämlichen Missverständnisses zwischen uns sein? Und wieso zum Teufel gehst du nicht an dein verdammtes Handy?«

Wegen des »dämlichen Missverständnisses«?!? Ich glaub, es hackt!

Noch bevor ich meiner Zerstörungswut in Form einer im Kopf bereits wohlformulierten Rede Ausdruck verleihen konnte, tauchte eine Frau neben Eric auf, die ich im selben Augenblick, in dem ich sie sah, erkannte.

Die Sauberfrau!

Die Frau, mit der Eric in dem Café gesessen hatte.

Die Frau, die schuld daran war, dass ich mich so unglücklich wie noch nie in meinem ganzen Leben fühlte!

Die Frau, der mein Eric einen Ring geschenkt hatte.

»Lisa!«, begrüßte Eric sie überrascht.

»Du Schwein!«, entfuhr es mir augenblicklich.

Eric öffnete den Mund, um etwas zu erwidern, aber ich kam ihm zuvor.

»Du mieser Lügner! Dass du zu so etwas fähig bist, hätte ich dir nie und nimmer zugetraut! Aber so weit her ist es mit meiner Menschenkenntnis wohl nicht!«

Ich schubste die verwirrt dreinblickende Sauberfrau beiseite und quetschte mich durch die Masse, direkt auf Mona zu. Sie stand zwar gerade inmitten einer kleinen Menschenmenge, aber es war mir egal.

»Mona!«, schluchzte ich, »Eric ist da! Und er hat die Sauberfrau mitgebracht!«

»Was???«

In dem Moment tauchte die Sauberfrau hinter Mona auf und stellte sich ihr vor.

»Frau Sommer!«, begrüßte sie Mona freudig. »Wie schön, Sie nach den ganzen Telefonaten endlich live kennenzulernen!«

Ich stand erstarrt und mit offenem Mund vor Mona. Dann schmiss ich mich ohne ein weiteres Wort in die Menschenmenge Richtung Eingang. Ich griff hastig nach meinem Mantel, den ich auf dem Ständer neben der Eingangstür aufgehängt hatte, und öffnete diese hektisch. Der Mantel hatte sich augenscheinlich verhakt, und so riss ich den gesamten Ständer mit. Einige Leute sprangen erschrocken zur Seite. Ich riss noch an dem Mantel, als ich merkte, wie mir heiße Tränen über die Wangen liefen.

Weg, nur weg!, schoss es mir durch den Kopf, und ich ließ vom Mantel ab.

Die kühle Luft erschlug mich fast, als ich auf den Gehweg stolperte, mein heißer Kopf dröhnte vom Gemurmel der Leute und Erics falschen Worten.

Eric tauchte wild winkend in der Menschmenge hinter mir auf, das konnte ich im Augenwinkel durch das Glasschaufenster des Ladens sehen.

Ich pfiff ein Taxi heran, das in diesem Moment an mir vorbeifuhr und augenblicklich stehenblieb. Als ich einstieg, hatte Eric gerade die Ladentür geöffnet, was ihm sichtlich schwerfiel, weil einige Leute direkt davor noch damit beschäftigt waren, den Mantelständer mit den vielen Mänteln daran wieder aufzurichten.

»Fahren sie los! So-fort!«, brüllte ich den Taxifahrer an, der erschrocken Gas gab.

Das war's.

Die größte Erniedrigung, die ich je erlebt hatte.

17. Kapitel

Hochzeit findet nicht statt. Bitte weiterleiten. Matti

Als die SMS meiner Mutter auf Trines Handy ankam, war ich gerade dabei, alle romantischen Eric-Erinnerungen aus meinem Hirn zu löschen.

Wieso um Himmels willen soll die Hochzeit von Renate und Jörn jetzt doch nicht stattfinden? Welche Katastrophe steht denn nun schon wieder an? Reicht es nicht aus, dass mein Leben gerade in alle Einzelteile zerfällt?

Noch bevor ich mir einen Reim auf Renates Nachricht machen konnte, erreichte mich der Anruf meiner Tante Marlene auf Trines Festnetzanschluss.

Meine Familie hatte keine Probleme, mich überall auf der Welt aufzuspüren, das stand mal fest.

»Kindchen, Renates Hochzeit platzt! Du musst was unternehmen!«

Warum immer ich?

»Äh?«, hakte ich geistesgegenwärtig nach.

»Ja, sie hat es mir gerade am Telefon gesagt. Aber sie will mir den Grund nicht verraten. Weißt du, warum?«

»Nein …«

»Das geht aber so nicht! Ich hab Grünkernbratlinge für eine Hundertschaft vorgebraten! Mich total verausgabt! Das kann sie mir doch jetzt nicht antun!«

Die verschiedenen Beweggründe, warum eine Hochzeit

stattfinden musste, waren wirklich mannigfaltig, wie ich gerade bemerkte.

»Ich kümmer mich drum, Marlene«, seufzte ich.

Als ob ich gerade jetzt nicht andere Sorgen hätte!

»Gut. Aber mach schnell. Ich muss das morgen wissen. Ansonsten lade ich den WWF-Vorstand und das Greenpeace-Team von Kumi Naidoo ein. Die freuen sich wenigstens über mein ethisch korrektes Essen!«

»Ja, ja ...«

Mit einem leisen *Klock!* hatte Marlene aufgelegt.

Und ich hatte ein weiteres Problem.

»Renate Sander!«

An dem donnernden Tonfall, der schwer an einen kommandierenden Offizier der US-Army erinnerte, konnte ich sofort erkennen, dass meine Mutter in keiner guten Stimmung war.

»Mama!«

»Charlotte!«

»Matti!«

»Ja?«

Ich hatte sofort nach dem Gespräch mit Marlene die Nummer meiner Mutter gewählt.

»Was ist denn los mit dir und Jörn? Warum soll denn die Hochzeit nicht stattfinden?«

»Grrmpf!« Ein wütendes Schnauben ertönte aus dem Hörer.

»Mama?«

»Der! Der! Der!«, brüllte sie mich an.

»Der *was*?«

»Männer!«

Ich hatte mir schon gedacht, dass Renates Meinung nach Jörn an dem Schlamassel mit der geplatzten Hochzeit schuld war, wollte nun aber doch wissen, was genau er denn verbrochen hatte.

»Was ist denn überhaupt passiert?«, fragte ich so zaghaft wie möglich nach.

Dringend Nerven behalten, Charlotte! Wenigstens einer in dieser irren Familie!

»Dieser! Dieser! Dieser Rüpel!«

Jörn ist also ein Rüpel. So weit sind wir schon mal.

»Und wa-rum?«, hakte ich weiter nach.

»Du wirst nicht glauben, was er zu mir gesagt hat. Nie und nimmer werde ich ihm das verzeihen! Nie! Dieser ... ungehobelte Seebauer!«

Was kann derart schlimm sein, dass Renate gleich die ganze Hochzeit absagt?

»Und was hat er nun gesagt?«

»Pah!« Renate atmete laut in den Hörer. »Ich muss mich ehrlich zusammenreißen, um *das* zu wiederholen.«

Ich wartete, und einige Sekunden vergingen wortlos.

»Mama?!«

»Er hat doch tatsächlich gesagt ...« Renate schnappte noch mal nach Luft. »Nein. Ich kann das nicht aussprechen!«

»Renate! Jetzt reiß dich verdammt noch mal zusammen!«

Ich fasste es nicht: Ich hatte den sonst von mir so verhassten Mutterton bei meiner eigenen Mutter eingesetzt! Wenn ich später noch zu ihr fahren würde, um ihr eine heiße Brühe in einer Tupperdose vorbeizubringen, dann wusste ich, was die Stunde geschlagen hatte: Die scheiß Schwangerschaftshormone ließen mich zu einer Art Mutterglucke mutieren! Auch das noch!

»Er hat gesagt ...«, wimmerte Renate nun. »Er hat gesagt, dass er die Fältchen an meinen Augen *UND* an meinem Hals *süß* findet!«

Stille.

Es gibt Situationen im Leben, da fehlen selbst mir die Worte.

»Das ist doch eine absolute Unverfrorenheit, findest du nicht, Kind?«

Ich machte einige pantomimische Mundbewegungen in den Hörer, um meine Mutter nicht daran teilhaben zu lassen, was ich *eigentlich* auf das soeben Gehörte antworten wollte. Als ich damit fertig war, sagte ich: »Ja. Das ist wirklich nicht so schön zu hören.«

»Nicht ›*so schön zu hören*‹? Ist dir eigentlich klar, unter welchem Druck ich zurzeit stehe? Es herrscht doch ein regelrechter Jugendwahn! Jörn ist zwanzig Jahre jünger, und die skandinavischen Frauen stehen in der Top-Ten-Liste der schönsten Frauen der Welt! Nur die Mongolei schnitt dieses Jahr besser ab. Deutschland kommt erst auf Platz 63!«

Das ist natürlich ein Argument.

»Seit Wochen esse ich nur noch Proteine! Jeder Grünkernbratling deiner Tante verkürzt doch praktisch Jörns und meine Beziehungsdauer um ein Jahr!«

»Ja, und jetzt?«, fragte ich meine aufgebrachte Mutter.

»Wie ›und jetzt‹? Jetzt habe ich ihn natürlich verlassen!«

Nach weiteren zehn Minuten, in denen ich ungefähr alle dreißig Sekunden durch den Hörer springen wollte, hatte ich Renate dann immerhin so weit, dass sie mich nicht mehr anbrüllte und Jörn auch nicht mehr der »letzte, verblödetste, unempathischste Seebauer der Welt« war.

»Sicherlich meinte er es genau andersherum!«, versicherte ich Renate immer wieder. »Es war ganz bestimmt sogar als Kompliment gemeint!«

»Tzz!«

Renates Hasstiraden schienen erst mal eingedämmt, was ein wirklich gutes Zeichen war.

»Und er wollte dir nur sagen, dass er dich so liebt, wie du bist«, predigte ich weiter, »ganz ohne Anti-Falten-Creme und ohne dieses sinnlose Proteinessen.«

Augenblicklich musste ich an Trine und mich denken, wie wir uns einmal nach einer nicht geglückten Diät ausgemalt hatten, wie das Leben nach dem Tod in der Hölle aussehen würde. Neben der Tatsache, dass dort alle Männer einen Meter fünfzig groß, mit kreisrundem Haarausfall beschenkt und Hobbystricker seien, stellten wir uns weiter vor, dass es dort keine Kohlenhydrate gebe. Natürlich gäbe es auch keinen Alkohol, und wir müssten den ganzen Tag nur Pu-Erh-Tee trinken. Dass mit den Kohlenhydraten und dem Alkohol befanden wir als das Allerschlimmste. Natürlich neben dem Fakt, dass wir nie wieder Sex haben würden. Gut, das war schlimm, sehr schlimm sogar, aber wenn wir uns hätten entscheiden müssen zwischen Sex und Kohlenhydraten … Nun ja.

»Meinst du wirklich, dass er das nur nett gemeint hat?«, lenkte Renate zu meiner großen Verwunderung plötzlich ein.

»Aber ganz sicher!«, bestärkte ich sie geradezu euphorisch. »Du solltest unbedingt mit ihm reden. Wirklich kein Grund, die Hochzeit abzublasen. Immerhin ist er doch deine große Liebe, nicht wahr?«

»Hmmm.«

Wir sind auf einem guuuten Weg!

»Eric mochte auch immer an mir am meisten …« Ich stockte.

Eric.

»Wieso ›mochte‹?«, hakte Renate nach.

Für so aufmerksam hatte ich meine Mutter gar nicht gehalten.

»Ach …«

Ich wollte Renate kurz vor ihrer beinahe geplatzten Hochzeit (ich nahm an, dass sich alles zum Guten wenden würde, denn so sanft wie Renate eben gerade das »Hmmm« formuliert hatte, hatte sie sich seit Ewigkeiten nicht angehört) nicht mit meinen Problemen belasten. Erics Untreue, meine Schwangerschaft – ich wollte so wenig wie möglich darüber nachdenken und schon gar nicht darüber sprechen. Sie würde es noch früh genug erfahren, also entschied ich, nichts zu sagen.

»Ach nichts«, sagte ich. »Was ist denn nun mit euch? Redest du mit ihm?«

»Na gut. Aber glaub bloß nicht, dass das Thema damit für mich so einfach gegessen ist!«

Es war wirklich verwunderlich: Egal, wie kaputt mein eigenes Leben gerade war, immer noch konnte ich allen um mich herum schlaue Tipps geben, wie man es besser machte.

Wenn ich das doch auch bloß bei mir selbst könnte!

Zurück in Finns Ritterburgzimmer holte mich meine eigene Realität wieder ein.

Ich hatte Eric beim Betrügen erwischt. Er hatte eine andere. Sie war gerade eben noch auf Monas Party gewesen. Ich war schwanger.

Was um Himmels willen soll ich denn jetzt bloß tun???

Das laute Klingeln an Trines Tür hörte ich erst beim dritten oder vierten Mal, vorher drang nur ein sehr dumpfes Geräusch bis zu mir durch.

Trine und die anderen waren nach meinem überstürzten Aufbruch noch auf Monas Party, ich war ganz allein in der Wohnung. Ich hievte mich hoch und bewegte mich in Richtung Tür.

Jetzt folgte wildes Klopfen.

»Charlotte, meine Güte, jetzt mach verdammt noch mal die Tür auf!«

Es war Eric.

Ich stand wie versteinert im Flur.

Eric stand vor der Tür.

Warum ist er mir nachgefahren? Jetzt ist doch sowieso alles egal!

»Charlotte! Mach auf!«

Das Klopfen wurde immer heftiger.

Was will er denn jetzt noch?

Mir schossen erneut Tränen in meine ohnehin geschwollenen Augen.

Nein, noch mehr verletzen lassen werde ich mich nicht.

»Hau ab!«, brüllte ich Richtung Tür. »Hau endlich ab! Ich will dich nie wieder sehen!«

Dann hörte ich lautes Stimmgewusel. Trine und Paul schienen mit den Kindern nach Hause zu kommen. Ich konnte eine kleine Diskussion mithören, in der Paul Eric dazu bewegte, von der Eingangstür abzulassen. Dann wurde es plötzlich ganz still. Ich konnte das Drehen des Schlüssels im Schloss eindeutig hören.

Als die Tür aufging, war Eric weg.

»Und du bist wirklich ganz sicher, dass es die gleiche Frau war?«, fragte Trine mich entgeistert.

»Sogar *dieselbe*!«, antwortete ich, nickte und schnäuzte meine Nase.

Vor mir lag ein riesiger Berg gebrauchter Taschentücher, daneben stand das obligatorische Glas Nutella.

»Aber das verstehe ich nicht«, grübelte Trine. »Warum sollte Eric denn seine Affäre mit zu Monas Party bringen?«

Trine war einfach noch nie die Schnellste gewesen.

»Er hat sie nicht *mitgebracht*«, klärte ich meine Freundin auf. »Ihre Firma hat Monas Party ausgerichtet. Und die liebe Mona hat aus lauter Nächstenliebe direkt mal die ganze Firma eingeladen. Sie kannten sich nur vom Telefon. Das war alles.«

Trine und ich saßen auf dem Boden vor Finns Bett, den Rücken an die Bettkante gelehnt.

Trine umarmte mich von der Seite und atmete tief durch. »Ich weiß wirklich nicht, was ich dazu sagen soll.«

Weil wir es beide nicht wussten, saßen wir noch eine ganze Weile schweigend einfach so da.

»Morgen ist Silvester«, sagte sie irgendwann, »wollt ihr

euch nicht doch vorher noch aussprechen? So startet man nicht ins neue Jahr.«

Ich schüttelte entschieden den Kopf.

»Dann wird es ein trauriges Silvester werden«, sagte sie seufzend.

Ja, irgendwann würde ich mit Eric sprechen müssen, über die Wohnung, unsere Sachen und das Baby.

Würde ich, wenn ich mich ganz doll anstrengte, vielleicht doch eine gute Mutter werden?

*

Trine sollte recht behalten. Es war das traurigste Silvester aller Zeiten.

Mona hatte mich eingeladen, mit ihr, Maklernorbi und Hermine zu feiern, was ich dankend abgelehnt hatte. Und Familie Gehtrümpel war silvestertechnisch auch nicht mehr wirklich in Übung, da Finn bisher immer zu klein gewesen war und nun Elmo da war und schlafen sollte.

Als ich um kurz vor zwölf Uhr testweise in meine Plastiktröte blies, war ich umringt von einer schlafenden Trine im Schaukelstuhl mit einem leise schnarchenden Elmo auf dem Arm, von einem Paul, der mit Finn auf dem Schoß neben mir auf dem Sofa eingeschlafen war und einen glitzernden *Happy New Year!*-Haarreifen trug, der leicht verrutscht war, und von einer ungeöffneten Flasche alkoholfreiem Sekt.

Trine hatte uns ein paar Glückskekse gekauft, die ich nun aus dem oberen Küchenschrank klauben wollte. Doch der hing so hoch, dass ich selbst auf Zehenspitzen Finns neues Laserschwert zuhilfe nehmen musste, um die Tür zu öffnen. Gerade, als ich das kleine Paket mit dem Schwert so weit zum Rand geschoben hatte, dass es mir in die Arme fallen konnte, rutschte ich ab und das Laserschwert und das Päckchen mit den Glückskeksen fielen mir auf den Kopf. Beim Aufprall entstanden die typischen Laserschwert-Geräusche, und ich war nicht sicher, ob ich lachen oder weinen sollte.

Als ich traurig mit einem Kühlbeutel an der Stirn und der Flasche unterm Arm auf den kleinen Balkon schlurfte, explodierten die unzähligen Feuerwerkskörper gerade glitzernd am dunklen Nachthimmel. Ich öffnete meinen Keks und hielt den Text ins Licht.

Es wird nicht eher hell, bis es nicht ganz dunkel geworden ist, stand da.

18. Kapitel

Nach einer weiteren schlaflosen Nacht fiel mir um 7:08 Uhr siedendheiß ein, dass ich mich für den Feiertag als Notbesetzung im Zoo gemeldet hatte, und ich wollte Willi Bescheid geben, dass ich auf dem Handy zurzeit nicht mehr erreichbar war.

Mit den Worten »Charlotte! Du bist unsere Rettung!« begrüßte er mich aufgeregt. Dann erklärte er mir, dass es ein Problem mit den Papieren für den Transport unserer Pinguine aus Wien gebe, Unterschriften fehlten, zudem Pressefotos gemacht werden müssten und deswegen dringend jemand hinfahren müsse.

»Die Tiere müssen hier sein, wenn das Pinguinbecken eingeweiht wird. Außerdem brauchen wir ohnehin noch die Bilder für den Lokalteil ... Ich weiß, dass ich das machen sollte, aber Marianne ...«, Willi machte eine bedeutungsschwangere Pause. »Du weißt nicht, was hier los war, als sie ihr umgetauschtes Geschenk gesehen hat. Dabei wollte ich doch nur was Praktisches, ... und der Rasenmäher war sowieso kaputt ... und die sind im Winter besonders günstig. Ich hatte da so ein Schnäppchen ...«

Gegen einen Rasenmäher war die Kaffeemaschine ja fast eine Liebeserklärung!

»Oh Mann, Willi!«, stöhnte ich, »du solltest mich doch fragen!«

»Du hast ja recht. Aber ich war mir so sicher dieses Mal!

Jedenfalls hängt seitdem der Haussegen schief, so schief wie noch nie. Wenn ich jetzt meinen Urlaub unterbreche, den ich ihr versprochen hatte ... Ich schwör dir, Marianne verlässt mich, ohne mit der Wimper zu zucken.«

»Kein Thema, ich fahre«, antwortete ich gelassen.

Alles war besser, als hier trauernd herumzuhängen.

»Du bist ein Goldstück!«

Willi gab mir alle Details durch, und ich suchte mir den nächsten Zug heraus, der bereits in einer Stunde ging. Wenn alles gut lief, war das Problem in knapp zehn Stunden gelöst.

Die Zugfahrt verschlief ich fast komplett und gönnte mir ein Taxi zum Tierpark.

Ich nahm den Besuchereingang, um eine kleine Runde zu drehen und mir den ältesten Tierpark der Welt wenigstens kurz anzusehen, wenn ich schon mal da war. Ich machte einen Abstecher zu den Brillenblattnasen und von da aus zu den Bärenstummelaffen. Auf dem Weg zum Indischen Riesenflughund kam ich am Pandahaus vorbei.

Da der Wiener Tiergarten für seine erfolgreiche Pandazucht bekannt war, ging ich hinein, obwohl die Zeit langsam knapp wurde. Aber einen Blick wollte ich riskieren. Der Innenbereich sowie auch die Außenanlage waren mittels einer Glasfront in zwei Bereiche geteilt. Das berühmte Pandapärchen Yang Yang und Long Hui war allerdings durch eine Glasscheibe getrennt.

Ein Tierpfleger kam gerade aus dem Gehege.

»Hallo«, sagte ich und hielt meine Hand zur Begrüßung hin, »Charlotte Sander aus dem Kölner Zoo. Ich bin wegen der Pinguinweibchen hier. Aber vorher wollte ich mir das berühmteste Liebespaar Österreichs anschauen.«

»Servus«, erwiderte der Pfleger lächelnd und stellte sich als

Toni vor. »Super Viecher, die Pandas. Gscheit kompliziert. Aber b'sunders sans scho.«

Ich ließ meinen Blick über die große Innenanlage schweifen. Yang Yang saß faul Bambus kauend in einer Ecke, während Long Hui dösend in der gegenüberliegenden lag.

»Darf ich fragen, warum die beiden getrennt leben?«, fragte ich neugierig nach.

Toni winkte ab. »Na, monchmoi brauchen's a Pause voneinand'. Z'erst streitens wie ned wos, dann pempern's wieder. Normaler Pandablues halt.«

»Hm.«

Ich dachte an Eric und mich. Unser Streit hatte einen Grund. Einen, der penetrant in meiner Brust schmerzte und mir ein flaues Gefühl in der Magengegend bereitete.

»Wie bei unseraner«, ergänzte Toni und schob eine fast leere Schubkarre mit ein paar wenigen übriggebliebenen Bambusstöckchen Richtung Ausgang. »Mir streiten doch aa oft wegen nix und wieder nix. Vielleicht muass des so sein. Damit ma checkn, dass ma den andern brauchn.«

Ich seufzte.

Ich wünschte, es wäre nur ein Pandablues, den Eric und ich haben.

Ein Streit ohne Grund, einer, dessen Schmerz uns schließlich zeigte, wie wichtig wir einander waren und der uns näher zusammenbrachte. Einer, auf den ein phänomenales Vertragen folgte. Aber so war es leider nicht.

Ich wünschte Toni einen schönen Feierabend und ging mit hängendem Kopf Richtung Zoobüro.

Der Papierkram war wirklich ein Witz, und ich konnte nicht verstehen, dass wegen der einen lächerlichen fehlenden Unterschrift, ein paar Pressefotos und ein wenig Orgakram so ein Theater gemacht wurde. Ich unterschrieb alles kommentarlos im Auftrag von Willi, schoss ein paar Händeschüttel-Bilder und besprach den anstehenden Transport. Morgen früh sollte es losgehen, und alles war bereits vorbereitet.

Die Besprechung verlief problemlos, und schneller, als ich erwartet hatte, saß ich wieder im Zug auf dem Rückweg nach Köln.

Immerhin war ich an diesem Tag dazu gezwungen worden, mich auf den Beinen zu halten. Ich wollte den Schmerz, den mir die Gedanken an Eric und unser gemeinsames Kind versetzten, nicht zulassen, also versuchte ich, so wenig wie möglich an ihn zu denken. Aber das Herz ist stärker als der Verstand, und so schaffte es jede zweite Schmerzwelle durchzukommen und brach in mein Herz, sodass ich Angst hatte, dass es bei der nächsten Welle einfach herausgespült würde.

*

Unser neues Pinguinbecken sollte zum Jahresanfang eingeweiht werden, und ich hatte mir vorgenommen, es vorher mit Finn zu testen. Wenn er es schaffen würde hineinzufallen, war es nicht sicher genug.

Quasi Stiftung Warentest durch Kinder. Wirklich praktisch, dieses Kind.

Finn freute sich, wieder einmal mit mir in den Zoo und die neuen Pinguine begrüßen zu dürfen, und wibbelte aufgeregt in meinem Büro herum. »Wann geh'n wir lo-hos?«, quengelte er und hüpfte aufgeregt von einem Bein auf das andere.

»Nur noch eine Sekunde. Ich will noch eben ein paar Mails lesen, dann gehen wir, okay?«

Finn ignorierte meine Worte ebenso wie den Kakao, den ich ihm gemacht hatte, und rannte Richtung Bürotür.

»Manno, Finn!«, rief ich ihm hinterher. »Jetzt wart doch eben!«

Doch da war er schon raus.

Dieses Kind raubt mir echt den letzten Nerv!, dachte ich, schnappte mir meinen und Finns Mantel und rannte hinterher.

Das Pinguingehege war sein erklärtes Lieblingsziel, trotz seines Absturzes in das Becken im letzten Jahr.

Heute waren wenige Besucher da, denn es war sehr kalt, obwohl die Sonne ab und zu durch die Wolkendecke blitzte.

»Fi-hiiiin!«, brüllte ich dem rennenden Zwerg hinterher, der natürlich nicht stehenblieb.

Trines Erziehung ist wirklich mehr als nur laissez-faire!

Am Pinguinbecken angekommen, blieb Finn allerdings staunend stehen. Mit offenem Mund zeigte er auf das nagelneue Terrain der dicklichen Zeitgenossen in Herrenanzügen.

»Wau!«

Das neue Becken war wirklich mehr als nur gelungen: Es war etwa doppelt so groß wie das alte, und die Felsbrocken um das Becken waren durchaus beeindruckend. Hinter den Felsen gab es eine richtige Sandbank mit verschiedenen Sträuchern und Gräsern. Die Glasscheibe, die die Besucher vom Becken trennte, hatte Willi weiter zur Beckenseite versetzen lassen, sodass man nun die Pinguine beim Schwimmen und Tauchen noch besser beobachten konnte.

»Subber!«, lobte Finn.

»Ja, das finde ich auch!«, prustete ich und stützte mich nach der Rennerei mit den Händen auf den Knien ab, um besser Luft holen zu können. »Es ist halb elf, bald steht die Fütterung an«, erklärte ich Finn, während ich ihm seine Jacke anzog. »Da kannst du zuschauen!«

»Ja, ja, ja!«, freute Finn sich und sprang so aufgeregt um mich herum, dass er sich seiner Jacke beinahe wieder entledigte.

Um halb zwölf wollte eine Reporterin eines Kölner Lokalsenders voreikommen und ein Interview zum neuen Pinguinbecken machen. Karla hatte diese Aufgabe vertrauensvoll an mich abgegeben, damit ich auch mit den visuellen Medien meine ersten Erfahrungen sammeln konnte, und Willi hatte auch nichts dagegen.

Willi und ich wollten uns eigentlich in wenigen Minuten am Pinguinbecken treffen, um das Ganze kurz zu besprechen, aber von ihm war keine Spur zu sehen.

Merkwürdig, er ist sonst immer überpünktlich.

»Auaaaaaaaaaa!«, heulte Finn und riss mich aus meinen Gedanken.

Er hatte sich die kleine Hand zwischen den engen Felsspalten eingeklemmt.

»Ach, Finn«, seufzte ich und lief zu ihm, um ihn zu trösten. »Wenigstens gehst du bei der Geräuschkulisse, die du verbreitest, nicht verloren.«

Immerhin wusste ich jetzt, dass an der Sicherheit des Beckens und insbesondere an der Felswand noch etwas zu verbessern war.

Finn liefen dicke Tränen die Wangen runter, während ich seine kleine Hand, die mittlerweile rot angelaufen war, vorsichtig wieder befreite. Ich nahm ihn in den Arm und drückte ihn fest. Seine tränennasse Wange klebte an meiner, während er mir in den Kragen schnäuzte.

»Mein süßer Schatz«, flüsterte ich, »ist ja schon gut.« Eine Riesenwelle von Wärme überkam mich, während ich da so vor ihm kniete. Es war, als ob jemand einen Eimer Liebe über uns ausgeschüttet hätte, und ich drückte Finn jetzt noch fester an mich.

Er hatte aufgehört zu weinen und sah mich nun mit seinen großen Augen an.

Mich überkam das spontane Gefühl, ihm einen Kuss auf die nasse Wange zu geben.

Verdammt, ich bin schwanger, aber so was von! Spätestens jetzt hätte ich keinen Test mehr gebraucht!

»Iihh!«, kommentierte Finn meinen Gefühlsausbruch, und alles war wieder wie immer.

Carola Wiese und ihr Kameramann Kalle trafen früher ein als geplant.

Trine, die Finn längst hatte wieder übernehmen wollen, ließ sich nicht blicken.

Irgendwie ist man doch schon ganz schön abgeschnitten von der Außenwelt, so ganz ohne Handy! Sicher hat Trine wieder mal ein Bulliproblem …

»So, Frau Sander, wir wären dann so weit«, erklärte Carola Wiese. »Können wir bald loslegen?«

»Einen Moment … Ich würde noch gerne auf Herrn Schweinehagen warten.«

Ich hielt Ausschau nach Willi, von dem noch immer nichts zu sehen war. Schließlich musste sich jemand um Finn kümmern, während ich gerade meine lokale Fernsehkarriere startete.

Kalle, der Kameramann, kniete auf dem Boden vor mir und hielt sein Gerät von unten auf mich – nicht gerade die vorteilhafteste Perspektive, wie ich fand. Möglichst unauffällig versuchte ich, sein riesiges Objektiv ein wenig hochzuziehen, denn die Aussicht auf die Untiefen meines Winterstrickkleids, das ich heute trug, wollte ich möglichst vermeiden.

Dafür erntete ich allerdings böse Blicke von Kalle.

»Bitte konzentrieren Sie sich auf die Antworten«, wies Carola Wiese mich bemüht freundlich zurecht. »Das Filmen hat unser Mann hier gelernt.«

Na super, Carola, jetzt soll ich mir allen Ernstes meine strickstrumpfbestofften Stampfer in der nächsten Lokalzeit *von unten ansehen, und womöglich auch noch die ein oder andere Laufmasche, die ich mir an der Felswand gerade eben gezogen habe?*

Ich hatte ja nicht mehr die Möglichkeit gehabt, mich für den Dreh aufzuhübschen!

Mann!

»Ah! Da sind Sie schon!« Willi stand plötzlich neben mir – endlich! – und schüttelte Carola Wieses Hand.

Ich hatte mich lange nicht mehr so über seine Anwesenheit gefreut.

»Willi! Gut, dass du da bist. Kannst du mal eben auf Finn aufpassen? Er sollte eigentlich schon gar nicht mehr hier sein. Sorry ...«, sagte ich hektisch zu Willi und übergab ihm Finns unbeschädigte Hand, während ich noch einmal vorsorglich auf die andere pustete, damit Finn nicht vor laufender Kamera losheulte. »Finn, gehst du zu Onkel Willi?«

Finn rieb sich die laufende Nase mit seinem Jackenärmel ab und machte anstandslos einen Schritt auf Willi zu.

»Äh ...«, insistierte Willi, aber ich ließ ihm keine Wahl. »Das Team ist früher gekommen als geplant. Wenn du nicht willst, dass Finn in sämtliche Gehege springt, musst du ihn festhalten. *Ganz, ganz* fest!«

Obwohl Willi mich ein wenig irritiert ansah, funktionierte sein Direktor-Gen einwandfrei. Denn Kinder in Wildtiergehegen waren ganz miese Presse. »Okay!«

Carola zählte »Drei, zwei, eins ...«, und ich wuschelte noch schnell meine Haare auf, die, wie ich nun bemerkte, durch die Eiseskälte heute komplett elektrisch wurden und nun in alle Richtungen abstanden.

Na super!

»Wir begrüßen heute Charlotte Sander, Pressefrau des Kölner Zoos. Frau Sander, was sagen Sie zum neuen Pinguingehege?«, begann Carola Wiese ihr Interview.

Gerade wollte ich zu einer möglichst qualifizierten Antwort ansetzen, da tauchten auf einmal unzählige Pinguinluftballons rund um das Pinguinbecken auf.

Wo kommen die denn jetzt bitte her?

»Äh ...«

Gut. Das war nicht qualifiziert.

Es mussten sicherlich hundert sein.

»Frau Sander?!«, wiederholte Carola Wiese, aber als sie sich umdrehte und sah, was ich sah, witterte sie wohl eine neue Story.

Sie wies den Kameramann an, nun von meinem Rockzipfel abzulassen und sich den riesigen heliumbefüllten Folienluftballons zu widmen.

Sie wurden von allen möglichen Leuten gehalten, die *ich* zwar nicht kannte, die *mich* aber irgendwie merkwürdig ansahen.

Da tauchte in der Masse plötzlich ein einziger Luftballon auf, der anders aussah: Er war knallrot und hatte eine Herzform. Und er wurde festgehalten von jemandem, den ich sehr wohl kannte ...

Eric!

»Charlotte!«

»Eric!«

»Charlotte! Ich muss dir was sagen ... also ... Vielmehr will ich dich was fragen ... ähm ... Bevor du mich wieder nicht zu Wort kommen lässt ...«, stammelte Eric nervös.

Aber?!

Willi starrte mich mit großen Augen an, und selbst Finn an seiner Hand war mucksmäuschenstill.

»Die letzten Tage konnte ich dir leider nicht erklären, warum es zu dem Missverständnis zwischen uns kam«, erklärte Eric nervös weiter, »denn es sollte ja eine Überraschung sein.«

Ich erkannte in der Menschenmenge eine *sehr* zierliche, *sehr* hübsche, *sehr* junge blonde Frau.

Das kann doch nicht ... Es ist sie, ohne Zweifel, schon wieder: die Sauberfrau! Und sie winkt mir auch noch zu!

Eric sah genau, wohin mein Blick ging.

»Ja, das ist Lisa, sie ist Eventmanagerin und ... und ... und ... Weddingplanerin!«

Weddingwas?!

Oh ...

Oh!!!!

Eric ging auf die Knie, und die Menge um uns tobte. Mittlerweile hatte sich nämlich auch ein regelrechter Besucherpulk rund um das Becken eingefunden, und Carola Wiese strahlte verzückt in die Kamera – anscheinend wurde gerade der Lebenstraum aller Live-Reporter für sie Wirklichkeit.

Er zog ein kleines blaues Kästchen aus der Manteltasche und öffnete es.

Ein Ring!

Der Ring!

Weißgold mit Diamant!

Und das blaue Kästchen kenne ich auch!

»Charlotte Sander, du emotionaler Universal-Dilettant, willst du meine Frau werden?«

»Äh ...« Wieder fiel die Antwort nicht in die Kategorie »qualifiziert«. »Aber du hast am Telefon ... Da hast du ›Schatz‹ gesagt!«

Eric nickte. »Ja. ›*Für meinen* Schatz‹ habe ich genau gesagt – aber das konnte ich dir ja nicht erklären. Ich hätte nie gedacht, dass du das Ganze derart fehlinterpretieren würdest. Und dann war dein Handy immer aus, ich hab tausendmal angerufen und dir sicher hundert SMS geschickt!«

»Mein Handy ist im Büroklo untergegangen ...«, murmelte ich zerknirscht.

Ist das etwa alles wieder mal ein einziges typisches Sander'sches Schlamassel?

»Was ist nun?«, fragte Eric nervös und lächelte mich so hilflos-süß an, dass mir schlagartig heiß wurde.

Meine Gedanken schwirrten wirr in meinem Kopf umher.

»Was noch mal?«, fragte ich nach, um Zeit zu gewinnen.

Das heißt also, Eric hat mich nicht betrogen?!

Die Sauberfrau ist Wedding- und Eventplanerin?!

Und ich bin die dümmste Nuss auf Gottes Erde?!

»Er hat Ihnen gerade einen Heiratsantrag gemacht!«, kreischte Carola Wiese ekstatisch.

Ihre Beförderung ist ihr sicher.

»Willst du meine Frau werden, Charlotte?«, wiederholte Eric seine Frage.

Was immer man sich vorstellt, was einem für Gedanken in so einem Moment in den Kopf schießen: Es sind völlig andere. Gedanken wie »Ich Volltrottel!« oder »Ja, ich will!« oder »Endlich!« schossen mir nämlich nicht durch den Kopf.

Nein, es waren eher Gedanken wie »Meine Haare sind aber doch elektrisch! Meine Strumpfhose ist alt und hat Löcher! Verläuft meine Wimperntusche jetzt, wenn ich weine? Darf ich jetzt was Witziges sagen? Und überhaupt: Wieso sind auf einmal alle guten Antworten weg?«.

Eric kniete immer noch vor mir, und ein Blick in die Menge machte mir eine gewisse Erwartungshaltung in den Gesichtern der Menschen bewusst.

Also sagte ich – derangiert wie ich war: »Okay.«

In dem Moment ging ein erleichtertes Raunen durch die Menge, gefolgt von wildem Klatschen.

Eric stand auf, steckte mir den funkelnden Ring an, der sogar passte, und nahm mich in die Arme.

»Ja, ich will!«, flüsterte ich in sein Ohr, und dann etwas lauter: »Jaaaa!«

Mein Herz machte einen winzigen Sprung, nur ein kleines Hüpfen, mehr traute es sich nach der Anstrengung der letzten Tage wohl nicht. Es war noch da, es war nicht verblutet, nicht herausgespült worden, und vor allem tat es jetzt nicht mehr weh.

Erleichtert küsste Eric mich. »Ich dachte, ich mache dir den Antrag hier, wo wir uns kennengelernt haben. Irgendwie stehen die Pinguine doch sozusagen für unsere Liebe.«

Gerührt nickte ich.

Wenn auf zu Tode betrübt himmelhochjauchzend folgt, dann nennt man das wohl Leben.

Ich musste an das Gespräch im Pandahaus denken, an den Schmerz, den man ab und an braucht, um zu wissen, wie wichtig der andere einem ist, an den Pandablues.

Ja, diagnostizierte ich, *das hier ist ein klarer Fall von Pandablues, aber so was von!*

Dann sagte Eric: »Ich liebe dich!« – vor allen Leuten.

»Hmmm.«

Ich ihn natürlich auch. Aber irgendwie ist mir jetzt die Subjekt-Prädikat-Objekt-Regel verloren gegangen.

»Du hast mir ehrlich Angst gemacht, mit deiner Abtauchaktion die letzten Tage. Dabei hat Lisa unsere ganze Hochzeit organisiert, sogar ganz hervorragend, wie ich finde. Ich dachte, das würde dir entgegenkommen, wo du doch ein wenig ... na ja ... ein wenig chaotisch bist.«

Bitte? Chaotisch? Ich bin nur ab und an ein bisschen ... gestresst! Aber dass man mir dann nicht mal die Organisation meiner eigenen Hochzeit ...?!

Oh. Mein. Gott. Hochzeit!!!

»Eric?«, flüsterte ich.

»Ja?«

»Ich muss dir noch sagen, warum mein Handy ins Büroklo gefallen ist.«

Irritiert sah Eric mich an. »Also, ich glaube, das ist jetzt nicht mehr so wichtig ...«, antwortete Eric, aber ich unterbrach ihn.

»Doch. Das ist wichtig. Sehr sogar.« Mit einem Blick auf meinen Bauch, der aussah wie immer, sagte ich: »Ich bin schwanger.«

*

Eric hatte darauf bestanden, frisch verlobt wie wir waren, sofort zum Frauenarzt zu gehen, um sicher zu sein, dass ich den Test auch richtig interpretiert hatte.

»Das wäre einfach zu schön!«, hatte er euphorisch gesagt und mich vorsichtig gedrückt. »Aber besser, wir lassen das noch mal vom Arzt nachsehen, Schnurzel. Bei dir weiß man ja nie.«

Da saßen wir nun, gegenüber einem freudestrahlenden Dr. Raimund Hornig.

»Tja, also das Ergebnis des Tests ist positiv, Frau Sander, herzlichen Glückwunsch!«

Spontan umarmte Eric mich und flüsterte »Ein kleines Schnurzelbaby!« in mein Ohr.

Mir wurde schlagartig schlecht.

»Ich glaub, ich muss brechen.«

Irgendwie ist es doch ein Schock, es noch mal zu hören, so offiziell.

»Allerdings möchte ich noch einen transabdominalen Ultraschall machen, in Ordnung?«, sagte Dr. Hornig und wies mir den Weg in das Nebenzimmer.

Wie ferngesteuert ließ ich mich auf die Liege fallen, und Eric setzte sich, handtätschelnderweise, neben mich.

Wenn er jetzt noch drei Sekunden so weiter tätschelt, dann ... dann!!!

Dr. Hornig schmierte eine kühle Salbe – *hui!* - auf meinen Bauch und setzte das Ultraschallgerät an.

»Oh!«, kommentierte er das blubbernde schwarz-weiße Schnee-Gemisch auf dem Bildschirm neben mir. »Oh!«

Was sollen denn diese »Ohs«?

»Oh!«, sagte Dr. Hornig wieder. »Ooooh!«

Was sollen die verdammten Ooohs?

»Na, da haben Sie aber ganze Arbeit geleistet!«, plauderte

Dr. Hornig jetzt beschwingt drauflos und klopfte Eric anerkennend auf die Schulter.

Der sah erst den Arzt und dann mich irritiert an.

Dann sagte Dr. Hornig den Satz, den ich anschließend ungefähr vierzehn Mal in meinem Mittelohr als Echo nachklingen hörte: »Es sind Zwillinge!«

Bitte was? Ich habe nur »Zwillinge« verstanden. Das kann doch nur ein Scherz sein?!

Dr. Hornig schüttelte zuerst meine und dann Erics Hand. »Gratulation. Was sagen Sie dazu?«

Geschockt starrte ich Eric an. Es war, als hätte ich meinen eigenen Körper verlassen.

»Ein Kind, ja. Aber von wem ist das zweite?«

Dass ich unter anderen Umständen nun zu einer großen Flasche Wodka gegriffen hätte, stand außer Frage. Da das aber nun mal nicht ging, musste ich mir was anderes einfallen lassen.

Man sagt, Essen sei der Sex des Alters. Nun ja, auch in jüngeren Jahren griff dieser Spruch. Oder besser gesagt: Essen war der Alkohol der Schwangeren.

»Ich brauche einen Doppel-Whopper!«, sagte ich zu Eric. »So-fort!«

Während Eric sich in die Schlange des Fast-Food Restaurants unseres Vertrauens einreihte, ging mir mein Hintern auf Grundeis.

Schwanger – das ist eine Sache. Schlimm genug, wenn es ungeplant und die werdende Mutter latent untalentiert mit Kindern ist. Aber Zwillinge?! Das ist doch blanker Hohn! Was will mir dieses verblödete Universum denn jetzt damit sagen?

»Ich hab zur Sicherheit mal zwei Doppel-Whopper und drei Aktionsburger mitgebracht, Schnurzel«, sagte Eric, als er das Tablett auf unserem Tisch abstellte. »Du musst ja jetzt praktisch für drei essen!«

Als ob ich das nicht unschwanger auch schon gekonnt hätte!

Mein Blick schien sekündlich mehr zu entgleisen, das merkte ich nun an Erics besorgter Frage: »Alles okay bei dir, Schnurzel?«

»Zwill...«, murmelte ich. »Zwill...«

»...inge. Ich weiß. Ich bin auch ein wenig schockiert«, antwortete Eric. »Aber ehrlich gesagt freue ich mich auch wahnsinnig! Du doch auch, hm?«

Ich freue mich. Ich platze nahezu vor lauter Freude. Wie ein Schnitzel freue ich mich. Wie ein Doppel-Whopper! Wie eine Kuh, wenn's donnert!

»Schatz?«

Mein Leben ist vorbei, ich bin erledigt. Wie soll ich das nur schaffen?!

Ich wusste es nicht. Und so biss ich erst mal in meinen Burger.

Noch während der Autofahrt nach Hause berief ich ein Notfallkommando ein und informierte Trine und Mona, dass, egal was sie gerade täten, nichts und niemand sie davon abhalten könne, *SOFORT* zu Eric und mir zu kommen.

Trine erschien rekordverdächtige zehn Minuten später mit einem Sondereditions-Glas Nutella unterm Arm. »Aber es war doch alles aufgeklärt?«, fragte sie besorgt. »Ich hab die tollen Luftballons noch gesehen!«

»Genau!«, keuchte Mona. »Trine hat mir von dem fabulösen Heiratsantrag erzählt. Was ist denn nun schon wieder das Problem?«

»Ehrlich gesagt sind es sogar gleich zwei«, antwortete ich zerknirscht und informierte meine Freundinnen.

Mona bot mir ohne Umschweife an, kalte Umschläge zu machen.

»Und nun?«, fragte ich ratlos in die Runde.

Meine Freundinnen saßen nach Verkündung der Nachricht mit aufgerissenen Augen neben mir und Eric, der wortlos meine Hand tätschelte.

»Pfffoh!«, pfiff Mona anerkennend durch die geschürzten Lippen. »Du und Zwillinge. Das Schicksal hat echt verdammt schwarzen Humor!«

»Danke«, sagte ich trocken. »Wie schön es doch ist zu wissen, dass man Menschen an seiner Seite hat, die einen aufbauen.«

»Einsilber, unbedingt Einsilber-Namen«, sagte Trine jetzt nachdenklich.

»Was meint sie damit?«, fragte Eric ratlos und sah mich an.

»Was meinst du damit?«, fragte ich Trine.

»Einsilber-Namen kann man besser schreien«, erklärte Trine, »vor allem schneller. Du hast bald keine Zeit mehr zu verlieren, mit zwei Kindern. Da zählt jede Sekunde!«

»Stimmt«, pflichtete jetzt auch Mona ihr bei, »so was wie Ben oder Max ist gut. Vorausgesetzt, es werden Jungs.«

Alle sahen mich gespannt an.

»Ich weiß nicht, ob es zwei Jungs werden«, sagte ich. »Dr. Hornig konnte ja noch nichts sagen.«

»Ich wusste bei Finn gleich, dass es ein Junge wird«, versicherte Trine mir. »Ich musste die ganze Zeit kotzen.«

19. Kapitel

Viel Zeit, mich von dem Schock zu erholen, blieb mir nicht, denn Renates und Jörns Hochzeit stand an. Dank meiner engagierten Intervention und einer sehr teuren, sehr effektiven Halscreme hatten sie sich wieder zusammengerauft.

Renate und Jörn hatten sich nicht lumpen lassen und feierten ihre Hochzeit in einem romantischen Schlösschen in der Nähe von Köln, mitten in der Natur, direkt neben einem See.

Es war ein zwar kalter, aber trotzdem strahlend schöner Tag, den Matti sich zum Heiraten ausgesucht hatte. Und es würde heute die einzige Hochzeit im Schloss sein.

Die verschneite Landschaft erinnerte an ein wahres Märchenland, das ich erst mal ein paar Minuten auf mich wirken lassen musste, als wir dort ankamen.

Renate sah klasse aus: Sie trug einen eleganten eng anliegenden Zweiteiler in Seemansblau. Jörn hatte einen schwarzen Anzug mit einer dunklen, edlen Seemanskappe an. Sie gaben ein wirklich todschickes Paar ab. Nur Renates leuchtend roter Schal, den sie sich fest um den sicher wundgecremten Hals gebunden hatte, wirkte ein wenig deplatziert.

Sie würden in Jörns Heimat noch mal mit seiner Familie in kompletter Tracht heiraten, allerdings erst in ein paar Monaten, und Eric und ich hatten uns vorgenommen hinzufliegen, wenn meine Schwangerschaft das noch zuließe.

»Mam... äh ... Matti!«, begrüßte ich sie mit einer Umarmung. »Ich hab dir Blumen mitgebracht!« Ich hielt ihr einen Strauß roter Rosen hin.

»Blumen?«, antwortete Renate und rümpfte die Nase. »Ist jemand gestorben?«

»Renate!«, rügte Marlene zuerst ihre Schwester, obwohl ihre Meinung schnell kippte – allerdings aus anderen Beweggründen als denjenigen, die meine Mutter vorgebracht hatte. »Rosen im Winter! Gezüchtet in Afrika! Arbeiterausbeute pur! Unter naturschutztechnischen Gesichtspunkten nun wirklich nicht ...«

»Nur alte Frauen kriegen Blumen!«, beschwerte sich Renate weiter, und ich verdrehte die Augen.

»Und du bist zu jung dafür, richtig?«, fragte ich nach.

»Richtig. Ich bin eine Frau mittleren Alters!«

»Matti – wie viele hundertzwanzigjährige Frauen kennst du, hm?« Das konnte ich mir nun wirklich nicht verkneifen.

Renate winkte murrend ab.

Da es ihr Hochzeitstag war und sie zudem wegen der Halsfältchensache sicher noch empfindlich reagierte, wollte ich das sensible Thema nicht vertiefen.

Mona und Trine kamen nur ein bisschen zu spät. »Ich konnte Elmo irgendwie nicht abdocken!« und »Hermines Butterzopf musste noch durchziehen!« waren ihre Entschuldigungen.

Mona hatte natürlich Maklernorbi im Schlepptau, der sich irgendwie verändert hatte. Ich konnte ziemlich viel Filz an seinem Outfit feststellen.

Er grinste mich unsicher an. »Ist jetzt schwer in Mode, so was«, erklärte er schulterzuckend. »Richtig?«

»Absolut!«, bestätigte ich seine berechtigten Zweifel und verkniff mir ein Grinsen.

»Wo ist eigentlich Hermine?«, flüsterte ich in Monas Ohr, aber die winkte ab. »Ich brauchte eine Hermine-Pause. Das ist so ähnlich wie mit Kindern, glaub ich, erst ganz schlimm, dann ganz zauberhaft, aber ab und zu braucht man seine Ruhe!«

Das konnte ich nur zu gut verstehen und nickte.

Melitta hatte angekündigt, etwas später zu kommen. Sie brauchte den Auftritt, den sie üblicherweise wie Queen Mum winkend und erhaben schreitend hinlegte.

Till und Tom hatten das nicht angekündigt, kamen aber trotzdem zu spät.

»Wichtiger ... äh ... Kundentermin«, erklärte Till und richtete seine schiefe Frisur.

»Genau, ein ziemlich großes Baumdings kam dazwischen«, schloss sich Tom an.

Es wäre wirklich schwierig, zu entscheiden, ob meine Familie oder meine Freunde durchgeknallter sind, schoss es mir durch den Kopf.

Der Raum, in dem die Trauung stattfinden sollte, war ein kleiner Gewölbesaal, in dem mit rotem Samt bezogene Stühle vor einem schönen großen Holztisch standen. Weiße Blumenarrangements rundeten das Bild ab. Alles wirkte hell und freundlich.

Melitta kam gerade noch rechtzeitig, ließ es sich aber nicht nehmen, ihren Senf zur Trauung dazuzugeben: »Jörg, komm her, mein Junge. Dafür, dass du zweite Wahl bist, hat Renate ja noch ein glückliches Händchen bewiesen.«

Für Melittas Verhältnisse war das als echtes Kompliment zu werten, und Jörn bedankte sich freundlich.

Sie spielte mit ihrem Kommentar allerdings wieder einmal auf ihren Wunschschwiegersohn für Renate, den Sohn vom reichen Hexelhöhner, an und erntete dafür von ihrer Tochter einen bösen Blick.

Renate hatte Marlene zur Trauzeugin gewählt, und Jürgen übernahm den Trauzeugen-Part von Jörn.

Alle strahlten, und Renate und Jörn hielten sich fest an den Händen.

Die Standesbeamtin war eine bekannte Persönlichkeit in Köln und berühmt-berüchtigt für ihre ausgefallenen Reden. Klar, dass Renate und Jörn keinen normalen Beamten für ihre Trauung zugewiesen bekommen hatten.

Die winzige Standesbeamtin – ich hatte noch nie in meinem Leben eine so kleine Frau mit einem so großen Bauch gesehen und fragte mich, wie sie wohl das Gleichgewicht hielt und ob sie womöglich ab und zu einfach nach vorne kippte – begann mit ihrer Traurede: »Liebe Liebenden, liebe Trauzeugen, liebe und manchmal nicht so liebe Familie. Ich heiße Sie herzlich willkommen ...«, begann sie. »Sicherlich haben Sie sich alle sehr auf den heutigen Tag gefreut. Mein Name ist Johanna Faßbender, und ich möchte Ihnen heute ein paar wichtige Worte mit auf den Weg geben.«

Eric nahm meine Hand und legte sie auf seinen Schoß.

Trine hatte Elmo, der einen winzigen Babyanzug mit Fliege trug, Paul gegeben, und Finn saß leise pfeifend auf ihrem Schoß.

»Psssst«, rügte Mona ihn von der Seite, aber Finn ließ sich nicht abhalten und fummelte eine Holzschleuder aus seiner Jackentasche.

»Mir macht es immer sehr viel Freude, mir zu überlegen, wie ich dazu beitragen kann, diesen einzigartigen Moment für Sie unvergesslich zu machen«, erklärte sie feierlich weiter. »Jedes Paar ist anders, und jedes Paar hat seine ganz individuellen Vorstellungen und Ziele für die Ehe. Ich will es dennoch wagen, Ihnen heute einen kleinen Spruch für Ihren Bund mit auf den Weg zu geben: Eine Ehe ist wie ein Schiff, das nach vielen Kreuzfahrten seinen Heimathafen gefunden hat.«

Glücklich lächelte Renate Jörn an, der seine Seemannskappe abgenommen hatte.

»Aber auch auf noch so ruhiger See darf eine Sache nicht

vergessen werden: Nicht nur Bug und Heck müssen geteilt werden, sondern auch das Kopfkissen.«

Jörn sah Johanna Faßbender verständnislos an.

»Der Sex, Junge, der Sex ist das A und O!«, ergänzte sie inbrünstig.

Sofort ging ein leises Raunen durch den Raum. Eric hatte die Augen ein wenig zu sehr aufgerissen und erinnerte mich an unsere Lemuren kurz vor der Paarung.

»Der Sex ist das Salz in der Suppe, die Panade am Fisch, der Wind in den Segeln!« Johanna Faßbender zwinkerte Renate zu, die wissend nickte.

Oh bitte!

»Nicht der Streit, nicht Unstimmigkeiten sind es, die der größte Feind einer jeden Beziehung sind. Nein, es ist der Alltag!«

Sie schien ein echter Experte zu sein, denn ich hatte das Gefühl, dass sogar Melitta ihr nicht widersprechen wollte.

»Siehst du!«, sagte Renate und klopfte Jörn eifrig auf den Oberschenkel. »Ich sag's doch!«

Der seufzte nur erschöpft.

Ein warmes Gefühl durchflutete mich, schoss durch meinen ganzen Körper, mein Kopf wurde heiß, sogar meine Fußspitzen kribbelten, und ich lächelte.

Ich musste an das letzte Jahr denken, das wahrscheinlich intensivste meines bisherigen Lebens. Erics und mein verrücktes Kennenlernen, bei dem wir dachten, der jeweils andere habe ein Kind, und unsere missglückten zufälligen Treffen. Ich musste an unseren ersten Kuss denken, an Erics Vorschlag, mich aus Finns Ritterburgzimmer zu retten und bei ihm einzuziehen, an Willi Schweinehagen im Zoo, die Nacktmullgeburt, meine Beförderung, Finns Mohnaktion und den Tag im Krankenhaus, Weihnachten bei Melitta, Erics seltsames Verhalten, die blonde Sauberfrau, das große Missverständnis, den unglaublichen Heiratsantrag bei den Pinguinen und an

Renates Krach mit Jörn – übrigens auch ein typischer Fall von Pandablues.

All das war mein Leben. Auf nichts davon wollte ich verzichten, nichts wünschte ich mir hinzu.

»... deshalb frage ich nun, ob jemand etwas gegen diese Verbindung einzuwenden hat.«

Es herrschte Totenstille. Renates Entschluss, in die »bürgerliche Hölle«, wie sie es immer nannte, einzutreten, verschaffte ihr anscheinend eine Menge Respekt.

»Dann frage ich Sie, Renate Sander, nehmen Sie den hier anwesenden ...«

Johanna Faßbenders Stimme versiegte dumpf in meinem Kopf, das Kribbeln in meinem Körper wurde stärker.

Hier saß ich nun, um mich herum alle Menschen, die ich liebte. Ich würde kein endschickes Kleid in Größe 36 zu meiner eigenen Hochzeit anhaben. Ich würde höchstwahrscheinlich wie ein Pottwal aussehen und Birkenstocks tragen müssen, was allerdings egal war, angesichts der Tatsache, dass ich meine Füße dann sowieso nicht mehr sehen können würde. Zum Ringtausch würde Eric sich über meinen riesigen Bauch beugen müssen, um meine von Wassereinlagerungen geschwollene Hand überhaupt zu erreichen. Der Ring selbst würde drei Nummern größer gemacht werden müssen und trotzdem nicht passen. Der Standesbeamte würde erleichtert aufatmen, wenn die Trauung vorbei wäre, ohne dass ich ihm währenddessen vor die Füße gekotzt hatte.

Nichts wäre so, wie ich es mir in meinen Kleinmädchenträumen ausgemalt hatte.

Und dennoch war alles perfekt.

Ich sah auf den wunderschönen Ring, den Eric mir bei seinem Antrag geschenkt hatte und der jetzt im klaren Sonnenlicht glitzerte, und dann in Erics lächelndes Gesicht.

Das Kribbeln war zu einer wohligen Wärme in der Mitte meines Körpers geworden.

Das ist Glück. Oder eher Glücklichkeit, auch wenn es das Wort nicht gibt.

Ein lautes Zischen riss mich aus meinen Gedanken: Eine getrocknete Kastanie flog an mir vorbei und traf Johanna Faßbender frontal an deren Stirn.

Blitzartig ausgeknockt kippte sie trotz des großen Gegengewichts durch ihren enormen Bauch nach hinten weg. Diesmal ging ein lautes Raunen durch den Raum, und alle Blicke wandten sich der Richtung zu, aus der die Kastanie kam.

Finn saß unschuldig wie ein Engel auf Trines Schoß, die rechte Hand mit der Holzschleuder hinter seinem Rücken.

Das ist mein Leben, und kein anderes will ich haben.

Epilog

Seit Erics Antrag waren ein paar Monate vergangen.

Ich saß auf meinem alten Schaukelstuhl im lichtdurchfluteten Kinderzimmer unserer neuen Wohnung. Eric hatte es frisch gestrichen, ein leichter Geruch nach Farbe hing noch in der Luft. Wir hatten lindgrün gewählt, möglichst neutral, denn Doktor Hornig hatte beim letzten Ultraschall herausgefunden, dass wir beides bekommen würden: einen Jungen und ein Mädchen.

Das machte die Einsilber-Namenssuche zwar nicht einfacher, aber Eric und ich hatten uns inzwischen auf Jil für das Mädchen und Jan für den Jungen geeinigt.

Das Live-Interview von Carola Wiese war ein Quotenerfolg. Auch nach der Sendung gab es viele begeisterte Zuschauer, die sich beim Sender meldeten, um ihre Glückwünsche an »das bezaubernde Paar« auszusprechen.

Willi war natürlich mehr als nur verzückt über die hervorragende PR für seinen Zoo und lobte mich für mein gutes Timing.

Monas Elite-Partner-Gerichtstermin ging ebenfalls gut aus. Ihre fünfundvierzig Minuten lange Argumentationsrede, warum sie die Zahlung der Beiträge verweigert hatte, überzeugten auch die Richterin, ebenfalls eine Langzeitsingle, wie sich herausstellte. Man einigte sich auf einen Vergleich, und Mona gab der Richterin nach der Verhandlung noch einen Tipp zur Partnersuche auf dem Immobilienmarkt.

Trine schleppte jeden Tag neue Kartons mit Babysachen für uns an, sodass ich sicher war, dass wir für die Zukunft mehr als nur gut ausgestattet sein würden.

Aber das Wichtigste war, dass ich mit dem Mann, den ich liebte, zusammen war und bald zwei (wahrscheinlich unfassbar nervige) Kinder bekommen würde, die zwar nicht geplant waren, aber letztendlich nun doch heiß ersehnt – wie konnte es besser sein?

Eric und ich würden sicherlich noch viele Pandablues miteinander erleben, und wir würden sie alle durchstehen. Da war ich mir inzwischen sicher.

Im Grunde war das doch das Leben – nicht planbar, nicht vorhersehbar. Immer, wenn man dachte, dass man alles im Griff hatte, gab es einem einen Dämpfer, der einen wieder daran erinnerte, dass es keine Kontrolle gab, der sich das Leben fügt. Vielmehr musste man sich ihm gelegentlich fügen, egal wie viele Pläne man auch immer geschmiedet hatte. Und es war gut so.

Und manchmal gehen Wünsche in Erfüllung, von denen man gar nicht wusste, dass sie überhaupt existieren, dachte ich und legte meine Hände auf meinen Bauch.

Charlottexikon

Rabenmutter: ist eine abwertende Bezeichnung für eine Mutter, die ihre Kinder vernachlässigt. Die Redensart geht auf die Beobachtung zurück, dass junge Raben ähnlich wie junge Stare nach dem Verlassen des Nestes am Boden sehr unbeholfen erscheinen und als zu früh sich selbst überlassen beurteilt wurden.

Junge Raben sind zwar Nesthocker, verlassen aber vor Erlangen der Flugfähigkeit aus eigenem Antrieb das Nest. Geläufig ist der Begriff seit Luther, der das Alte Testament (Buch Hiob, 38, 41) übersetzte und entsprechend interpretierte.

Auf diesen Hintergründen kam es zu den Begriffen »Rabeneltern« und »Rabenmutter«; es ist aber ein Trugschluss, dass Raben keine fürsorglichen Eltern seien. Die Elternvögel füttern die bettelnden Jungvögel tatsächlich einige Wochen lang und warnen und schützen ihre Jungen vor Feinden.

Das Gegenteil des weiblichen Stereotyps der *Rabenmutter* ist das der Gluckenmutter, einer bisweilen überfürsorglichen Mutter, die ihre Kinder mit intensiver Aufmerksamkeit eng umhegt (was wiederum beispielsweise bei den pubertären Identitätsfindungsprozessen zu Problemen führen kann).

Irgendwie wünscht man ja seinem Patenkind beides nicht. Dann lieber eine Rabenpatentante.

(Quelle: www.wikipedia.de)

Bei jemandem ist Hopfen und Malz verloren: bei jemandem oder etwas ist alle Mühe vergebens, es ist keine Besserung der Lage zu erwarten, jemandem ist nicht zu helfen/kann nicht geholfen werden, jemand ist unverbesserlich, etwas ist nicht reparierbar, nicht zu retten.

Diese Redewendung stammt aus der Bierbrauerei. Früher brauten die Hausfrauen das Bier noch zu Hause, Hopfen und Malz waren die beiden wichtigsten Zutaten dafür. Ging beim Brauen etwas schief, dann waren die Zutaten dahin: Hopfen und Malz waren »verloren«, und es ließ sich daraus trotz aller Mühen kein gutes Bier mehr brauen.

Kann mich nie entscheiden, auf wen das eher zutrifft – auf Trine oder mich. Am Ende wohl ab und zu auf uns beide.

(Quelle: www.sprichwoerter-redewendungen.de)

Mohn (Papaver): ist eine Pflanzengattung aus der Familie der Mohngewächse (*Papaveraceae*) mit weltweit zwischen 50 und 120 Arten.

Eine wichtige Kulturpflanze ist der Schlafmohn (*Papaver somniferum*). Die leuchtend roten Blüten des in Mitteleuropa wilden Klatschmohns (*Papaver rhoeas*) blühen ab Ende Mai und kennzeichnen den Beginn des Frühsommers. Da in Schlafmohnsamen geringe Mengen an Opiaten enthalten sind, wurde der Verzehr von mohnsamenhaltigen Nahrungsmitteln in deutschen Gefängnissen untersagt, da dieser bei Urinproben auf Opiate zu positiven Resultaten führen kann und nicht unterschieden werden kann, ob die Alkaloide durch Rauschgiftkonsum oder den Verzehr der genannten Nahrungsmittel aufgenommen wurden.

In Deutschland sind nur zwei Sorten (*Zeno morphex* und *Mieszko*) mit einem sehr niedrigen Morphingehalt zum genehmigungspflichtigen Anbau zugelassen. In Österreich ist der Anbau von Schlafmohn völlig legal und blickt auf eine jahrhundertelange Tradition zurück. Bekannt ist der Waldviertler Grau- und Blaumohn, der sich in vielen Rezepten der österreichischen Mehlspeisküche, aber auch in unzähligen Regalen von Lebensmittelmärkten wiederfindet. Es wird heute aber auch verstärkt Mohn aus anderen Ländern im Handel angeboten, dessen Morphingehalt aufgrund zum Beispiel unsauberer Erntemethoden stark erhöht sein kann. Aus diesem Grund sollte auf Verwendung von Mohn in Babynahrung verzichtet werden.

Bei Mohnkuchen und Mohnbrötchen können die Opiate durch die Erhitzung im Ofen jedoch unschädlich gemacht werden.

Wenn ich das mal früher gewusst hätte. Aber hatte Finn nicht auch vom Mohn vorher aus der Tüte ...?!

(Quelle: www.wikipedia.de)

Mandel/Bittermandel: Unter dem Begriff versteht man sowohl die in geringen Mengen vorkommenden bitteren Süßmandeln als auch die Mandeln der Unterart *Prunus amygdalus amara*.

Sie enthalten Blausäure, die giftig ist. Wegen deren Flüchtigkeit und Hitzeempfindlichkeit in einer mit Bittermandeln zubereiteten erhitzten Speise kann sich aber nur eine ungefährliche Menge an Blausäure ansammeln. Äußerst gefährlich jedoch ist der Konsum von ungekochten Bittermandeln, da dabei die Blausäure erst im Magen gebildet wird. Ernstliche Vergiftungen sind bei Erwachsenen zwar selten, aber Kinder sind bereits durch wenige Bittermandeln gefährdet. So führen je nach Körpergewicht etwa fünf bis zehn Bittermandeln bei Kindern und 50 bis 60 bei Erwachsenen zu einer tödlichen Blausäure-Vergiftung. Man geht davon aus, dass eine einzige Bittermandel pro Kilogramm Körpergewicht zu tödlichen Vergiftungserscheinungen führt (Blausäure). Allerdings verhindert der unangenehme Geschmack im Normalfall eine Vergiftung.

Umso besser, dann sind alle Magnum Mandel ab jetzt für mich. Für Finn und sein Umfeld sind fleckentechnisch ohnehin farblose Lebensmittel die erste Wahl.

(Quelle: www.wikipedia.de)

Earl Grey: ist die Bezeichnung einer Teemischung, die ursprünglich aus ausschließlich chinesischen Teesorten bestand. Sie wird mit dem feinen, duftig-bitteren Öl der Bergamotte-Frucht leicht aromatisiert.

Die Teesorte wurde nach Charles Grey benannt. Er hob 1833 als britischer Premierminister das Preismonopol der East India Company im Teehandel mit China auf.

Allerdings ist die Teesorte *Earl Grey* nicht die Erfindung der Person *Earl Grey*: Eine Legende besagt, dass bei einem Sturm auf einer Überfahrt auf hoher See zwischen England und China die transportierte Ladung des Schiffes stark durcheinandergeworfen wurde und sich dabei auslaufendes Bergamotteöl auf mitgeführte Teeballen ergoss. *Lord Grey* ließ sich bei der Ankunft des Schiffes in London die Schäden zeigen und beschloss, zunächst den »verschmutzten« Tee zu probieren und erst dann zu entscheiden, ob die Ladung vernichtet werden müsse. Der betreffende Tee kam bei Freunden und Bekannten jedoch so gut an, dass der Earl beschloss, den von nun an als aromatisiert bezeichneten Tee in den Handel zu bringen.

Der zusätzliche Duft, der getrocknetem Teekraut von chinesischen Teelieferanten zugesetzt wurde, schützte – ähnlich wie das Raucharoma beim Räuchern von Wurst- und Fleischwaren – auf der langen Überfahrt von Übersee nach England den jeweils tief im Schiffsrumpf lagernden Tee vor der Annahme von Moder-, Fisch- und/oder Teergeschmack.

Earl Grey wird heute nicht mehr nur aus chinesischen Teesorten gemischt, sondern auch aus anderen. Auch das typische

Bergamotte-Aroma kommt heute allenfalls in einigen traditionellen Mischungen noch allein von natürlichem Bergamotte-Öl, stattdessen wird oft, besonders bei billigen Tees, naturidentisches Aroma zugesetzt. Die Bezeichnung *Earl Grey* verweist demzufolge häufig nur noch auf eine zitrusartige Teilnote des Teecharakters. So findet man heute auch grünen *Earl Grey* und sogar *Earl Grey* versetzt mit einem (feinen) Raucharoma. Eine Variante des *Earl Grey* mit dem Zusatz von Orangen- und Zitronenschalen sowie Zitronenaroma wird als *Lady Grey* bezeichnet.

Was man als Patentante nicht so alles lernen kann!

(Quelle: www.wikipedia.de)

Danke an …

… die Lieblingsschokolade: Die Sommerpause ist eine lebensgefährliche Werbeagenturidee. Es ist schier eine Zumutung, im Laufe des Sommers ein Buch ohne den Pralinen-Mix zu schreiben. Nur deswegen musste ich das Ganze bis in den Herbst ziehen.

(An meine Lektorin: Wir müssen bitte die Programmplanung anpassen, ginge das?)

… Oma Melitta: für all die Eigenarten, die dich so einmalig gemacht haben, alle Bootcamp-Weihnachten, alle Umpflanz-Aktionen bei minus 20 Grad, alle Tannenbaumbeschneidungsszenarien und Karpfen-Katastrophen, alle Eierlikör-Sessions, alle Imperative der Welt, die du nie gescheut hast, in rauen Mengen zu benutzen. Du fehlst so sehr.

… Matti und meiner Familie, nach wie vor.

… Gregor: Damit nicht alle denken, dass du immer nur schläfst, halte ich es diesmal allgemeiner: Danke!

(Er schläft wirklich viel.)

… Ina, den weltbesten Maulwurf, & Petra für die Zoo-Insider.

… Isabella für den Wiener Schmäh: Donk da scheen!

... Tina, der Plotkönigin: für die Weise-Rat-Flat.
(P. S.: Das Schreiben ist die Belohnung fürs Plotten ;-))

... Kyra, Anna, Babette, Diana: für alle Ohren und (manchmal) Schimpfe.

... Kai & Jurate: Dank euch sehe ich und sieht das, was ich tue, sogar professionell aus (glaubt trotzdem keiner).

... Regina: für dich, damals am Buffet. Danach wurde alles anders. Schreib bitte alles für Teil III auf, was du mit AT Gerome erlebst. Ansonsten: Komm bald wieder!!!

... Daniela: für unsere super Zusammenarbeit! (Ich bin wirklich froh, dass du keine Mathe-Lehrerin geworden bist.)

... das ganze Bastei-Lübbe-Team für Engagement, Unterstützung und Spaß: Das ist eine ganz außergewöhnlich tolle Zusammenarbeit – DANKE!

... www.ovutest24.com: für die präzise Schwangerschaftstest-Gebrauchsanleitung. Ich komme vielleicht mal darauf zurück ;-)!

... alle Blogger, Rezensenten & Leser, die mein Debüt so toll aufgenommen und unterstützt haben! Eure Videos, Rezensionen und Mails sind der Applaus eines jeden Autors. DANKE!

Und ganz besonders gilt mein Dank gerade DIR: DU hast mein Buch gekauft*.

* (falls geliehen: Bitte SOFORT losgehen und diesem unsäglichen Zustand mit dem Kauf des Buches ein Ende setzen!;-))

Werde Teil der Bastei Lübbe Welt
You Tube
www.luebbe.de/Meinewelt
Lesen, rezensieren, Bücher gewinnen
Lerne Autoren, Verlagsmitarbeiter und andere Leser kennen

WARNUNG:

Auch diesmal sind alle Figuren (bis auf eine, aber das wisst ihr ja schon) erstunken und erlogen. Zudem kann die Geschichte kleine Spuren von Humor und Ironie enthalten. Es handelt sich hier um einen fiktiven Text, dessen Grundgedanke einer hundertprozentigen Realitätsprüfung widerspricht, genauso wie sachbuchartige Schilderungen der Ereignisse.

Manchmal gehen Wünsche in Erfüllung,
von denen man gar nicht wusste,
dass sie existieren.

BASTEI LÜBBE TASCHENBUCH
Band 16 805

1.+2. Auflage: Mai 2013

Dieser Titel ist auch als Hörbuch und E-Book erschienen

MIX
Papier aus verantwortungsvollen Quellen
FSC® C014496

Originalausgabe

Dieses Werk wurde vermittelt durch die
Michael Meller Literary Agency GmbH, München.

Lektorat: Daniela Jarzynka
Daumenkino-Illustrationen: Peter Frommann, Köln
Titelillustration: © shutterstock/Eric Isselee
Umschlaggestaltung: Christina Seitz, Berkheim
Autorenfoto: © Jurate Jablonskyte, Bonn
Satz: Urban SatzKonzept, Düsseldorf
Gesetzt aus der Caslon
Druck und Verarbeitung: GGP Media GmbH, Pößneck
Printed in Germany
ISBN 978-3-404-16805-7

Britta Sabbag

PANDABLUES

Roman

BASTEI
LÜBBE
TASCHENBUCH

Weitere Titel der Autorin:

Pinguinwetter

Titel auch als Hörbuch und E-Book erhältlich

BASTEI
LÜBBE
TASCHENBUCH